À Leila

CHAPITRE UN

Malik a beau insister, Éléonore demeure de glace. Elle a passé les sept premiers mois de sa grossesse sans lui, elle se débrouillera bien pour les deux derniers. Elle n'a pas confiance, elle n'ose pas encore avoir confiance.

Lorsqu'il a appris sa grossesse, Malik s'est précipité à Montréal sans réfléchir, prêt à jouer les chevaliers servants pour cette belle fille qui ne quittait pas ses pensées depuis leur unique nuit ensemble. Il a été tout étonné de retrouver, au lieu d'une damoiselle éplorée, une guerrière prête à tous les affrontements. Éléonore le surprend sans cesse ; elle passe d'une grande colère à une vulnérabilité qui l'attendrit.

Sa grande effrontée ne s'est pas assagie avec la grossesse, loin de là ; l'enfant qui grandit en elle semble lui donner une force insoupçonnée : celle de se battre pour deux et d'exiger son dû. Elle a refusé, dans un éclat de rire réducteur, la maladroite demande en mariage qu'il a tentée. Elle tient à son appartement trop petit du Mile-End, elle continue de faire des semaines de fou au travail, elle refuse de se reposer ; Malik ne sait plus par quel bout la prendre.

Chez Éléonore, cette énergie furieuse masque une insécurité profonde. Elle se sent emportée par un carrousel qui tourne de plus en plus vite, ne lui laissant pas le temps de réfléchir. Les coups de l'horloge martèlent ses pensées angoissées : elle n'a pas le temps de respirer, pas le temps de penser, voici sa fille qui s'apprête à naître et rien ne fera ralentir le cours inexorable des semaines. Elle s'abrutit de travail et demande grâce, le soir, après n'avoir consenti que quelques minutes aux discussions sérieuses que Malik tente de lui imposer sur leur avenir. Elle sombre avec reconnaissance dans le sommeil et recommence son manège le lendemain.

La semaine que Malik est venu passer à Montréal tire à sa fin. Il décide de prendre le taureau par les cornes et se présente, un midi, au bureau d'Éléonore. À l'air que fait Julie en annonçant le visiteur, Éléonore se doute bien qu'il y a anguille sous roche ; sa jeune réceptionniste à l'esprit romanesque minaude en déclarant : « Mademoiselle Castel arrive. Prendriez-vous un petit café ? » Elle entend la voix grave de Malik qui lui répond poliment et ne peut s'empêcher d'en ressentir de l'énervement, profondément au fond du ventre.

Malik Saadi, c'est tous ses fantasmes d'adolescente, jumelés à tout son désir de femme. Il la fait fondre, littéralement. Quand elle le voit, elle doit se retenir de toutes ses forces pour ne pas se précipiter contre sa poitrine musclée. Une bataille titanesque se livre en elle ; de toute sa retenue cérébrale elle combat cette pulsion sauvage qui la pousse vers lui. Après avoir vu sa mère menée par ses passions, Éléonore ne fait confiance ni à son cœur ni à ses sens. Elle leur impose une froide raison qui, dans ce cas, lui crie de se méfier de Malik et de sa morale douteuse de séducteur. Pourtant, face aux frissons qui la traversent lorsqu'il l'embrasse doucement sur la joue, elle se dit avec amertume qu'il en faudrait très peu pour la faire chavirer.

– Que me vaut l'honneur de ta visite ?

– Je t'enlève.

– Pour le lunch ? OK, j'ai peut-être une petite demi-heure.

– Non, je t'enlève pour l'après-midi.

– L'après-midi ! T'es fou ! J'ai une grosse réunion à 15 heures avec mon équipe de *casting* et il faut que je révise mes dossiers avant.

Enthousiaste, Éléonore décrit à Malik le projet de film de vampires sur lequel elle travaille. Il l'écoute, attentif. Puis, il lui répond :

– Dis-leur que c'est un rendez-vous médical si tu veux, que tu as une faiblesse, des douleurs, dis-leur ce que tu veux, mais je t'enlève. Cet après-midi, tu es toute à moi.

Le regard appuyé qui accompagne ces paroles finit de faire céder Éléonore. Elle passe un coup de téléphone rapide, reporte sa réunion au lendemain et accompagne Malik vers l'ascenseur, se maudissant d'être aussi facile à manipuler.

– Où on va ?

– D'abord, je t'emmène manger du *comfort food*. Après, tu verras.

Éléonore dévore son poulet rôti et redemande de la sauce pour ses frites, ravie de retrouver à la Rôtisserie Laurier l'atmosphère de ses sorties d'enfance. Malik sourit de lui voir si bon appétit. Le mois de mars est frais à Montréal et ils apprécient tous deux l'ambiance familiale chaleureuse du restaurant. Une fois dans la voiture, Malik se dirige sans un mot vers l'est.

– Je peux savoir où on va, maintenant ?

– Tu vas voir.

Malik se stationne devant un édifice en pierre grise. Éléonore le regarde, ne comprenant toujours pas où ils sont.

– Je te regarde aller, Élé, depuis une semaine. Tu as l'air d'une girouette sur le *speed*. Je pense que tu n'arrives pas à me parler, parce que toi-même tu ne sais pas ce que tu veux. Alors je t'ai emmenée ici pour te calmer les nerfs.

– Ici, où ?

– Aux bains flottants.

– Quoi ? Comme dans *Lance et compte* ?

– Encore tes petits commentaires baveux. Je fais un effort et c'est comme ça que tu me remercies.

Il est si adorable, avec sa moue de garçon boudeur, qu'Éléonore éclate de rire.

– Viens !

La préposée les guide vers une salle sombre et silencieuse pourvue de deux coquilles d'œuf à demi remplies d'eau. On leur explique que l'eau contient tellement de sel qu'on y flotte, en état d'apesanteur totale. Voyant bien qu'Éléonore est enceinte, la préposée la rassure avec gentillesse : l'expérience des bains flottants est tout indiquée pendant une grossesse et permet un relâchement salutaire des muscles, si sollicités par cet excédent de poids.

L'employée remet à chacun un peignoir, leur indique le vestiaire et les consulte sur leur choix musical. Malik opte pour les *Gymnopédies* d'Érik Satie, qui emplissent la pièce. Dans cette atmosphère feutrée et calme, aux lumières tamisées, Éléonore se sent déjà coupée de tout, loin de ses nombreux soucis.

En les quittant, la préposée précise que la marche à enjamber pour monter dans le bain est assez haute ; Éléonore n'a qu'à appeler si elle a besoin d'aide. Éléonore la remercie. Lorsqu'elle revient du vestiaire, le peignoir blanc tendu sur son ventre, Malik l'attend. Éléonore monte la première marche, mais a de la difficulté à hisser sa jambe au-dessus de la coquille, l'absence de rampe ne lui permettant pas de prendre appui.

Malik s'approche et la soutient. Il est là, à côté d'elle ; après une légère hésitation elle se résigne à laisser glisser son peignoir. Jamais elle n'aurait osé sous un éclairage cru ; l'atmosphère intime et sombre l'enveloppe et la libère. À la lueur des chandelles, Malik entraperçoit son corps nu. Les seins alourdis par la grossesse, la courbe affolante du ventre tendu ; il frémit et se fait violence pour ne pas poser sa main là, quelque part. Maintenant cachée à sa vue, Éléonore s'allonge dans le bain. Elle entend Malik qui fait de même à ses côtés.

Ce bref moment d'intimité a électrifié Éléonore. Son cœur bat à tout rompre dans la pénombre. Elle sent le frôlement de l'eau sur chaque pouce de sa peau affamée de caresses. Elle qui s'est si longtemps refusée à toute forme de sensualité, voit maintenant la maternité prendre possession de son corps et faire exploser sa féminité latente. Le sang qui afflue à son bas-ventre produit une impression de brûlure, malgré l'eau fraîche qui l'entoure et la stimule. Elle se force à inspirer lentement, de peur que Malik ne perçoive sa respiration saccadée.

Pendant la longue heure qui suit, elle se détend peu à peu, appréciant la sensation d'apesanteur qui soulage tant son corps courbaturé. Elle se retrouve plus égale à elle-même, plus rationnelle. Elle se dit que Malik est le frère de sa meilleure amie, Yasmina, qu'il sera donc toujours présent dans sa vie et celle de sa fille. Elle ne veut pas espérer plus et refuse de se créer des chimères de peur d'être déçue ou blessée. Elle se dit que Malik se croit sans doute sincère ; sans doute a-t-il réellement l'intention de changer et de former un couple avec elle, mais Charlie, la mère d'Éléonore, a toujours répété qu'un léopard ne perd pas ses taches et c'est là une leçon incrustée profondément dans le cœur de sa fille. Éléonore ne fait pas confiance aux hommes, ni au désir qui mène trop souvent là où la raison l'interdit.

Elle entend Malik qui se lève, enfile son peignoir et lui demande doucement si elle a besoin d'aide pour sortir. Éléonore sort du bain, ruisselante. C'en est trop pour Malik. En deux pas il est près d'elle, pose ses mains sur ses épaules, effleure son dos puis ses seins engorgés. Éléonore tremble de plaisir. Malik continue de la chatouiller délicieusement. Lorsque ses doigts lui frôlent l'entrejambe, la taquinent, elle se sent frémir de la tête aux pieds, terrassée par un plaisir aussi surprenant qu'il est vif. Dans sa naïveté, elle espère que Malik n'a rien vu. Celui-ci la sent si docile sous ses doigts, si malléable, si puissante et si vulnérable à la fois. Il l'embrasse doucement sur la bouche quand on cogne à la porte.

– Tout va bien ?

C'est l'employée qui revient les chercher. Éléonore enfile rapidement sa robe de chambre. La dame entre dans la pièce et ajuste l'éclairage, mettant fin au sortilège qui la possédait.

Éléonore et Malik se sauvent en riant, comme deux ados pris à faire des mauvais coups. L'expérience s'est révélée très relaxante pour Éléonore. Peut-être pas de la manière dont Malik l'avait prévu, mais leur complicité retrouvée, leurs éclats de rire, tout cela ramène Éléonore à elle-même et l'aide à oublier les mille soucis qui l'accablent. Ils s'arrêtent bouquiner chez Renaud-Bray, sur l'avenue du Parc, puis descendent la rue Laurier.

Lorsqu'ils passent devant la vitrine d'une boutique de vêtements chics pour enfants, Malik hésite puis demande timidement à Éléonore si elle a besoin de quelque chose.

– Non, non, ne t'inquiète pas. Ma mère m'a organisé un *shower*, je te jure, j'ai tout ! En triple exemplaire !

– Mais quand même, est-ce que je pourrais… ?

Éléonore devine sans se le formuler que Malik a besoin de s'impliquer, besoin de contribuer. Elle sourit et l'entraîne dans la boutique. Les vêtements sont superbes, mais affreusement chers. Malik est ébahi et examine l'amoncellement de vêtements sans savoir par où commencer. Éléonore le prend par la main et l'entraîne vers la section Nouveau-nés. Là, il décroche une jolie robe blanche à pois jaunes. Il contemple longuement le minuscule morceau de tissu posé dans ses mains fortes.

– Notre fille, ça va être une princesse, dit-il, ému.

– Bah ! Moi, je suis plus du genre à l'habiller en *tom-boy*.

– C'est bien toi, ça. Faut encore que tu casses mon fun !

– Quoi ? C'est super *cute*, des petites filles en pantalon d'armée !

– Aïe, aïe, aïe. Je pense que je suis mieux de prendre la situation en main.

D'un pas décidé, Malik se dirige vers l'étalage et sélectionne toute une garde-robe de poupée. Robes, froufrous, dentelles, tout y passe. Éléonore a beau protester, lui dire que ces robes-là sont pour les occasions spéciales, pas pour tous les jours, il fait la sourde oreille. Personne ne l'empêchera de gâter sa fille. Depuis des années, Malik gagne des sommes colossales dont il ne sait que faire. N'ayant jamais manqué de rien, il ne ressent ni l'envie de faire des dépenses frivoles, ni le besoin d'épargner jusqu'au dernier sou en cas de malheur. Pour lui, l'argent est accessoire, secondaire ; la conséquence accidentelle de son grand désir de réussir. Il n'a jamais tiré beaucoup de plaisir de ses dépenses, se contentant d'acheter les vêtements ou les meubles qu'il faut pour assurer son rang professionnel devant ses clients. En déboursant une somme exorbitante pour le trousseau de sa fille, Malik ressent une immense satisfaction. Il est fier d'être capable de lui donner ce qu'il y a de mieux et il devine d'emblée que jamais il ne lui refusera quoi que ce soit.

Les sentiments que Malik éprouve envers Éléonore demeurent encore confus. Bien qu'il la connaisse depuis longtemps comme étant la copine dégourdie de sa petite sœur Yasmina, il la découvre peu à peu en tant que femme. Sa force de caractère continue de le surprendre. Il sait qu'il veut vivre avec elle cette aventure qui s'annonce; en homme à l'éducation traditionnelle, il ne peut s'imaginer voir son enfant naître ailleurs qu'au sein d'un couple uni. De plus, il admet sans déplaisir qu'Éléonore a un petit quelque chose qui a toujours manqué aux autres, une étincelle, un je-ne-sais-quoi qui fait qu'il n'a jamais réellement réussi à la chasser de ses pensées. Mais au-delà de ces grands principes et de cette étincelle, l'avenir avec elle lui apparaît encore flou.

Il en va tout autrement lorsque Malik songe à la venue de sa fille. Lui qui n'a jamais été très porté sur les bébés, qui souriait poliment et regardait vite ailleurs lorsqu'un collègue aux yeux cernés exhibait fièrement la photo de son nouveau-né, le voilà qui se découvre une fibre paternelle poussée. Il ressent déjà le besoin de protéger sa fille envers et contre tous, de la gâter, de la choyer. Il a dit qu'elle sera une princesse et il le croit: pour lui, il est déjà acquis qu'elle sera la plus belle, la plus douée, la plus extraordinaire des petites filles.

Malik et Éléonore remontent lentement la rue Saint-Urbain. Les bienfaits du bain flottant ont amené Éléonore à se croire plus en forme qu'elle ne l'est vraiment et son ventre commence à lui peser. Elle ralentit imperceptiblement le pas. Une crampe lui saisit la cuisse. Malik s'aperçoit de son malaise et lui donne le bras. Ils rentrent à pas lents vers l'appartement d'Éléonore, enlacés, parlant de tout et de rien à voix basse.

Assis sur la dernière marche de l'escalier avec son sac à dos, Matthew les voit arriver de loin. Le tableau qu'ils forment, si unis, lui perce le cœur. Il avait décidé de laisser quelques jours de réflexion à Éléonore, quelques jours pour décider de son avenir avec ou sans lui, acceptant avec reconnaissance l'invitation d'un ami à utiliser son chalet à Morin-Heights. Mais maintenant qu'il est de retour, il se demande si sa stratégie ne s'est pas retournée contre lui : loin d'avoir souffert de son absence, Éléonore semble plutôt avoir trouvé un autre bras sur lequel s'appuyer. Matthew en ressent une douleur indicible, mais refuse d'imposer ses sentiments à sa grande amie qui ne lui a jamais rien promis.

Éléonore lève la tête vers Malik, le visage éclairé d'un sourire serein que Matthew ne lui connaissait pas. Elle semble calme, comblée. Il regarde avec méfiance cet homme qui a si bien su la charmer. Malik croise le regard de Matthew et fait un signe discret à Éléonore. Celle-ci aperçoit tout de suite son ami et laisse machinalement tomber le bras de Malik. Matthew souffre de leur voir déjà cette connivence. Il sent d'instinct que la partie est perdue d'avance.

– Matthew ! Ça va ? Pis, c'était cool, ta semaine dans le Nord ?

Matthew et Éléonore se font la bise. Elle l'invite à monter. Elle ouvre la porte, fait passer les deux hommes, enlève ses bottes d'hiver. Elle est mal à l'aise de se retrouver avec Malik et Matthew dans son salon. Comme elle en a l'habitude dans les moments d'embarras, elle s'esquive pour faire du thé, laissant ses invités dans un tête-à-tête que ni l'un ni l'autre n'a désiré. Quelques minutes plus tard, Éléonore interrompt une conversation laborieuse sur le gardien de but du Canadien en entrant dans le salon, munie d'un plateau de thé et de muffins aux dattes sur lesquels les deux hommes se jettent avec reconnaissance, soulagés d'avoir l'excuse d'une bouche pleine pour ne plus parler.

La collation terminée, Malik regarde sa montre de manière ostentatoire, remercie Éléonore du bel après-midi passé ensemble et annonce qu'il va souper chez ses parents.

– Je t'appelle demain, dit-il en faisant la bise à Éléonore.

Après avoir refermé la porte, Éléonore revient à pas lents vers le salon. Elle suggère à Matthew de prendre une douche, lui dit qu'elle ira chercher de la sauce et des pâtes fraîches au Latina pour le souper. Matthew perçoit l'inconfort d'Éléonore, qui tourne autour du pot et ne sait par quel bout aborder le sujet épineux. Quant à lui, sa décision est prise. Il a décidé de la conduite à tenir, pendant son interminable semaine de réflexion dans le bois, et la gêne d'Éléonore cristallise cette décision. Le procès de son père approche ; elle est enceinte jusqu'au cou ; sa situation personnelle et financière est des plus instables. La dernière chose dont elle a besoin, c'est d'un autre amoureux transi pour lui compliquer la vie. Non, Éléonore a plutôt besoin d'une épaule forte, d'une présence inconditionnelle et c'est ce que Matthew entend lui donner. Ce renoncement ne se fait pas sans heurts ; il voudrait hurler, résister, lui crier qu'il l'aime, la supplier de ne pas confier son bonheur et la vie de sa fille à ce Don Juan de première.

Il observe Éléonore qui babille en caressant son ventre d'un air distrait. Ses pommettes toujours rouges sont devenues écarlates et la nonchalance qu'elle tente de feindre ne parvient pas à dissimuler la lueur qui brille dans ses yeux. Son Élé est amoureuse, il ne peut plus se le cacher. Il ne lui reste qu'à tirer sa révérence, ce qu'il se jure de faire avec dignité.

– Alors, tout va bien entre Malik et toi ?

– C'est encore un peu tôt pour le dire... On parle, on apprend à se connaître. C'est quand même le père de mon enfant ! s'exclame Éléonore, un peu sur la défensive.

– Mais oui.

– Écoute, Matthew. Je voudrais qu'on se parle sincèrement, toi et moi. Je suis mélangée depuis quelque temps, je... je ne suis pas sûre de ce qu'il y a entre nous.

Devant le silence de Matthew qui se contente de l'écouter, Éléonore se lance.

– Tout ce que je sais, c'est que tu es mon meilleur ami et que je t'aime énormément. Je veux surtout pas te faire de la peine. C'est déjà assez compliqué comme ça, avec mon père, avec... Mais je peux pas te perdre ! Tu comptes trop pour moi.

Matthew voit qu'Éléonore s'emballe. Les larmes pointent dans ses grands yeux bleus. Il s'approche d'elle et la prend dans ses bras.

– Shhh, Elly, shhh... Viens ici.

Elle se love dans l'étreinte réconfortante. Elle ravale quelques sanglots puis se calme peu à peu. Lorsqu'il la sent apaisée, Matthew se dégage et la regarde doucement, en tenant ses mains dans les siennes. Ses beaux yeux gris-vert sont remplis d'amour.

– Ne t'en fais pas, Élé. Tu es ma meilleure amie et je t'aime gros comme le monde. C'est tout. Je veux que tu sois heureuse. C'est fini les inquiétudes, OK ?

– Est-ce que tu vas rester quand même ? Je veux dire...

– Ça, on va voir. Une chose à la fois, OK ? Mon emploi à Montréal n'est pas confirmé et j'attends une autre offre à Vancouver.

Matthew tient à se ménager une porte de sortie.

– Mais je vais être là tant que tu auras besoin de moi, OK ? C'est promis.

Éléonore acquiesce en reniflant. Avec sa grossesse, les procédures contre son père, la présence ambiguë de Matthew, l'arrivée de Malik qui vient tout chambouler, elle se sent complètement submergée d'émotions qu'elle ne peut nommer. Sa seule échappatoire demeure le travail, où elle s'investit dans tous les projets pour enfin se sentir en pleine possession de ses moyens. Elle s'installe à la table de la cuisine et révise les dernières modifications apportées au scénario de son film, pendant que Matthew fait bouillir de l'eau pour les pâtes. Pour le moment, le *statu quo* convient parfaitement à Éléonore, qui ne se sent pas la force de bouleverser son quotidien. C'est donc avec soulagement qu'elle retombe dans la confortable routine qu'elle et Matthew se sont créée au cours des derniers mois.

À Paris, Yasmina tourne en rond. Elle attend impatiemment l'appel de sa mère. Il n'y a qu'à elle qu'elle puisse parler. Yasmina ne comprend pas ce qui se trame entre sa meilleure amie et son frère. Depuis l'annonce qu'elle a faite à Malik de la grossesse d'Éléonore, Yasmina demeure dans le noir. Éléonore hésite toujours à se confier, surtout à distance, et Malik reste fermé comme une huître. Résultat, Yasmina n'arrive pas à saisir ce qui leur arrive et est blessée de se sentir exclue d'un événement aussi important dans la vie des deux personnes dont elle est le plus près. Elle n'y comprend rien. Ont-ils eu une relation, était-ce juste une aventure ? Et, désormais, forment-ils un couple, une famille ? Vont-ils se contenter d'une garde partagée ? Jacqueline Saadi se pose les mêmes questions qui demeurent sans réponse, et c'est tous les jours que la mère et la fille discutent de l'affaire en long et en large au téléphone.

Yasmina est soulagée lorsque le téléphone sonne et elle se jette sur le combiné.

– Pis, est-ce qu'il y a du nouveau ?

– Rien ! Il a soupé avec nous hier soir, il a dit qu'Éléonore était occupée avec un ami.

– Matthew ?

– J'imagine. Tu connais ton frère, pas moyen de le lui demander.

– Mais il m'énerve ! Je commence à trouver que ça n'a pas d'allure leur affaire ! Ils peuvent pas continuer à nous exclure comme ça !

– Yasmina, c'est à eux que ça arrive, pas à nous.

– Pas à nous, pas à nous, franchement, maman ! Le bébé d'Éléonore, ça va être ta petite-fille, et ma nièce ! J'en reviens juste pas.

– Je sais que c'est un gros choc, mais ça doit être encore pire pour ton frère, le pauvre.

– Comment, le pauvre ? Maman, Malik courait après. Avec le nombre de blondes qu'il a eues... et encore, le terme est poli. C'est plus Éléonore qui me fait pitié. Elle essaie d'être forte, Élé mais... il me semble qu'elle aurait besoin d'un gars fiable.

– Qu'est-ce qui te dit que ton frère ne sera pas fiable ? Tu es bien dure envers lui.

– Et toi, t'es trop indulgente envers ton fils ! C'est pas un enfant de chœur.

– Malik est un bon garçon. Il va être là pour elle, j'en suis convaincue.

– On verra ! Bon, j'y vais, maman, j'ai rendez-vous avec une amie pour aller étudier.

– Attends ! Toi, ça va ? Tes études ?

– Ben oui, ça va ! OK, j'y vais ! Bye, maman ! Appelle-moi dès qu'il y a du nouveau.

Après avoir parlé à sa mère, Yasmina enfile son manteau, enroule son écharpe et met son sac en bandoulière. Elle marche le long de la Seine, dans le vent glacial, en direction de la Grande Bibliothèque, où elle doit rejoindre une camarade de classe pour une séance d'étude.

Amélie est une petite brune vive, aux cheveux courts et au sens de la répartie aiguisé. Elle vient du Sud, près de Toulouse, et se plaint constamment de la grisaille et du froid des hivers parisiens. À l'automne, Yasmina riait d'elle et la traitait de petite nature, lui lançant qu'elle ne survivrait pas dix minutes à l'hiver canadien. C'était avant de découvrir le froid cinglant de l'hiver parisien, qui la pénètre jusqu'aux os et se moque des grosses doudounes canadiennes. Elle a bien essayé de combattre, munie de son manteau Kanuk, censé la protéger jusqu'à moins quarante, et de ses grosses bottes Sorel. Le froid humide, perçant, la laissait transie. En observant Amélie, qui rigolait de la voir empêtrée dans son équipement polaire, elle a vite compris que la superposition de vestes et de chandails de laine était une arme beaucoup plus efficace. Amélie lui a indiqué où acheter de fins sous-vêtements de lainage doux, ainsi que les grands foulards qu'elle tente d'enrouler autour de son cou, à la parisienne.

Prise par ses études, qu'elle aborde avec un sérieux de moine, Yasmina a peu le temps de s'ennuyer de sa famille et de ses amis. Par contre, la luminosité montréalaise lui manque : ces journées d'hiver superbes, au ciel d'un bleu profond, quand le soleil plombant sur la neige fraîche est aveuglant et que les reflets semblent scintiller. Yasmina trouve que la neige a au moins l'avantage d'éclaircir le paysage. À Paris, la grisaille du ciel fait écho à celle des édifices de pierre. Elle marche d'un bon pas vers la bibliothèque, admirant de loin la silhouette des tours vitrées qui abritent tant de savoir.

Yasmina se félicite de sa décision d'être venue étudier à Paris. Elle se perd dans ses romans, sa poésie, ses manuscrits, et ressent peu le besoin de reposer les pieds sur terre. Le monde imaginaire et romancé des troubadours lui plaît davantage que celui qui grouille autour d'elle. Il n'y a que cette saga insensée pour venir la distraire, celle des amours de son frère avec nulle autre qu'Éléonore. Yasmina n'arrive pas à s'imaginer ce qui a bien pu se passer entre eux pour que sa meilleure amie se retrouve enceinte de son frère, sans vouloir le lui révéler. Elle se dit que quelque chose cloche et se promet d'aller au fond de l'histoire. Elle aperçoit Amélie qui l'attend, bravant le vent près des quais pour griller une dernière cigarette avant d'entrer dans l'hibernation des longues heures d'étude qu'elles ont planifiées. Yasmina lui fait la bise, répond à sa question enjouée sur leur dernière lecture et s'engouffre à sa suite dans l'immeuble de verre.

CHAPITRE DEUX

Le vol qui doit ramener Malik à Londres est prévu pour le lendemain. Éléonore demeure aussi fuyante qu'une anguille. Il se jure de la coincer et d'avoir enfin cette conversation si essentielle. Un beau soleil printanier envahit les rues. Malik marche d'un pas vif, ne croisant que les joggeurs matinaux du week-end, et passe à la Gascogne, rue Laurier, y chercher café au lait et viennoiseries. Il sonne chez Éléonore de bon matin. Elle grogne un peu en ouvrant la porte, tout endormie. Quand elle maugrée que c'est samedi, il la renvoie rapidement se coucher et annonce qu'il lui servira le déjeuner au lit. Il passe quelques minutes dans la cuisine pour presser un jus d'orange frais, dispose ses achats sur un plateau et se rend auprès d'Éléonore, qui est enfouie sous son grand édredon blanc. Il s'assoit près d'elle et lui caresse doucement les cheveux.

– Tu as faim ?

Elle acquiesce en silence et savoure une chocolatine avec son café. Malik déplie le journal et se plonge dans sa lecture de *La Presse*. Éléonore lui pique tout de suite la section *Arts et spectacles*. De longues minutes s'écoulent ainsi, sereines. Puis Malik replie son journal.

– Élé ?

– Oui…

– On est d'accord, alors ? On essaie ?

– On essaie quoi ?

– On essaie d'élever un enfant. On essaie de voir ce qui se passe entre nous.

– C'est pas un gros, gros engagement, ça. Essayer.

– Ben là, Éléonore ! Je t'ai demandée en mariage et tu m'as ri en pleine face. Là, j'y vais plus relax, et c'est pas assez pour toi. Faudrait que tu te branches !

– T'as raison… C'est juste que je trouve ça dur, faire confiance. Surtout à toi, ajoute-t-elle d'un air taquin.

Malik lui décoche un sourire de loup. « Je vais t'apprendre à faire confiance, moi. » L'amour physique la calme mieux que tous les discours. Elle s'abandonne à la caresse experte qui apaise tous les maux de son corps endolori par la fin de la grossesse. Quand le plaisir la saisit, il est rapide et vif. Elle se love contre la poitrine de Malik, qui pose sa main sur son ventre. Ils ne parlent pas et respirent de concert. Éléonore se détend, lorsqu'une inquiétude perce à la surface.

– Mais, Malik… je veux bien, qu'on essaie, mais Londres, c'est pas la porte à côté. Faudrait quand même qu'on donne une chance au coureur.

– On va se donner toutes les chances du monde, ma belle. Qu'est-ce que tu dirais de New York ?

– Qu'est-ce que je dirais de New York, quoi ?

– Je pourrais facilement demander un transfert à New York. On serait pas loin d'ici, pour voir nos familles. On prendrait un appartement près de Central Park, pour aller marcher avec le bébé.

Éléonore se raidit.

– Non.

– Comment, non ? Tu vas être en congé de maternité, en plus. Ça nous donnerait un an pour être ensemble, voir comment ça se passe.

– Non.

Tout en elle refuse. Elle sera seule à Montréal, soit ; mais elle y a sa vie, ses habitudes, son appartement, son emploi qui l'attend, si le congé de maternité s'avérait trop lourd à porter. Éléonore a vu sa mère bâtir sa vie sur les épaules d'un homme et s'est juré de ne jamais suivre son exemple. L'idée de s'exiler dans le monde de Malik, de vivre à ses crochets, dans un univers qu'il aura choisi... Cette seule pensée l'étouffe. Une maternité solitaire lui semble plus facile à concevoir que l'abandon de tous ses repères pour suivre un homme.

Malik se braque à son tour.

– Tu vas quand même pas me demander de lâcher ma carrière ?

– Il n'en a jamais été question.

– On fait quoi, alors ?

– Je ne sais pas...

Malik se lève brusquement et se dirige vers la cuisine, où il entreprend de faire la vaisselle dans un vacarme qui communique sa colère à tout l'appartement.

Ce tapage matinal réveille Matthew, qui se rend à la salle de bains pour prendre sa douche. Quand il passe devant la porte entrouverte d'Éléonore, il constate qu'elle pleure, appuyée sur ses gros oreillers blancs. Inquiet, il passe la tête dans l'embrasure et lui demande : « Élé ? Ça va ? » Le ton attendri de Matthew a pour effet de redoubler les larmes d'Éléonore. Il entre dans la chambre, s'assoit à côté d'elle et la serre dans ses bras pour la consoler.

À ce moment, Malik revient, contrit, prêt à s'excuser de s'être emporté. La scène qu'il a sous les yeux lui coupe le souffle. Matthew et Éléonore, enlacés dans le lit qu'il vient de quitter il y a quelques instants à peine. Il claque la porte de la chambre et quitte l'appartement, se dirigeant d'un pas rageur vers sa voiture de location. Il démarre dans un crissement de pneus mais se contente de tourner en rond, cherchant où aller, un samedi matin à 9 heures, pour épancher l'amertume qui l'envahit. Il finit à l'Express, rue Saint-Denis, où il commande un café noir bien serré qu'il avale d'une traite. Il rumine en silence, ne sachant comment exprimer les émotions qui se bousculent en lui. Le rapport de Malik avec les femmes a toujours été très simple: des relations faites de séduction et de passion, puis d'une rupture, souvent à l'amiable, lorsque la flamme s'éteint. Il n'a jamais eu à composer avec une volonté têtue comme celle d'Éléonore, ni avec la présence d'un rival chez l'une de ses conquêtes. Dans ce cas, il aurait simplement tiré sa révérence et oublié la demoiselle dans les heures suivantes.

Mais avec Éléonore, c'est plus compliqué. Outre sa fille à naître, c'est aussi une question d'orgueil, pour Malik: il refuse de se voir relégué au second rôle dans cette aventure qui s'annonce. C'est *sa* fille et Éléonore sera *sa* femme, quoi qu'en dise l'autre Daniel Boone avec sa douceur et ses sentiments refoulés. Malik n'a jamais connu l'échec et il n'a pas l'intention de commencer aujourd'hui. Il suffit d'élaborer la bonne stratégie. Ragaillardi par cette résolution, il commande deux œufs miroir sur baguette et attaque son repas avec appétit.

Chez elle, Éléonore ne sait plus où donner de la tête. Rattraper Malik, lui expliquer la relation particulière qui l'unit à son grand ami. Calmer Matthew, furieux qu'un gars débarqué de la veille ose faire de telles scènes et sabote l'atmosphère intime et chaleureuse qu'ils ont créée à deux, pendant tous ces mois, en préparant un chez-soi au bébé qui s'annonce. Éléonore décide d'aller plutôt à l'essentiel et se sert un énorme bol de céréales à la croustade aux pommes, accompagné d'un grand verre de jus d'orange et de morceaux de melon. Elle ne peut même plus s'écouter penser tant elle a faim. Une fois rassasiée, elle prépare un café à Matthew qui bougonne encore. Elle lui promet de parler à Malik.

Le téléphone sonne. C'est Yasmina qui vient aux nouvelles. Encore dans le feu de l'émotion, Éléonore rompt sa réserve habituelle envers la sœur de Malik et raconte à sa meilleure amie les événements du matin. Toute à son récit, elle s'échauffe.

– Et franchement, je trouve qu'il exagère ! Matthew, c'est mon meilleur ami, c'est lui qui a été là pour moi depuis des mois. Je vais quand même pas sacrifier une amitié profonde qui dure depuis des années, juste pour un gars qui vient d'apparaître dans ma vie !

Yasmina l'écoute quelques minutes puis décide de lui dire sans ambages sa façon de penser.

– Éléonore Castel, ça me fait de la peine d'avoir à te dire ça, mais des fois t'as l'intelligence émotive d'un hamster ! Pis c'est pas parce que c'est mon frère que je dis ça. Tu sais que Matthew, je l'adore, même que ça fait des années que je dis que c'est le gars pour toi. Mais là, une chose à la fois ! Si tu veux donner une chance à ta relation avec Malik, et je pense que t'as pas ben, ben le choix avec le bébé qui s'annonce, faut que tu fasses du ménage ! Voyons donc, tu peux pas en *runner* deux en même temps !

– Tu suggères quoi, se rebiffe Éléonore, que j'abandonne mon meilleur ami ? Ça se fait pas, voyons. Écoute, Matthew ça fait des années qu'il est dans ma vie, je vais pas le *flusher* pour une nouvelle histoire qui n'est peut-être pas si fiable !

– Tu m'enrages ! Des fois, dans la vie, quand il t'arrive quelque chose qui a le potentiel d'être solide, faut mettre toutes les chances de ton côté. Donnez-vous une chance, quand même. Tu peux pas lui imposer un autre gars jusque dans ton lit, voyons !

– Matthew, c'est juste un ami.

– Là, t'es de mauvaise foi. Tu sais bien que c'est plus compliqué que ça. Tu t'apprêtais à élever ta fille avec lui, sois honnête ! Tu peux pas donner ce rôle-là à deux hommes en même temps, je suis désolée.

Éléonore rouspète pour la forme, mais les arguments de Yasmina ont fait mouche. Elle raccroche et demeure songeuse. Matthew se tient coi, voyant qu'elle est troublée. Elle annonce qu'elle part marcher sur la montagne. Matthew se dit que ça n'augure rien de bon ; il sait bien que c'est toujours là que se prennent les grandes décisions, pour Éléonore. À cause de son bassin endolori, elle décide de prendre sa voiture jusqu'au lac des Castors, emprunte ensuite les escaliers de pierre, derrière la maison Smith, puis s'enfonce dans la forêt, le long d'un petit sentier boisé. Elle marche lentement, humant l'air frais du matin dans la montagne qui s'éveille. Et surtout, elle réfléchit. Yasmina n'a pas entièrement tort. Elle ne peut tenter cette aventure avec deux pères à la fois, surtout pas le vrai et celui par procuration. Un jour ou l'autre, il faudra qu'elle fasse ce choix qu'elle a tenté de repousser aux calendes grecques, mais dont l'imminence se présente maintenant à elle avec acuité.

Elle s'assoit sur le bord d'un étang, la main appuyée sur son ventre. Elle parle à sa fille. Lui demande de la guider dans ce choix, qui aura de telles répercussions sur leurs vies. Elle ne fait pas entièrement confiance à Malik, elle a peur d'être blessée et ne croit pas encore à la solidité de son engagement. Matthew, par ailleurs, est le pilier de son existence, celui vers qui elle peut toujours se tourner dans les moments difficiles. Mais voilà, l'amour n'est pas fait que de confiance et de sécurité… Il y a son cœur aussi, qui palpite, son corps qui la pousse vers Malik à chaque intonation de voix, à chaque geste ébauché vers elle. Elle sait bien que, malgré tout ce que sa raison lui dicte, il n'y a qu'un choix possible pour elle.

Et maintenant, que faire ? Elle ne peut pas chasser Matthew de sa vie. Elle refuse de le faire, ne serait-ce que par loyauté. Et, outre tous ses beaux principes, ce serait tout simplement au-dessus de ses forces. Elle a trop besoin de son soutien inconditionnel, de sa présence apaisante. Mais elle comprend la fureur de Malik, accepte qu'elle ne peut pas lui imposer cette intimité quasi conjugale avec un autre homme, fût-il son grand ami de toujours.

Ce soir-là, elle appelle Malik chez ses parents. Elle est gênée lorsque sa mère répond. Elle ne sait pas ce que Yasmina et Malik lui disent, mais elle trouve difficile de croire qu'elle joue le beau rôle dans leurs récits. Madame Saadi est aussi chaleureuse que d'habitude à l'égard d'Éléonore. Elle fait preuve de retenue en ne mentionnant pas sa grossesse et Éléonore lui en est reconnaissante. Il sera toujours temps d'intégrer cette grand-maman dans la vie de son enfant. Une grand-mère ! Après s'être tellement répété qu'elle allait élever son enfant seule, Éléonore ne saisit pas encore toutes les répercussions de la venue de Malik dans sa vie. Ce n'est pas seulement un papa que sa fille aura, mais toute une famille ! Une tante Yasmina, des grands-parents… La famille Saadi est très étendue, Éléonore le sait. Elle se sent intimidée tout à coup, à l'idée d'en faire partie. Lorsque Malik répond, courtois mais sans plus, elle l'invite à souper.

– Chez toi ?

– Non, je pensais plutôt au Petit Italien.

– Parce qu'il y a ton homme des bois, c'est ça ?

– Écoute, je peux quand même pas le mettre à la porte.

– Ben…

– Malik ! Allez, tu pars demain. On sort manger ou pas ?

– Je passe te chercher. Fais-toi belle !

– Ah, parce que je suis pas assez belle pour le Petit Italien ? Allo ? Allo ?

Malik a déjà raccroché.

Craignant d'avoir du chemin à faire avant de regagner les bonnes grâces de Malik, Éléonore décide de mettre le paquet. Il lui a dit de se faire belle ; il va voir ce qu'il va voir, enceinte de sept mois ou pas. Elle n'est pas de ces femmes qui se sentent incommodées par la grossesse ; au contraire, Éléonore ne s'est jamais sentie plus belle, plus féminine. Ses cheveux noisette chatoient, son teint est lisse et ses seins alourdis agrémentent à merveille les courbes de sa silhouette. Elle enfile la fameuse robe rouge qu'elle avait achetée, il y a une éternité, avant que sa grossesse ne fasse l'objet de racontars dans les journaux à potins. Une robe cache-cœur, qui souligne sa poitrine et épouse amoureusement le ventre rebondi. Ne réussissant pas à trouver de collant qui s'étire assez pour accommoder son ventre, elle opte pour des bas mi-cuisse d'un noir diaphane que Yasmina l'avait convaincue d'acheter, lors d'une vente de fin de saison chez La Baie, et qui sont restés dans leur emballage depuis. Elle soulève ses cheveux bruns soyeux dans une haute queue de cheval qui lui dégage la nuque, applique du mascara et une fine couche de vaseline sur ses lèvres. Elle choisit des bottes de cuir à talons hauts et son éternel manteau noir trois-quarts qu'elle agrémente d'un foulard bariolé. Elle salue gaiement Matthew lorsqu'on sonne à la porte. Il ne se donne pas la peine de lui demander avec qui elle sort : la réponse crève les yeux.

Plutôt que remonter Parc vers la rue Bernard, Malik se dirige en direction du centre-ville. Étonnée, Éléonore lui demande où ils vont. Il se contente de lui sourire et de lui dire d'être patiente. Il monte le son d'un CD de Pearl Jam qu'ils écoutent sans parler. Éléonore se cale dans le fauteuil de cuir, éminemment plus confortable que ceux de sa vieille Civic. Elle qui déteste ne pas avoir le contrôle, elle se détend pourtant, ce soir, en s'en remettant à Malik. Sans savoir précisément où ils vont, elle est sûre qu'il l'emmène quelque part où c'est beau et bon. Malik gare la voiture rue Saint-Paul, dans le Vieux-Montréal. Ils marchent vers la rue McGill et entrent au restaurant Cube, de l'hôtel St-Paul. Ils sont immédiatement escortés vers une table intime au centre du décor éthéré. Éléonore, qui apprécie le design et l'architecture, dévore l'endroit des yeux et demande rapidement à Malik si elle peut faire une petite visite. Pendant qu'elle explore, il fait apporter une bouteille de Veuve Clicquot à leur table. Éléonore revient, les yeux brillants, louangeant la palette monochromatique qui tranche avec le caractère historique de l'immeuble. Malik lui sert un demi-verre de champagne, malgré ses protestations.

– Ce soir, on célèbre !

– On célèbre quoi ?

– On célèbre notre aventure, on célèbre notre famille, on célèbre la venue de notre petite fille.

– D'ailleurs, fait Éléonore, gênée, je ne te l'ai pas dit, mais j'ai déjà choisi un prénom.

– Quoi ? Sans me consulter ? lance Malik, d'un ton bon enfant.

– Ouais, c'est ça, j'allais t'écrire un courriel pour te demander d'approuver une liste de prénoms pour ta fille hypothétique, sans te dévoiler que j'étais enceinte de toi…

– Je ne peux toujours pas croire que tu n'allais rien me dire, Élé…, reprend Malik d'un ton doux.

– Je sais, je sais. Mais j'étais tellement fâchée. Tellement sûre que tu riais de moi, que j'étais une autre de tes conquêtes faciles… Pis chaque fois que j'entendais Allegra parler de toi, de ce qui s'est passé entre vous… Je te dis pas ce que ça me faisait.

– Est-ce qu'elle le sait, pour nous deux ?

– Pas encore… Elle est déjà hyper fâchée d'avoir appris ma grossesse dans les journaux, alors… Il faudrait que je l'appelle, mais je sais même pas par où commencer. Elle est pas facile quand elle est en colère.

– Heille ! Ça va faire avec Allegra ! Tu m'as toujours pas dit ce sera quoi le prénom !

– Ha ! Ha ! C'est vrai ! Un coup parti, je pourrais peut-être te faire attendre jusqu'à la naissance…

– Tu penses, hein, que tu vas être capable de garder ton secret si longtemps ?

Éléonore fond devant le sourire coquin de Malik, ses yeux qui étincellent et lui font mille promesses.

– Elle s'appellera Mathilde. C'est le prénom de ma grand-mère, de qui j'étais très proche, celle qui m'a servi de deuxième mère.

– Je me souviens… Yasmina m'avait déjà parlé d'elle. Celle qui avait la vieille maison dans les Cantons-de-l'Est, c'est ça ?

– Oui. La maison a dû être vendue à son décès, ça me brise encore le cœur quand j'y pense.

– Mathilde… Quel beau nom, très élégant, mais joyeux en même temps… Un peu vieillot, tu sais, j'imagine une petite Mathilde qui jouerait au cerceau près d'un bassin, au parc des Tuileries.

– Comme dans les romans de la Comtesse de Ségur !

Le menu est très sophistiqué, un peu trop pour Éléonore, dont l'estomac comprimé par la grossesse exige des mets plus simples. Mais l'ambiance feutrée lui plaît et surtout, la chance de passer ces quelques heures en tête-à-tête avec Malik. D'un commun accord tacite, ils parlent peu de leur avenir, se contentant d'apprendre à se connaître sous un nouveau jour. Ils ne sont plus le grand frère de l'amie ni l'amie de la petite sœur ; ils ne sont pas non plus la conquête d'un soir qui déstabilise par son intensité. Ils passent lentement à une autre étape, celle où ils se préparent à être partenaires et à prendre des décisions conjointes dans la vie. Avec le dessert, Malik demande un café noir pendant qu'Éléonore sirote une tisane à la camomille.

– Ça ne t'empêche pas de dormir, boire du café noir si tard ? demande-t-elle.

– Je n'ai pas l'intention de dormir beaucoup ce soir, répond Malik, les yeux plantés dans ceux d'Éléonore.

Elle se sent parcourue d'un délicieux frisson. Par contre, elle sait qu'il y a une discussion qu'ils doivent avoir, tous les deux.

– On ne peut pas rentrer chez moi ce soir.

– Je sais. Et on ne peut pas aller chez mes parents non plus.

– Mais alors…

– Fais-moi confiance. Viens !

Après avoir réglé l'addition d'un geste discret, Malik entraîne Éléonore vers l'ascenseur. Celle-ci comprend vite qu'il a pris une chambre et tente de protester, mais il l'attire vite dans un baiser qui coupe court à toute tergiversation. Depuis le retour de Malik, ils n'ont profité que de quelques moments volés à gauche et à droite. Ce soir, il entend prendre son temps. Redécouvrir Éléonore, pouce par pouce. Charmée, elle se laisse entraîner vers la chambre. Ils parlent peu. Il détache lentement la ceinture de la robe rouge, qui tombe aux pieds d'Éléonore. Elle est debout devant lui, belle et fière. Il caresse doucement son ventre, y dépose un léger baiser, puis remonte vers son cou. Il recule pour mieux la regarder. Leurs sourires gênés sont empreints de tendresse. Ce soir, pour la première fois, ils font réellement l'amour, avec tout ce que cela suppose. Leurs deux corps sont soudés, comme si un filet d'air risquait de mettre trop de distance entre eux. Les sensations submergent Éléonore et comme chaque fois, elle est ébahie de constater l'emprise que Malik a sur elle. Elle ne se reconnaît plus. C'est comme s'il avait trouvé la clé d'une partie d'elle-même dont elle ignorait l'existence. Elle, si capable, si forte, si déterminée à ne pas céder aux aléas de l'amour, la voilà douce, alanguie, presque, oserait-elle dire, soumise. Repue, elle se réveille au petit matin lorsque Malik lui sert un plateau de croissants, de jus d'orange frais et de café. Sa peau rugueuse égratigne sa joue quand il l'embrasse. Elle se jette sur son déjeuner avec appétit.

– Je ne voulais pas te réveiller, mais mon vol part dans quelques heures.

– Quelques heures ! Il faut qu'on se parle.

– Je sais. Mais te connaissant un petit peu, j'ai pensé que ça serait mieux qu'on parle l'estomac plein.

Éléonore ne peut s'empêcher de rire.

– Tu as bien raison. Il n'y a qu'un bon repas pour adoucir un peu ma tête de cochon.

– Que ça ?

Elle rougit. Puis, elle lui apprend qu'elle a parlé à Matthew la vieille et qu'elle lui a expliqué que, malgré la grande amitié qui les lie, leur situation est devenue intenable.

– Il va se trouver un appartement. Ça peut prendre quelque temps, par contre. C'est ça que je voulais t'expliquer hier soir. Je ne vais quand même pas le mettre à la rue en attendant !

– Bien sûr que non. Et nous, alors ?

– Je sais pas quoi te dire. New York, c'est non, Malik. Je ne veux pas déménager. Il n'y a rien à faire.

Il avait bien pensé que ce serait le cas, surtout après avoir parlé à Yasmina. Il a donc une solution de rechange à proposer : il demandera un transfert à New York, comme prévu. Puis, il fera l'aller-retour toutes les fins de semaine.

– Ça se fait, ça ?

– Ça fait beaucoup de temps dans les taxis et les aéroports, mais oui, ça se fait. Quelque temps, du moins. Après, on en reparlera. Élé, la job que je fais, ça n'existe tout simplement pas à Montréal. C'est le mieux que je puisse t'offrir, si tu tiens à rester ici.

– Et à ton travail, ils vont accepter ?

– Écoute, c'est sûr que je gagnerai pas le prix de l'employé de l'année. Passer toutes les fins de semaine à l'extérieur, c'est quasiment du temps partiel, pour eux. Mais je leur laisserai pas le choix. Et ils ne veulent pas me perdre, ça, je le sais.

– Moi non plus, avoue Éléonore, les yeux baissés. L'effort qu'a fait Malik pour trouver un compromis la touche beaucoup.

– Toi non plus quoi ? demande-t-il.

– Rien, j'ai rien dit.

– Trop tard, je t'ai entendue ! Il y aurait donc des sentiments, après tout, dans cette tête de cochon-là ? rigole-t-il en la faisant rouler sur le lit.

CHAPITRE TROIS

Éléonore se prépare à affronter sa prochaine grande épreuve. Elle soulève le combiné et compose le numéro.

– Allo ?

– Allegra ?

– ...

– Raccroche pas, s'il te plaît. Il faut que je te parle.

– Je pense qu'on n'a plus rien à se dire.

– Malheureusement, j'en ai encore pas mal à te dire. Est-ce que je peux venir te voir ?

– Dis-le au téléphone, ce que t'as à me dire.

– Allegra, vraiment, je peux pas. Il faut que je te voie. S'il te plaît.

– OK, d'abord. Mais dépêche-toi, je pars à mon cours dans une heure.

– J'arrive.

Allegra ne peut imaginer ce qu'Éléonore a de si important à lui dire. Sans doute tient-elle à s'excuser en personne. Allegra compte bien la faire ramer un peu, mais elle commence à avoir hâte de lui pardonner. Sa grande amie lui manque. Elle s'était sentie profondément blessée par le silence d'Éléonore, par son éloignement, par son refus de lui confier qu'elle était enceinte. La blessure d'avoir appris la grossesse de sa meilleure amie dans un magazine à potins est encore vive. Mais ne l'a-t-elle pas assez punie ? En y repensant, elle se sent un peu mesquine d'avoir réagi de manière aussi péremptoire. Une petite chicane entre amies, ce n'est quand même pas du même ordre d'importance qu'une grossesse. Allegra a tout à coup extrêmement hâte de la voir, de l'entendre raconter cette aventure unique. En détail. Elle sait par la presse qu'Éléonore garde officiellement le secret sur l'identité du père de son enfant, mais elle compte bien lui faire cracher le morceau. *Elle me doit bien ça*, se dit-elle en riant. *À mon tour d'avoir droit à une primeur*.

On sonne à la porte quelques instants plus tard. Allegra ne peut masquer son étonnement lorsqu'elle voit Éléonore gravir les marches vers elle en se dandinant lourdement.

– Élé ? C'est toi ?

– Oui, madame. C'est moi et trois quarts. Ça prend de la place, ce bébé-là.

– Il te reste combien de temps, là ?

– Deux mois.

– Deux mois ?

– T'inquiète pas, t'es pas la première à me dire que j'ai l'air prête à accoucher demain matin !

– J'allais pas dire ça, voyons ! Ça te va bien, tu sais. C'est juste que... ça te change.

Voir la transformation d'Éléonore fait prendre conscience à Allegra des mois qui se sont écoulés depuis leur dispute. Sa rancune lui semble encore plus bête. Elle s'empresse d'installer son amie et lui sert un jus d'orange. Puis, elle attaque de front le sujet qui la préoccupe.

– Tu sais, Élé, je suis pas fière de moi. C'est vraiment immature de t'avoir claqué la porte au nez comme ça. De te voir, là, si enceinte, j'en reviens même pas de ne pas avoir partagé ça avec toi. J'ai pas été là pour toi et je me sens vraiment mal.

– Dis pas ça...

– Et avec l'histoire de ton père, en plus. Qu'est-ce qui se passe de ce côté-là ?

– Rien encore. On attend qu'une date soit fixée pour l'enquête préliminaire.

– Voudrais-tu que je vienne avec toi, pour l'enquête ? J'ai des mois à rattraper. Vraiment, Élé, je m'en veux d'avoir été aussi bébé et je te jure qu'à partir d'aujourd'hui je vais être là pour toi. Tellement que tu vas me trouver fatigante, à la longue.

– Dis pas ça, Allegra.

– Je te le promets !

– Dis pas ça, parce que je t'ai pas tout raconté. Écoute, je sais même pas par où commencer pour t'expliquer, alors je vais tout te dire d'un coup. C'est au sujet du père de mon bébé.

– Oui, t'es bien cachottière ! Est-ce que je peux essayer de deviner ?

– J'aimerais mieux pas.

– OK… est-ce que c'est… Matthew ?

– Ben non.

– Matthew qui a tout lâché en Colombie-Britannique pour venir te faire la popote ? *Come on!*

– C'est pas lui.

– *Yeah, right!* Si c'est pas lui, c'est qui, alors ?

Allegra remarque qu'Éléonore semble de plus en plus mal à l'aise. *Mon Dieu*, se dit-elle, *il faut vraiment que ça soit* juicy, *pour la mettre dans un état pareil !* Elle se prépare à savourer toute une révélation, décidant d'étirer le plaisir en jouant à nouveau aux devinettes. Mais Éléonore ne lui en laisse pas le temps.

– Allegra, c'est vraiment, vraiment dur à dire. Je voudrais juste que tu m'écoutes jusqu'au bout.

À ce moment-là, Nicole, la mère d'Allegra, rentre à la maison. Elle s'exclame en voyant Éléonore, la complimente sur son ventre et son éclat resplendissant de femme enceinte. Elle la mitraille de questions affectueuses : quand le bébé doit-il naître ? Comment Éléonore se sent-elle ? Est-elle fatiguée ? A-t-elle eu mal au cœur ? Le bébé grandit-il bien ? Est-ce un garçon ou une fille ? Éléonore se plie de bonne grâce à cette avalanche de questions et répond à toutes. Lorsqu'elle révèle qu'elle attend une fille, Nicole est au paroxysme de sa joie. « Oh, Éléonore ! s'exclame-t-elle, tu vas voir, c'est la chose la plus extraordinaire au monde. »

– Oui, c'est ce qu'on me dit.

– Une petite fille... Mon Dieu, ça me rappelle la venue de Chiara. Quoique dans mon temps, on ne savait jamais ce qu'on attendait, on avait la surprise à la naissance. Les échographies étaient rares, on n'en passait pas à moins d'avoir des problèmes.

– Wow. Je peux pas m'imaginer de pas savoir, de pas avoir vu sa petite face.

– La prochaine fois, tu nous apporteras ses photos ! Mon Dieu, c'est tellement énervant tout ça. J'ai assez hâte d'être grand-mère, t'as pas idée. Mais non, pas de chance, mes deux filles sont célibataires.

– Éléonore aussi est célibataire, maman, dit Allegra sans malice. En fait, elle allait justement m'apprendre qui est l'heureux élu qu'elle a choisi pour lui faire un bébé.

– Ah oui ? Je voudrais pas m'imposer, reprend Nicole, les yeux brillants de curiosité.

Éléonore supplie Allegra du regard. Celle-ci intervient et tire son amie vers sa chambre.

– OK, tu m'en dois une, Éléonore Castel. Ma mère va me sauter dessus tantôt pour tout savoir.

Éléonore prend une profonde inspiration.

– Accouche ! lance Allegra. Puis elle se reprend. Euh, pas vraiment, hein ! Mais faut que j'aille à mon cours, là.

– OK, va falloir que tu me promettes de m'écouter jusqu'au bout. Je te jure que je savais rien, OK ?

– Rien de quoi ?

– Bon, ça fait des mois tout ça, mais... je suis tombée enceinte le soir du party de départ de Yasmina.

– OK..., dit Allegra, ne voyant pas où son amie veut en venir.

– C'était la veille du départ de Yasmina ... et de l'arrestation de mon père.

– OK...

– C'était pendant que tu étais à New York, tu te souviens, en revenant tu es venue me voir au bureau, tu savais pas pour mon père jusqu'à ton retour.

– Oui, je me souviens... Mais je ne vois pas où tu veux en venir.

Éléonore triture nerveusement la peau de son pouce gauche.

– Arrête-moi ça ! Tu as peut-être un beau *glow* de femme enceinte, mais si quelqu'un a besoin d'une manucure, c'est toi ! Je vais te donner le numéro de ma madame.

– Je suis nerveuse.

– Veux-tu bien me dire ce qu'il y a ?

– OK, mais Allegra, je veux que tu te souviennes de l'ordre dans lequel les événements se sont déroulés, OK ?

– Oui, on en était au soir du party.

– Bon. Ce soir-là, j'ai eu une histoire avec... avec Malik.

Le cœur d'Allegra bondit dans sa poitrine. Un flot de pensées envahit sa tête mais elle ne parvient pas encore à y voir clair.

– De quoi tu parles ? Malik, mon Malik ?

– Malik, le frère de Yasmina.
– Tu me niaises, là.
– Non...
– Pis là, t'es en train de me dire que t'es enceinte de lui ?
– Oui.
– Enceinte de Malik. J'en reviens pas, j'en reviens juste pas.

Allegra tourne en rond comme une lionne en cage. La colère qu'elle ressent est si intense qu'elle ne sait même pas par quelle question commencer, parmi les mille auxquelles elle exige des réponses.

– Malik ! Mais t'es tellement traître, Éléonore, ça se peut pas !
– Écoute, je savais pas que t'avais eu une histoire avec lui, quand c'est arrivé. Toi, tu l'as vu à New York. Deux jours après, il est venu à Montréal, on a couché ensemble et c'est après que tu m'as raconté ce qui s'était passé entre vous.
– Bon, pis quand tu l'as su, qu'est-ce que t'as fait ?
– Ben c'est évident ! Je ne l'ai plus revu, j'ai pas retourné ses appels !
– Ah, parce qu'il t'a appelée, en plus. J'en reviens pas. Pis là, il sait que t'es enceinte de lui ?
– Oui… depuis la semaine dernière. Yasmina lui a dit que j'étais enceinte et il a compris, avec les dates, que c'était lui.
– Pis qu'est-ce qu'il a dit ?
– Pas grand-chose, il…
– Éléonore Castel, fais-moi au moins l'honneur de me dire la vérité.
– Ben, il est venu me parler.
– À Montréal ? Il a pris l'avion de Londres ?
– Euh, oui.
– Il a dit quoi quand il t'a vue ?

– Ben… Il m'a demandée en mariage.
– Quoi ? rugit Allegra.

C'en est trop pour elle et sa colère explose.
– Ostie, j'en reviens pas. J'en reviens vraiment pas. La fille la plus frigide en ville !
– Exagère pas, quand même. C'est pas parce que je baise pas avec tout ce qui bouge…
– Ça veut dire quoi, ça ? Moi je suis la putain, pis toi t'es la sainte madone, c'est ça ? Câlisse, Éléonore ! T'es rien qu'une ostie de traître, qui joue à la Sainte Vierge et qui regarde tout le monde de haut. Eh, que tu m'as eue... Tu m'as donc eue. Moi qui ai passé mon ostie de vie à vouloir être à la hauteur, à pas te décevoir. Pis tout le long... tout le long, c'est toi la pire *bitch* que j'aie jamais vue. J'espère que t'as honte quand tu te regardes dans le miroir.
– Mais, Allegra, tu comprends pas. Je savais pas. C'était avant que je te parle, avant que tu me dises ce qui s'était passé entre vous deux.
– Ah bon ? Et quand tu l'as su, t'as fait quoi ? Tu m'as tout raconté, comme une bonne amie, pour qu'on se choque ensemble contre le crosseur qui nous avait bien eues ? Non… tu m'as laissée rêver comme une épaisse, faire une folle de moi en courant après lui, pendant que toi, tu gardais tes cartes dans ton jeu, bien repliées sur ton petit ventre qui bourgeonnait ! Tu me dégoûtes, Éléonore Castel. Pis là, t'as le culot de te pointer chez moi avec ton sourire de chatte repue et ton *fuckin'* éclat de femme enceinte. J'en reviens pas. J'en reviens juste pas.

Éléonore ne peut se battre contre ce torrent de paroles. Elle quitte la pièce en silence lorsqu'Allegra lui montre la porte. Dans la cuisine, elle croise le regard interdit de Nicole qui a perçu des bribes de leur conversation. Éléonore lui adresse un sourire triste, puis sort. Nicole se précipite dans la chambre de sa fille, mais se fait bousculer par cette dernière qui se dirige vers la porte d'un pas décidé en attrapant son sac à dos au vol. Elle déboule les escaliers en marmonnant des sacres et des insultes tous plus imagés les uns que les autres. Elle lance à sa mère qu'elle revient après son cours, avant de claquer la porte avec détermination.

Nicole est essoufflée par ce tourbillon, quelque peu inquiète aussi, comme toujours à l'affût des bouleversements qui pourraient fragiliser sa fille. Elle se rassure en se disant qu'après tout Allegra ne s'est pas écroulée, qu'elle se dirige quand même vers son cours, et que l'expression de sa juste colère ne peut être que salutaire. Mieux vaut qu'elle affronte ses émotions. Elle se verse néanmoins un verre de vin blanc d'une main tremblante et appelle son amie Johanne pour lui raconter cette dernière péripétie.

Allegra quant à elle rumine sa colère jusqu'au cégep Bois-de-Boulogne. Elle se sent effroyablement trahie. Trahie qu'Éléonore lui ait joué dans le dos, trahie aussi par la perception qu'elle avait de son amie en tant que baromètre moral. C'est tout son univers qui est secoué et elle peine à reprendre pied dans ce monde soudainement déséquilibré. Assise dans son cours de politique européenne, elle n'arrive pas à se concentrer. L'analyse des enjeux de la zone euro lui semble avoir bien peu d'intérêt à côté du drame qui l'accable. N'en pouvant plus, elle s'esquive à la pause, après avoir demandé à un gentil garçon à lunettes s'il acceptait de lui donner une copie de ses notes de cours la semaine suivante.

Elle se rend directement chez sa sœur et tambourine férocement à la porte. Chiara ouvre après ce qui semble être une éternité à Allegra, impatiente de s'épancher sur une épaule sympathique.

– Il y a le feu ou quoi ? demande Chiara.
– Pire ! Je te jure, celle-là, tu la croiras pas.
– Voyons, qu'est-ce qui se passe ?
– T'aurais pas une bouteille de vin ?

Les deux sœurs se réfugient sur la terrasse, bravant la brise printanière encore fraîche. Chiara débouche un chardonnay sud-africain, en sert deux généreuses rasades puis déballe son paquet de Marlboro Light d'urgence. En règle générale, les deux sœurs ne fument plus, mais il est des moments, comme ce soir, où seul le brûlement de la fumée dans la gorge peut soulager momentanément une angoisse indicible. Allegra savoure cette impression de rébellion que lui procure la cigarette, ce sentiment d'envoyer promener tout le monde et la vie avec. « Chienne de vie ! » s'exclame-t-elle en avalant une grande gorgée de vin. Puis, elle raconte à sa sœur la trahison d'Éléonore.

Chiara n'a jamais porté Éléonore dans son cœur. Elle la traite souvent de Miss Parfaite et l'accuse parfois, dans ses élans plus crus, de « péter plus haut que le trou ». Elle ne lui pardonne surtout pas la place démesurée qu'elle occupe dans la vie d'Allegra, ni l'admiration que cette dernière lui porte, admiration qui était autrefois réservée à sa seule grande sœur. Elle se repaît donc de voir cette idole tomber de son piédestal et elle ne se gêne pas pour attiser la rancœur d'Allegra.
– Quoi ? s'exclame-t-elle. Mais ça se peut pas ! La *bitch* !
– Tu m'enlèves les mots de la bouche.
– J'espère que tu lui as dit ta façon de penser ?
– Ne t'inquiète pas, je me suis bien défoulée.
– J'en reviens pas. Qu'est-ce que tu vas faire ?
– Qu'est-ce que tu veux que je fasse ? Rien, à part noyer ma peine dans le vin *cheap* et la cigarette.

– Heille ! 13,95 $ à la SAQ, cette merveille-là. Mais sérieusement, tu pourrais te venger.

– Me venger ? Comment ?

– Je sais pas, moi, c'est pas les idées qui manquent. Raconte quelque chose sur elle à Malik. Ou, tiens, encore mieux, appelle un des magazines à potins, là, qui parlent juste d'elle et de son père ces temps-ci. Ça vaudrait cher, une histoire comme ça.

– Ben oui. Pis moi ça me fait une belle réputation, après. Il n'en est pas question.

– Bon, si ça te plaît de jouer à la victime…

– C'est pas ça non plus ! T'es vraiment frustrante. On change de sujet, OK ?

– OK. Si tu veux, on va parler de moi. Ça va être pas mal plus intéressant. Il y a du nouveau.

Malgré sa peine, Allegra est tout de suite intriguée. Chiara lui révèle, avec une mine de conspiratrice, qu'elle s'est fait offrir un poste à la rédaction de *Chérie*, le magazine de mode qu'elles lisent toutes les deux avidement depuis l'adolescence. Allegra est très surprise.

– Il me semblait que tu faisais juste de la pige à gauche et à droite, des traductions, des trucs comme ça ?

– Oui, mais j'ai écrit pas mal de petits articles pour eux, et ça leur a plu ! Ils m'ont engagée aujourd'hui ! Je vais faire toutes les chroniques culturelles : livres, musique, spectacles. Et un peu de mode, éventuellement. Je capote !

– Je savais pas que ça t'intéressait, un poste dans un magazine. Je pensais que tu préférais la liberté d'être pigiste.

– Réveille, Allegra ! J'allais quand même pas continuer à niaiser comme ça toute ma vie. Je vais faire une carrière, moi.

C'est ce « moi » qui blesse. Allegra baisse la tête et essaie de penser à une répartie cinglante à offrir à sa sœur, mais n'y arrive pas. Elle se sent dégonflée comme un ballon à l'hélium le lendemain d'une fête : l'extérieur semble impeccable, mais l'intérieur manque d'air. Même sa grande colère envers Éléonore retombe, pour faire place à un désespoir plus profond et insidieux. L'homme de ses rêves n'a pas voulu d'elle, il a choisi sa meilleure amie. Elle termine à peine son cégep, à vingt-cinq ans. Elle n'a aucune perspective d'avenir. Et voilà sa sœur, sa compagne habituelle, avec qui elle partage la *dolce vita* et l'art de prendre la vie une journée à la fois, qui se lance dans une carrière exaltante et faite pour elle. Allegra la voit déjà en héroïne de film hollywoodien, habillée comme une carte de mode, déambulant dans les bureaux glamour du magazine, entourée d'amies aussi sophistiquées qu'elle, courant les cocktails, les galas et les soirées exclusives, faisant trembler artistes et écrivains avec ses chroniques assassines, pendant que sa petite sœur végète dans un cégep perdu du nord de la ville ! *Au moins*, se console Allegra, *sa vie amoureuse est aussi nulle que la mienne.*

C'est sans compter la prochaine confidence que lui fait sa sœur. Chiara, si indépendante et qui traite les hommes comme des matières recyclables, s'exclame, des étoiles dans les yeux, qu'elle a rencontré quelqu'un.

– Comment, quelqu'un ? s'enquiert Allegra de mauvaise grâce.

– Quelqu'un... quelqu'un ! répond Chiara avec une gêne inhabituelle dans le regard.

– Voyons donc !

– Je te jure, on dirait que tout m'arrive en même temps.

– Et est-ce qu'il a un nom, ce quelqu'un-là ?

– Il s'appelle Emmanuel. Il est enquêteur à la GRC.

– Une police !

– Ben là, exagère pas. Il fait pas le trafic, quand même. Il enquête sur des affaires hyper *hot*, genre les attentats terroristes. Il est tellement beau ! Vraiment masculin. *My God*, on a déjà fini la bouteille. T'en veux d'autre ?

Allegra refuse et s'esquive rapidement, prétextant un travail à finir, excuse qui la fait se sentir encore plus écolière et… inachevée, face à sa sœur. Comme si elle n'était encore qu'une ébauche d'elle-même. *Je suis tannée*, se dit-elle, *tellement tannée*. Elle a l'impression que la vie s'acharne à lui mettre des bâtons dans les roues pendant qu'autour d'elle tout le monde progresse. Elle se promène sur l'avenue Mont-Royal, entre bouquiner dans une librairie pour passer le temps et éviter de rentrer chez elle. Elle n'a pas la force d'affronter la sollicitude de sa mère. Elle feuillette machinalement quelques revues, perdue dans ses pensées. *Pourquoi ça m'arrive tout le temps à moi, pourquoi ?* Allegra ne sait toujours pas comment calmer l'angoisse de vivre qui l'habite.

Éléonore, de son côté, est sortie de cette rencontre éprouvante avec au moins la satisfaction d'avoir été honnête et de s'être enfin libérée d'un secret qui lui pesait depuis quelque temps. Au début, lorsqu'elle avait passé sa toute première nuit avec Malik et appris qu'il était sorti avec Allegra quelques jours auparavant, elle n'avait même pas songé à se confier à son amie. Elle ne voulait parler de cet épisode à personne et puis pour elle, il était clos : elle s'était fait avoir par un coureur de jupons, voilà tout. Elle ne voyait pas l'intérêt de faire de la peine à Allegra pour rien. Quelques mois plus tard, quand elle avait réalisé qu'elle était enceinte, elle voulait encore moins révéler l'identité du père de son bébé. S'il refusait de s'impliquer, elle éviterait de faire cette peine à son enfant et elle lui dirait qu'elle était tombée enceinte d'un inconnu dont elle ne connaissait même pas le nom de famille, pour ne pas entretenir de vains rêves de le retracer un jour. Et maintenant que Malik est là, qu'il veut s'engager, Éléonore doit bien sûr privilégier les besoins du bébé à venir, auquel elle ne peut quand même pas refuser la présence d'un père par loyauté envers une amie. Elle a donc la conscience tranquille et ne s'accuse pas d'avoir mal agi. Elle est simplement triste et peinée, triste de perdre sa grande amie, peinée de l'avoir blessée.

Surtout qu'elle s'apprête à renoncer à la présence quotidienne de son autre grand ami : Matthew déménage le week-end suivant. Il a choisi de rester à Montréal pour le moment, acceptant un contrat au sein d'une organisation non gouvernementale vouée à la protection de l'environnement dans les climats nordiques. Étant appelé à voyager beaucoup dans le Grand Nord pour son travail, il ne prendra pas la peine de s'installer pour de bon et partagera plutôt un appartement avec deux étudiants au doctorat à McGill. Il trouve cela un peu étrange de vivre comme un étudiant attardé à vingt-sept ans, mais se dit que ce n'est que transitoire. Question de se laisser le temps de respirer et de voir comment les choses évolueront avec Éléonore. Il lui a fait le serment de la soutenir pendant sa grossesse et à la naissance du bébé, il n'a pas l'intention de renier cet engagement, tant et aussi longtemps qu'il ne sera pas convaincu que Malik est là pour rester. Et qu'il traite Éléonore comme elle le mérite. Pour le moment, il s'efface, mais il demeure à l'affût.

Le transfert de Malik à New York se fait sans heurts, avec la rapidité d'exécution qui caractérise les grandes firmes financières. Muni d'un Blackberry et d'un ordinateur portatif, Malik peut travailler de partout ; ses clients sont d'ailleurs éparpillés dans les grandes capitales du monde. Son patron, Daniel Cohen, est heureux de retrouver son poulain au siège social de l'entreprise, après quelques mois passés à Londres. La discussion concernant les week-ends que Malik veut passer à Montréal est plus houleuse : même si Malik peut travailler de chez lui les fins de semaine, il demeure qu'une part importante de son travail consiste à faire la cour à de riches investisseurs, en les étourdissant lors de soirées exclusives et de parties de golf dans les clubs les plus primés de la planète. Malik promet de mettre les bouchées doubles la semaine et de faire en sorte que cette situation ne s'éternise pas. Il a bon espoir de convaincre éventuellement Éléonore de venir passer les week-ends à New York avec le bébé, voire d'y faire de plus longs séjours. En attendant, il se prépare à ce que son boni ne soit pas faramineux cette année et il s'installe en conséquence, dans un appartement simple mais chaleureux qu'il loue par l'entremise d'une agence, sans même l'avoir visité. Les déménageurs engagés par sa firme s'occupent de tout, un service d'entretien ménager prépare la maison, un concierge privé remplit le frigidaire de fruits, de pain et de café, et c'est moins de deux semaines après avoir eu la grande discussion avec Éléonore que Malik s'installe à New York. Il est heureux de retrouver ses repères dans cette ville qu'il aime beaucoup. En attendant la naissance du bébé, il a l'intention de s'abrutir de travail, mais compte tout de même passer les fins de semaine à Montréal quand il le pourra. Il a envie d'apprendre à connaître Éléonore, de partager cette fin de grossesse avec elle. Il n'est pas le genre d'homme qui fait les choses à moitié. Il ressent un mélange d'appréhension et de joie quand il pense à l'aventure qui s'annonce et toutes ces émotions fortes le poussent un jour à vouloir se jeter dans les bras d'Éléonore, l'autre à sortir jusqu'aux petites heures du matin pour s'étourdir.

À Montréal, Matthew continue d'être présent dans la vie d'Éléonore. Elle est seule les soirs de semaine et apprécie sa compagnie lorsqu'il s'agit d'aller au cinéma, de faire un souper relax à deux ou encore de louer l'un des films de répertoire qu'elle affectionne. Un soir, le téléphone sonne, en plein milieu du film *Le jour se lève*, avec Jean Gabin. Éléonore répond et, dès qu'elle entend la voix au bout du fil, retire rapidement ses pieds des mains de Matthew. Elle parle brièvement, puis raccroche. Ils reprennent le visionnement. Matthew ne pose pas de questions, mais remarque bien qu'Éléonore ne lui a pas demandé de terminer le massage de ses pieds enflés qui la soulage tant après une journée de travail. Elle n'a pas non plus mentionné sa présence à son interlocuteur. Il en conclut qu'il s'agissait de Malik et qu'Éléonore demeure discrète quant au rôle que continue de jouer son ami dans sa vie. Cela n'est pas pour lui déplaire ; cette connivence qui perdure entre eux est bon signe. Il aurait été encore plus blessé si, pour Éléonore, sa présence ne portait tellement pas à conséquence qu'elle en informait distraitement le nouvel homme de sa vie. Quand Malik vient passer un premier week-end à Montréal, c'est au tour de Matthew de s'éclipser ; il n'appelle pas, ne passe pas faire un tour et ne demande pas à Éléonore ce qu'elle fait. Elle profite de cette liberté que lui laissent ses deux hommes, l'un sans le savoir, l'autre par calcul.

Et maintenant, il reste à Éléonore à parler de Malik à ses parents. En attendant sa prochaine visite au centre de détention, elle se dit qu'il faudra bien commencer par sa mère. Elle contemple longtemps le numéro de téléphone qu'elle a noté à la première page de son agenda. Après l'arrestation de son mari, Charlie Castel s'était réfugiée dans les bras de son amant, le capitaine du Canadien Mike Delaney. Elle a ensuite annoncé son choix publiquement et demandé le divorce. Depuis, elle se tient loin du tapage médiatique qui entoure l'affaire Castel et demeure terrée dans le manoir de Mike, à Rosemère. Elle a eu plusieurs rencontres avec Don Jutras, un agent d'artistes dont elle songe retenir les services, maintenant qu'elle doit se passer de ceux de son ex-mari. Don Jutras lui conseille de garder la tête baissée jusqu'à ce que le procès de Claude soit terminé. Ensuite, selon qu'il est coupable ou innocent, ils pourront relancer la marque « Charlie Castel ».

Éléonore a peu de contacts avec sa mère, qui préfère conserver ses distances. Perdue dans la lune, regardant toujours fixement la page de son agenda, elle semble attendre que ses doigts prennent l'initiative de composer les chiffres. Poussant un soupir, elle se lance. Charlie est de bonne humeur et, pour une fois, ne semble pas dérangée par l'appel de sa fille. Après quelques minutes d'un bavardage anodin, où Charlie s'informe succinctement de sa grossesse, Éléonore ose lui demander :

– Charlie, est-ce qu'on pourrait se voir ?

– J'allais justement t'en parler. En fait, j'allais t'appeler ! Mike voudrait vraiment te rencontrer. J'ai pensé que tu pourrais venir souper à la maison.

Mike est ferme : il refuse que Charlie continue de le garder dans la part d'ombre de sa vie et exige d'être intégré à sa routine familiale. Charlie s'est pliée de bonne grâce à cette requête, prête à tout pour continuer de séduire son jeune amant fringant. Elle compte l'impressionner en mitonnant un gigot d'agneau tout à fait approprié pour un souper familial. Mike a dû renoncer à beaucoup de choses en tombant amoureux d'elle : une femme de son âge, la chance de fonder une famille. S'il veut un pastiche de vie familiale avec sa fille à elle, Charlie va le lui donner ; tout pour qu'il ne ressente pas de regrets trop intenses et ne décide pas un jour de refaire sa vie avec une jeune.

Cette invitation met Éléonore mal à l'aise. Elle n'a jamais rencontré l'amant de sa mère, celui qui a évincé son père adoré au moment où il était le plus vulnérable. Elle n'en veut pas à Mike, connaissant trop Charlie pour croire qu'elle se soit fait embobiner, mais il y a quand même une question de loyauté, là-dedans. Aurait-elle l'impression de trahir son père ? Mais sa priorité est de tout mettre en place avant la naissance de sa fille. Cela signifie qu'elle doit informer la grand-mère de la présence d'un père dans la salle d'accouchement.

– C'est que... moi aussi je voulais te présenter quelqu'un.

– Me présenter quelqu'un ? Mon Dieu, raconte-moi ça !

– C'est... eh bien, disons que le père du bébé est revenu dans ma vie.

– Éléonore ! T'es bien cachottière ! Il y a un père dans le portrait ! Moi qui pensais que c'était un *one night stand*.

– Euh, non, c'est pas trop mon genre, les *one night*.

Charlie rit.

– Moi, je commençais à me demander si ton genre, c'était pas plus les p'tites filles, avant que tu nous arrives avec ta grossesse.

– Maman ! Franchement !

Éléonore est ulcérée et a bien envie de raccrocher au nez de sa mère. Mais, comme ça lui arrive souvent depuis l'arrestation de son père, elle se dit que c'est à elle d'être l'adulte quand elle doit traiter avec Charlie. Elle expire profondément, libérant la tension accumulée et espérant tout de même que sa mère perçoive ce soupir excédé.

– OK. On recommence. Maman, le père de mon bébé sera impliqué dans sa vie et son éducation. Je trouve ça important que tu le rencontres.

– Mais oui, ma chouette, amène-nous ça, ce beau bonhomme-là. Il sort d'où ?

– Tu l'as sûrement déjà vu. C'est le grand frère de Yasmina. Malik.

– Yasmina ? Ta petite amie du secondaire ?

– Yasmina, c'est ma meilleure amie depuis que j'ai cinq ans, et ça l'est encore aujourd'hui, OK ? explique Éléonore d'un ton faussement patient.

– Ah oui ? Mon Dieu, on n'en entend jamais parler.

Éléonore se mord la langue pour ne pas répliquer que sa mère n'entend jamais parler de quoi que ce soit en ce qui concerne sa vie. Charlie enchaîne sans remarquer de malaise :

– Son frère, hein ? Ah ben. Il était pas mal beau ce p'tit gars-là, si je me souviens bien. Une belle *shape*. Pis sa famille est riche. T'aurais pu faire pire, ma fille.

– Maman ! *Anyway*, j'aimerais ça que tu le rencontres avant que le bébé naisse.

– Mais oui, pas de problème. Venez souper la semaine prochaine.

– Charlie, sincèrement, je sais pas si ça a de l'allure.

– Quoi ?

– Ben, que je rencontre Mike en même temps.

– Voyons donc, ça va être parfait ! Ça va nous faire une *double date*.

– Justement.

Éléonore réfléchit rapidement. L'idée de ce souper à quatre lui est éminemment désagréable, mais il présente l'avantage indéniable de faire d'une pierre deux coups. Et puis, la présence des deux hommes pourrait permettre de diluer deux situations potentiellement explosives. De mauvaise grâce, elle se rend aux arguments maternels mais décrète que la rencontre devra avoir lieu en terrain neutre, au restaurant.

– Tu veux faire parler de nous, c'est ça ?

– Écoute, on n'est pas obligés d'aller chez Alexandre sur la rue Peel. Pourquoi pas à la Sirène, sur Jean-Talon ? Les grillades sont supers bonnes, pis il n'y aura personne qu'on connaît.

La mère et la fille fixent le rendez-vous et raccrochent. Soulagée, Éléonore a l'agréable sentiment du devoir accompli. Sa vie se met en place, peu à peu. Reste son père. Les dernières nouvelles ne sont pas très encourageantes. Des délais, toujours des délais. Maître Vincelli espère que l'enquête préliminaire pourra se tenir vers la fin mai, ce qui coïncide avec la date prévue pour l'accouchement d'Éléonore. Elle se voit déjà perdre ses eaux en pleine salle d'audience. Voilà qui ferait plaisir à la presse à scandale.

Elle se fait la réflexion que tout semble lui arriver en même temps. Mais, après tout, elle se dit qu'il vaut mieux un énorme ventre pour assister au procès qu'un nouveau-né qui fait des coliques. Cette image d'un bébé braillard et inconsolable fait frissonner Éléonore. Elle a beau lire tous les livres du monde, la réalité de la vie quotidienne avec un nourrisson lui semble encore improbable. Parfois, elle n'est pas sûre de s'en sentir tout à fait capable. En femme d'action, elle a tendance à repousser ces inquiétudes oisives et à s'activer aux préparatifs. L'un de ses livres lui a fourni une liste des articles essentiels pour bébés et elle ressent une profonde satisfaction chaque fois qu'elle peut en cocher un : coupe-ongles, thermomètre, couches. Tout s'installe et se prépare.

Le vendredi soir suivant, dès l'arrivée d'un Malik excédé par le trafic entre Dorval et Montréal, Éléonore se précipite dans les escaliers afin de ne pas être en retard. Dans sa voiture de location, Malik peste, n'ayant pas eu le temps de prendre une douche ni de se changer. Il se trouve ridicule dans son complet rayé et ses souliers brillants de banquier pour aller souper sur le boulevard Jean-Talon. Éléonore tente une blague sur sa cravate pour alléger l'atmosphère, mais devant sa mine rébarbative, elle se le tient pour dit et demeure coite. La petite profite de ce silence pour s'activer et Éléonore pose doucement la main sur son ventre. Malik remarque le geste du coin de l'œil, mais ne dit rien.

Ils arrivent les premiers. Malik conserve son air taciturne et Éléonore refuse de lui demander ce qu'il a. Qu'il boude dans son coin. Quant à lui, il ne peut même pas s'expliquer cet agacement qui le saisit. Rien de plus qu'une grosse journée, un vol difficile, la circulation au ralenti et l'envie d'un mot gentil et d'une bonne bière fraîche. À voir la mine froide d'Éléonore et l'air distrait du vieux serveur qui essuie des tables à l'autre bout du restaurant, il se dit qu'aucun de ces deux souhaits n'est près d'être exaucé.

Puis, pour être honnête, Malik doit s'avouer que cette rencontre au sommet lui pèse. Il n'a aucune envie de s'immiscer dans les histoires de famille des Castel. Il veut faire son devoir auprès d'Éléonore, voir où la vie les mène ; mais est-ce toujours obligé de requérir autant d'efforts ? Sa pensée vogue vers ses copains new-yorkais, qui prennent en ce moment même un verre au Soho Grand, avant la soirée d'ouverture du nouveau restaurant de Robert De Niro à Tribeca, qui pullulera de célébrités et de mannequins. Il compare leur soirée glamour à la sienne et soupire en regardant les camions passer sur le boulevard Jean-Talon, pendant qu'Éléonore s'attaque à son petit pain rond.

Le restaurant est presque vide, Éléonore ayant pris soin de réserver à 18 heures. Néanmoins, un chuchotement secoue les serveurs et les quelques familles attablées lorsque Mike Delaney fait son entrée, une Charlie flamboyante à sa suite. Vêtue d'un blanc éclatant de la tête aux pieds, ses célèbres cheveux blonds tombant en cascade sur sa poitrine bronzée, elle ne passe pas inaperçue. *Encore à vouloir se faire remarquer, même ici !* se dit Éléonore, déjà excédée. Malik se redresse sur son siège. Il a beau être un citoyen du monde, courir les bars *jet-set*, le capitaine du Canadien de Montréal, ça ne laisse personne indifférent. Surtout qu'il est accompagné de l'un des visages les plus connus du Québec, qui se trouve être, en plus, la mère de la femme qu'il a demandée en mariage. La tête lui tourne. Il se lève, serre la main de Mike et fait d'emblée la bise à Charlie. Celle-ci minaude un peu pour la forme, pose une main douce sur son avant-bras en lui chuchotant de manière faussement familière à quel point elle est ravie de rencontrer enfin le superbe papa de sa petite-fille à venir.

– Vous nous avez fait des cachotteries, vous deux ! lance Charlie, très joviale.

– Pas plus que vous, réplique Éléonore du tac au tac.

Devant l'air furibond de la jeune femme, Mike se plonge dans son menu. Éléonore se ressaisit vite ; après tout, elle s'est juré que cette soirée se déroulerait sans heurts, ne serait-ce que par principe. Elle tient à mettre de l'ordre dans sa vie avant l'arrivée de sa fille, à ce que chaque chose et chaque personne soit à sa place. Si cela signifie afficher un sourire crispé et faire semblant de s'entendre avec tout le monde, soit. Éléonore en a assez des drames et des déchirements familiaux. Elle s'est promis que sa fille naîtrait dans un environnement plus serein et elle s'y tiendra, coûte que coûte. Elle sourit donc à Mike et entreprend de le questionner gentiment sur sa saison, pendant que Charlie tente de soutirer des confidences à un Malik échaudé par une approche si peu conventionnelle. Sa mère à lui a fait de la discrétion sa marque de commerce et Charlie Castel en est à peu près l'opposé. Mike demande la permission de commander pour tous et fait servir un éventail impressionnant de grillades, de salades et de poissons. Éléonore étant enceinte et Mike ne buvant jamais d'alcool la veille d'un match, Malik et Charlie sont les seuls à faire honneur à un excellent bordeaux. Ils terminent rapidement la première bouteille et leur conversation coule de mieux en mieux, au fur et à mesure qu'ils entament la deuxième. Charlie questionne Malik sans relâche sur sa carrière, ses voyages, les grands hôtels qu'il a l'habitude de fréquenter. Le poli européen de Malik impressionne celle qui demeurera toujours au fond d'elle une petite fille de Sainte-Thérèse. Elle lui trouve un air très distingué et s'efforce de bien *perler* en sa présence. Éléonore ressent la honte coutumière de son adolescence lorsque sa mère se retrouvait en présence de ses professeurs ou des mères de ses amies plus intellectuelles. Mike, quant à lui, rit dans sa barbe de découvrir ce snobisme chez sa Charlie. Pour l'agacer, il en remet et joue à l'habitant, tapant sur la table pour souligner un argument et parlant comme un charretier. Éléonore perçoit vite son manège et lui décoche son premier sourire sincère de la soirée. Voilà un homme qui ne se laissera pas mener par sa mère. De son côté, Charlie n'y voit que du feu et fait les gros yeux à Mike lorsque Malik s'excuse pour aller aux toilettes.

À son retour, la conversation porte sur des sujets plus personnels. Éléonore et Malik confirment que le bébé est attendu pour les derniers jours du mois de mai. Mike est très enthousiaste à l'idée d'accueillir un enfant dans la famille. Il a la fibre paternelle, mais a dû faire le deuil de ce projet de vie lorsqu'il est tombé si profondément amoureux de Charlie. Il a bien essayé de parler d'adoption, au début de leur relation, mais il a vite appris à connaître la femme qu'il aime et surtout, à connaître ses limites. Il se contente donc de jouer à l'oncle gâteau avec ses neveux et nièces et bientôt au grand-père par procuration, une idée qui le fait rire, lui qui n'a pas encore quarante ans.

Somme toute, Éléonore juge que cette première rencontre s'est bien passée. Elle s'est toujours targuée de savoir juger les gens à leur juste mesure et elle est rassurée par ce qu'elle a appris au sujet de Mike, ce soir. Il a le sens de l'humour, comprend sa mère comme s'il lisait dans un livre ouvert et n'a pas peur de la provoquer un peu. Tout cela plaît à Éléonore, qui n'a jamais apprécié la complaisance dont faisait preuve son père à l'égard de sa mère. Claude a toujours été l'archétype du gros nounours, amoureux fou de sa femme beaucoup plus jeune que lui, et prêt à lui passer tous ses caprices, dont celui d'être une mère on ne peut plus distraite.

Assise dans la voiture sur le chemin du retour, Éléonore soupire alors que Malik s'engage sur le viaduc Beaumont. « Ça va ? » lui demande celui-ci.

– Ça va. Une bonne chose de faite.

– Elle est très sympathique, ta mère. Lui aussi, d'ailleurs. Tu sais, Élé... je pense que j'étais un peu nerveux avant de les rencontrer. Et j'ai eu une grosse journée. J'étais vraiment un sacré grognon en début de soirée.

– Humm, répond Éléonore, évasive.

Elle n'a pas l'intention de passer l'éponge sur son comportement aussi vite, surtout qu'elle a toujours en tête la manière charmante mais ferme dont Mike tient tête à Charlie. En arrivant à la maison, elle s'esquive pour s'immerger dans un bon bain chaud. Son ventre flotte à la surface et elle l'arrose de temps à autre d'un petit jet d'eau chaude. Elle sent tous ses muscles se détendre, un à un. Elle reste longtemps allongée dans l'eau, pensant à tout et à rien, parlant à sa petite fille qui bouge, laissant le temps passer. Elle est si détendue que le bain est presque froid lorsqu'elle songe à en sortir. Elle frissonne en enfilant une épaisse robe de chambre. Lorsqu'elle entre dans le salon, elle entend *Crazy*, la complainte langoureuse de Seal. Malik lui tend un bol de chocolat chaud et l'invite à se joindre à lui dans le grand fauteuil blanc. Éléonore soupire d'aise en se calant contre lui. Elle savoure son chocolat chaud pendant que Malik lui caresse doucement le cou. Sa pression s'intensifie et il lui masse bientôt le cuir chevelu, le visage, les tempes. Éléonore s'entend ronronner comme une chatte. Lorsqu'elle pose son bol vide sur la table basse, Malik étend son massage à ses épaules, qu'il découvre peu à peu. Puis, c'est tout le dos qui y passe. Éléonore retient encore le peignoir devant elle, tandis qu'elle s'abandonne à la caresse experte. Malik lui masse le bas du dos, faisant des cercles avec ses pouces au niveau des hanches. Puis, il remonte vers son ventre, qu'il effleure au passage en remontant vers ses côtes. Éléonore lui est reconnaissante d'éviter cette zone. Pour elle, le toucher de son ventre la ramène à sa petite, lui donne l'impression qu'ils sont trois dans la pièce ; réalité qu'elle souhaite oublier en ce moment, pour retrouver son corps de femme qui réagit si fort aux doigts de Malik. Le voilà qui prend ses seins gonflés dans ses mains, toujours assis derrière elle. Elle arque son dos de plaisir. Ses seins lourds appellent le toucher plus que toute autre partie de son corps. Elle gémit lorsqu'il les triture, se collant contre lui pour qu'il les prenne avec encore plus de vigueur. Puis elle se retourne pour les abandonner à sa bouche, savourant ce tiraillement qui la saisit dans le fond du ventre.

Plus tard, dans son lit, alors qu'elle s'endort lovée contre lui, Malik la tient en souriant paisiblement, content de constater que la passion qui les unit sait venir à bout de tous les malentendus.

CHAPITRE QUATRE

Éléonore est assise à son bureau, concentrée sur les premières images du nouveau film de Jacques Martel. Elle regarde fixement le petit écran et remarque à peine son téléphone qui sonne. Son regard se porte machinalement vers l'afficheur. Elle sursaute lorsqu'elle voit le nom de maître Paquin, l'avocat d'affaires de son père.

– Allo ?

– Éléonore ? C'est Jérôme. J'ai des nouvelles. J'ai enfin des nouvelles !

– Vas-y.

– La date de l'enquête préliminaire a été fixée ! C'est pour le 1er mai.

– Le 1er mai ? Mais c'est la semaine prochaine !

– Je sais, on n'a pas eu beaucoup de préavis, mais que veux-tu, au moins les choses avancent.

– C'est super ! Ça me donne quand même un bon mois avant la date prévue de mon accouchement.

– Ils ont retardé tout ça pendant des mois, en espérant mettre le grappin sur Franz Hess. Je pense qu'ils se sont découragés et ont décidé d'avancer avec la preuve qu'ils avaient.

– Ça veut dire quoi, l'enquête préliminaire ?

– La poursuite présente sa preuve. Comme ça, on n'aura pas de surprises au procès. Mais si tu veux plus de détails, Éléonore, tu peux appeler maître Vincelli n'importe quand, tu le sais, ça.

– Je sais. Mais avec toi, j'ai plus confiance.

On entend le sourire dans la voix de Jérôme lorsqu'il répond :

– Ça me fait très plaisir d'entendre ça. Tu vas voir ton père cette semaine ?

– Oui ! Enfin, ça va lui faire une bonne nouvelle, peut-être le secouer un peu de sa torpeur. Il m'inquiète !

– Moi aussi. Je le vois cet après-midi. Je te rappelle après s'il y a du nouveau, OK ?

Éléonore raccroche, rassérénée. Enfin ! Enfin, il arrive quelque chose. Elle n'en pouvait plus d'attendre, de tourner en rond depuis des mois. Elle a faim de concret. Que ça se passe bien, que ça se passe mal, au moins, elle saura à quoi s'en tenir. Éléonore ne craint rien tant que l'inconnu. Elle préfère se battre, les yeux grands ouverts. Elle est si soulagée d'avoir Jérôme à ses côtés, qui veille avec elle sur son père. Elle se sent moins seule, mieux armée pour faire face à ce qui l'attend. Ils ne seront pas trop de deux pour tenir Claude Castel à bout de bras pendant l'épreuve qui s'annonce.

Et il s'avère rapidement qu'ils ne seront effectivement que deux. Quand Éléonore l'appelle, Charlie refuse d'assister à l'enquête. Elle a déposé une demande de divorce, explique-t-elle à sa fille, tout cela ne la concerne plus. Et puis, c'est mauvais pour l'image de Mike. Charlie préfère éviter de rappeler au public le lien étroit entre le capitaine du Canadien et cette affaire aux relents louches. Malik ne sera pas présent non plus. À une Éléonore d'abord étonnée, il explique qu'il n'a guère le choix, qu'il a de nombreux dossiers à régler avant de pouvoir prendre les quelques semaines de congé de paternité qu'il prévoit s'offrir. « Préférerais-tu que je manque la naissance ? » demande-t-il à Éléonore. « Non, quand même pas », répond-elle, laconique.

Elle reçoit un appel de son oncle René, le plus jeune frère de son père. Un adolescent attardé, éternel raté, que Claude avait pris sous son aile à la suite d'une promesse que lui avait extorquée leur mère sur son lit de mort. René avait très vite mordu la main qui le nourrissait en accordant une entrevue détaillée à un magazine à potins dans les jours suivant l'arrestation de Claude. Lorsqu'Éléonore répond, d'abord, elle ne le reconnaît pas et peine à comprendre ce qu'il lui dit, à travers le flot de ses sanglots.

– Éléonore ! C'est pas beau, ce que j'ai fait, c'est pas beau !

– Mon oncle René ? De quoi tu parles ?

– C'est le maudit Gilles Cossette ! Il m'a monté la tête, il m'a promis tellement d'argent !

– Encore ? T'as donné une autre entrevue ?

– Non, juste une, mais une de trop ! Là, je suis pogné ben raide !

– Pogné à quoi ? Je comprends pas. Calme-toi, mon oncle, je comprends rien à ce que tu me dis.

Peu à peu, Éléonore réussit à lui faire retrouver un certain calme et René s'explique. Lors de l'entrevue qu'il a donnée à Gilles Cossette, un véritable requin de la presse à scandale québécoise, il a dévoilé beaucoup de renseignements au sujet de Claude Castel, de ses affaires et de ses liens avec son partenaire d'affaires Franz Hess, celui-là même qui aurait mis sur pied des réseaux de prostitution, utilisé la compagnie de production de Claude comme véhicule de blanchiment d'argent, et détourné les itinéraires de tournées des artistes que Claude représentait, pour les envoyer vers les hôtels d'où il dirigeait son cartel. Résultat, aujourd'hui René vient de recevoir un *subpœna* et devra comparaître à l'enquête en tant que témoin… pour la Couronne ! Éléonore n'en croit pas ses oreilles.

– Tu veux dire que tu vas témoigner contre mon père ?

– J'ai pas le choix, Éléonore. J'ai pas le choix d'y aller, je me ramasserais en prison, sinon.

– Mon père y est bien, en prison, lui. Pis il risque d'y rester longtemps si c'est juste de toi. Après tout ce qu'il a fait pour toi ! Tu peux pas faire ça.

– J'ai pas le choix d'y aller, pis j'ai pas le choix de dire toute la vérité. Mais je vais faire mon possible. Mon Dieu, qu'est-ce que ma pauvre mère dirait si elle savait ça.

Éléonore n'en peut plus des geignements de René au téléphone. Il gémit, s'apitoie sur son sort, en veut au « maudit journaliste qui l'a embarqué là-dedans ». Il blâme tout le monde, sauf lui-même. Éléonore sait bien que son oncle n'aura jamais la force de caractère d'admettre ses torts. Elle raccroche rapidement puis rappelle Jérôme pour lui confier cette nouvelle information. Ils discutent longuement de l'enquête et des témoins potentiels qui seront appelés.

C'est au tour de Yasmina de venir aux nouvelles. Éléonore lui raconte les détails de l'enquête à venir, la trahison de l'oncle René, les premiers week-ends de Malik à Montréal, le fameux souper avec Charlie et Mike. Au cours des dernières semaines, Éléonore a été submergée de travail. Elle doit terminer ses projets avant son congé de maternité. Elle n'a pas souvent pris le temps de parler à sa grande amie, et elle se rend compte aujourd'hui à quel point le fait de pouvoir se confier lui a manqué. Yasmina veut surtout s'informer des progrès de sa grossesse, des pronostics du médecin quant à la date de l'accouchement. Cela prend Éléonore de court : avec tout ce qui lui arrive, l'arrivée d'un enfant dans sa vie dans moins de quelques semaines est encore un concept abstrait et ce manque de préparation psychologique lui fait peur.

– Je suis pas prête, Yas.

– Pas prête à quoi ?

– À accoucher. Je suis censée écrire un plan de naissance. Comment tu veux que j'écrive ça, moi, un plan de naissance ?

Yasmina ne dit rien.

– Je connais personne, moi, qui a un bébé. Je sais même pas à qui demander.

– T'as pas suivi un cours prénatal ?

– Bah, oui ! Mais c'était un peu trop grano pour moi. Ça sentait un peu trop le patchouli à mon goût. La prof voulait qu'on visualise notre vagin et qu'on lui parle comme à un animal sauvage qu'on voudrait apprivoiser.

– Ta gueule !

– Je te jure, je suis partie à la première pause.

– Bon. Et ton médecin, qu'est-ce qu'il dit, pour le plan de naissance ?

– Il dit de ne pas m'inquiéter et qu'on verra le jour venu.

– Tu vois !

– Oui, mais à ma visite, ce matin, l'infirmière m'a dit de préparer mon plan de naissance.

– Ouin.

– Tu sais pas quoi me dire, hein ?

– Franchement, non. Il y a pas des livres que tu peux lire ?

– J'en lis, des livres. Yasmina, c'est quand même vraiment épeurant.

– Je sais...

– Non, tu sais pas. Ce bébé-là, il va falloir qu'il me sorte du corps !

Yasmina se sent dépassée par les angoisses de son amie, qu'elle ne peut partager et encore moins apaiser, surtout à cinq mille kilomètres de distance. Dès qu'elle raccroche, elle appelle sa mère. Jacqueline promet de parler à

Éléonore. Ce qu'elle s'empresse de faire dès le lendemain, en invitant Éléonore à prendre le thé chez elle. Elle raconte à la jeune femme ses deux accouchements avec autant de détails que ses souvenirs le lui permettent, vingt-cinq ans plus tard. Elle lui parle de l'inconnu qui attend toutes les femmes qui donnent naissance, de ce passage initiatique qui permet de devenir mère.

Mais ses bons mots font peu pour rassurer Éléonore. L'expérience de madame Saadi lui semble irréelle, décalée de la réalité des hôpitaux d'aujourd'hui. Dans son temps, elle raconte qu'il n'y avait presque pas de péridurales, pas d'échographies, peu d'interventions. Aujourd'hui, on offre toute une panoplie de techniques pour soulager la douleur et Éléonore s'y perd. Surtout, il lui manque une personne d'expérience pour l'épauler. Une amie, une grande sœur, une cousine, quelqu'un, n'importe qui dans son entourage qui serait passé par là avant elle. Mais elle est la première, dans son réseau de connaissances, à avoir un bébé. Qui l'aurait cru ? Éléonore Castel, mère à vingt-cinq ans. Elle sait bien que ce n'est pas jeune, dans l'absolu ; qu'il existe bien des cultures et des époques où elle aurait eu son premier enfant à quatorze ans. Mais dans son monde à elle, dans son univers, il s'agit d'une maternité très précoce et elle sait que ça n'a pas fini de faire jaser. Elle n'a donc personne vers qui se tourner. Malik est peu présent, plaidant une surcharge de travail et des voyages d'affaires urgents à boucler avant la venue du bébé. Éléonore a lu un proverbe africain qui lui semble très bien résumer sa situation : *La grossesse et l'accouchement sont comme un pont très étroit ; on peut être accompagnée jusqu'au pont, on peut être attendue de l'autre côté, mais on doit traverser le pont seule.*

Malgré cela, elle refuse de jouer à la victime à outrance et tient mordicus à son vœu d'indépendance. Au cours du dernier mois, elle organise sa vie en fonction de son ventre qui s'alourdit. Elle fait livrer son épicerie, engage un menuisier qui vient poser des étagères et monter la table à langer et demande à madame Gaston, la nounou de son enfance, de passer faire son ménage un après-midi par semaine. Ces considérations pratiques expédiées, il n'en demeure pas moins que la réalité d'un accouchement et des soins que requiert un nouveau-né terrorisent Éléonore.

La date de l'enquête préliminaire approchant à pas de géant, elle doit tenter de remettre cette inquiétude à plus tard. Elle se dit que c'est déjà beaucoup de devoir vivre le même mois la première comparution de son père depuis sa mise en accusation et la naissance de son premier enfant. Pour garder la tête hors de l'eau, elle choisit d'instinct de compartimenter ces deux événements et de les affronter un à un.

Elle décide de commencer son congé de maternité plus tôt que prévu afin de pouvoir assister aux audiences. Cela veut dire qu'il lui reste à peine quelques jours pour boucler tous ses dossiers. En cette fin de grossesse, la fatigue se fait sentir et elle peine à terminer ses journées. Matthew passe souvent lui laisser un plat cuisiné mais ne s'éternise pas ; Éléonore avale ses repas devant la télé et s'écroule dans son lit quelques instants plus tard.

Lorsqu'elle rend visite à son père, la veille du début des audiences, elle le trouve tout aussi abattu qu'à son habitude. Le fait que les choses progressent enfin ne semble pas le secouer de sa torpeur. Il a maigri depuis le début de son séjour en prison. Il semble s'être replié sur lui-même, ratatiné. Éléonore ne reconnaît pas son père tonitruant dans cet homme gris et effacé. Comme toujours, sa gorge se serre lorsqu'elle s'assoit devant lui. Il a le regard éteint et ne semble se réveiller un peu que lorsqu'elle lui parle de sa grossesse. Quand elle mentionne l'enquête, il se renfrogne.

– Je voudrais pas que tu entretiennes de faux espoirs, Éléonore. Je suis fautif là-dedans, tu le sais.

– Comment, fautif ? Papa, tu t'es fait avoir !

– J'ai jamais posé de questions, Élé. Jamais. Ça m'arrangeait ben que trop. J'avais la tête gonflée, j'étais fier comme un paon. Je me prenais pour le roi du monde, je trouvais ça normal que tout roule bien pour moi. Innocent !

– Justement, papa. Tu l'es, innocent ! T'as jamais rien fait de mal, le juge va bien voir ça.

– Je sais que tu veux croire en ton vieux père… Mais gaspille pas ton énergie. Pense à ta fille et oublie-moi, ça va mieux valoir pour tout le monde.

Éléonore est bouleversée en quittant son père. Elle appelle d'urgence Jérôme sur son téléphone cellulaire. En entendant les sanglots qui pointent dans sa voix normalement si calme, celui-ci l'invite à prendre un café. « Je sors du bureau, je suis en route vers chez moi. Je t'attends au Réservoir, sur Duluth, ça te va ? » Lorsqu'elle arrive, il termine un verre de rioja et une assiette de pieuvres à l'ail. Elle décide de commander la même chose et ignore le regard en coin que lui décoche la serveuse lorsqu'elle place le verre de vin devant elle. Elle se dit qu'un demi-verre de vin rouge pour la détendre fera moins de mal au bébé que la grosse boule de stress qu'elle sent l'envahir. Elle raconte à Jérôme l'entretien qu'elle vient d'avoir avec Claude. L'avocat lui confie que lui et son collègue au criminel, maître Vincelli, commencent à soupçonner Claude de souffrir de dépression carcérale, une maladie qui affecte nombre de détenus. Étant donné ses commentaires fatalistes sur sa culpabilité réelle ou imaginée, maître Vincelli a décidé de ne pas le faire témoigner. Beaucoup trop prêt à reconnaître ses torts, il se ferait anéantir en contre-interrogatoire.

– Et puis, conclut Jérôme, ça donnerait trop de jus aux médias, de l'entendre dire des choses pareilles.

– Comment, les médias ? Qu'est-ce qu'ils vont faire là ?

– Tous les procès sont publics au Québec, Éléonore.

– Ça fait que tout le monde peut assister à l'enquête ? Mais ça n'a pas d'allure !

– C'est comme ça. On n'y peut rien. La seule chose que maître Vincelli peut faire, c'est demander une ordonnance de non-publication. Comme ça, tout ce qui se dit pendant l'enquête va demeurer confidentiel jusqu'au début du procès, pour ne pas influencer les membres du jury. Mais dès que le jury est séquestré, les médias peuvent dire ce qu'ils veulent.

C'en est trop pour Éléonore. Elle peine déjà à accepter tout ce que son père doit endurer, mais est-ce nécessaire que son humiliation soit si publique ? Elle craint qu'il ne s'en remette jamais, lui qui était si attaché à son image de gagnant. Ses émotions menacent de déborder et elle doit respirer très lentement pour s'empêcher d'éclater en sanglots en plein milieu du bar. Le téléphone de Jérôme sonne. Il parle quelques minutes à voix basse, ce qui permet à Éléonore de se ressaisir.

– Ça va aller, Élé ? Il faut que j'y aille. C'est ma femme. Thomas m'attend pour l'heure du bain. Pour une fois que je ne suis pas retenu au bureau… Mais si tu as besoin de moi…

– Non, non, voyons, vas-y.

– On se reparle demain, OK ?

Le matin fatidique, elle rejoint Jérôme à son bureau de bon matin afin de se rendre avec lui au palais de justice. Ils partent à pied sous un soleil éclatant. L'air sent bon le muguet et Montréal rayonne de la liesse printanière habituelle. Éléonore déambule lentement et Jérôme semble s'ajuster automatiquement à son pas. À deux coins de rue, elle perçoit déjà la meute des médias et des badauds amassés devant la porte. Elle sursaute et s'arrête. Jérôme perçoit tout de suite son malaise. Il s'apprête à lui dire une phrase encourageante, quand d'elle-même elle se redresse, serre les mâchoires et se dirige d'un pas décidé vers l'entrée, ignorant avec superbe les caméras braquées sur elle. Il ne peut s'empêcher d'admirer son sang-froid et se rappelle qu'elle a grandi toute sa vie avec l'attention du public tournée vers elle.

Les jours passent et se ressemblent. Éléonore est ébahie de la tiédeur des procédures pendant que la Couronne présente sa preuve. Au début, chaque mot, chaque accusation portée contre son père la blesse au couteau, mais rapidement tout commence à se ressembler. Le témoignage long et pointilleux de chaque policier affecté à la filature de Claude et de Franz Hess. Le détail des centaines de documents saisis aux bureaux de Castel Communications. Les plus infimes mouvements d'argent entre les deux hommes, décortiqués au sou près. Éléonore trouve la performance de l'oncle René de mauvais goût, lorsque vient le temps de livrer son témoignage ; il est larmoyant et s'apitoie sur son sort plus qu'il ne révèle quoi que ce soit d'intéressant.

Éléonore tente souvent de capter le regard de son père, mais c'est peine perdue : Claude ne regarde rien ni personne et semble léviter au-dessus de la salle. Jusqu'au moment où il voit entrer une jeune femme aux cheveux teints blond platine.

– La Couronne appelle son prochain témoin : madame Irina Marinova.

Tous les yeux se fixent sur la jeune femme, qui s'avance à la barre avec une nonchalance étudiée. Elle a environ l'âge d'Éléonore, bien que la dureté de son regard lui donne l'air plus vieux. Elle marche avec la grâce d'un cheval de course. Elle porte le dernier sac à main à la mode et ses vêtements semblent horriblement dispendieux. Elle s'assoit, satisfaite de sentir les regards de l'assistance braqués sur elle et elle jure de dire toute la vérité, rien que la vérité. Les questions du procureur et les réponses de la jeune femme s'enchaînent dans un ballet bien chorégraphié. Éléonore a à peine le temps de comprendre de quoi il s'agit, de voir le visage de Claude qui s'affaisse, qu'on a déjà établi que Claude entretenait une relation de longue date avec la jeune femme, prostituée de son état. Installée dans l'un des hôtels que fréquentaient les artistes de Claude en tournée, elle incarne le trafic qui sévissait à l'époque : chaque hôtel abritait une demi-douzaine d'escortes ; les musiciens en tournée fréquentaient ces hôtels, leur entourage constituant la clientèle de ces dames ; et la présence des musiciens permettait de justifier le chiffre d'affaires de l'hôtel, qui gonflait les prix de ses chambres et de ses repas pour dissimuler les sources de revenus réelles de l'entreprise. Claude allait souvent prendre un verre au bar de l'hôtel où œuvrait Irina et a passé maintes soirées en sa galante compagnie. Soirées qu'il rémunérait de moins galante façon.

C'est toute la défense de maître Vincelli qui tombe à l'eau. Sa stratégie n'était pas de nier les tractations de Franz Hess, ni son implication dans le monde de la prostitution, mais plutôt de démontrer que Claude ignorait totalement cet aspect des affaires de son partenaire. Dépeindre Claude comme un bonhomme naïf qui se serait fait mener en bateau. Voilà ce château de cartes qui s'écroule. Si Claude fréquentait régulièrement l'une des prostituées du réseau de Franz, il lui est impossible de prétendre n'avoir jamais été au courant de la présence de maisons closes au sein des hôtels où se logaient ses artistes. Et à voir la mine basse de Claude, qui semble avoir remisé sa célèbre *poker face* au vestiaire, il persiste peu de doutes quant à la véracité des faits rapportés par Irina Marinova. Toutefois, il réagit vivement lorsqu'elle mentionne les sommes reçues pour ses services : « De 300 à 500 dollars, selon ce qui était requis, vous comprenez », dit-elle dans un anglais fortement teinté de russe. Elle énumère leurs actes habituels, assignant à chacun une valeur, de la fellation à la pénétration, en passant par « quand il me regardait me faire jouir ». Lorsque le procureur la remercie, maître Vincelli commence son contre-interrogatoire. Irina semble bien préparée ; ce sont exactement les mêmes faits qui ressortent. En quittant la barre des témoins, elle souffle un baiser voluptueux en direction de Claude. On perçoit plus qu'on entend la réaction fébrile provenant du banc des journalistes, qui se dépêchent de tout noter.

Éléonore est profondément abattue. Elle est l'une des premières à quitter la salle d'audience, ne se donnant même pas la peine de marcher la tête droite pour les caméras. Déjà que son ventre la ralentit, elle a l'impression d'avancer à pas de tortue, écrasée par la peine qui l'accable. Elle réussit enfin à gagner la rue Notre-Dame et à héler un taxi. Elle ne rêve que du sanctuaire calme que représente son appartement. Une fois arrivée chez elle, elle se dépêche d'appeler Malik. Elle le joint sur son téléphone cellulaire et entend une cacophonie en arrière-plan. Elle doit hurler pour se faire entendre.

– Malik ? T'es où ?

– Éléonore ? Ça va ?

– Non, ça va pas du tout ! C'était encore l'enquête aujourd'hui, puis il y a eu un témoignage, écoute, je suis tellement à l'envers…

– Élé ! l'interrompt Malik. J'entends rien ! Je suis à l'avant-spectacle de U2 au Madison Square Garden avec des clients, dans une loge hallucinante. Je t'appelle après, OK ?

Et la communication s'interrompt. Éléonore regarde longuement le téléphone noir dans sa main. Elle sursaute lorsque celui-ci se met à sonner. Matthew ! C'est Matthew. Éléonore est déjà en larmes quand elle répond. Il ne lui laisse pas la chance de placer deux mots avant d'annoncer qu'il arrive. Elle pleure jusqu'à son arrivée, étrangement réconfortée de pouvoir enfin laisser libre cours à ses sanglots. De savoir qu'il y aura quelqu'un pour la rescaper, dans quelques instants à peine, lui permet de céder à son déluge intérieur. Et ce laisser-aller peu coutumier lui est salutaire. Quand Matthew sonne à la porte, elle en est à hoqueter et à respirer de travers, mais le gros de la crise est passé. Elle est donc capable de lui relater à peu près calmement les événements de la journée. Il parle peu et se contente de l'écouter déverser son trop-plein d'émotions. Elle lui fait part de sa douleur en entendant l'escorte révéler que son père se comporte comme un *sugar daddy* lugubre. Comme d'habitude, tout ce qui touche à la sexualité bouleverse profondément Éléonore. Elle est terrassée d'apprendre que son père est coupable de ce qu'elle perçoit comme étant les pires bassesses. Son papa ! Avec une fille de son âge !

Matthew descend chercher un poulet à la rôtisserie portugaise et rapporte une bonne bouteille de merlot. Il sait qu'Éléonore n'a droit qu'à un demi-verre, au plus, mais il a lui aussi besoin de décompresser. Ils dévorent le succulent repas, généreusement accompagné de frites. Repus, ils somnolent devant la télé. Le téléphone sonne, interrompant le demi-sommeil d'Éléonore. Confuse, elle répond.

– Allo ?

– Élé ? C'est moi. Excuse-moi pour tantôt, j'entendais vraiment rien. Pis, qu'est-ce qui se passe ?

– Rien, Malik, rien du tout.

– Tu voulais pas me dire quelque chose, tantôt ?

– J'ai eu une journée *rough* à l'enquête de mon père, c'est tout.

– Qu'est-ce qui s'est passé ?

Éléonore ne se sent pas la force de répéter son récit.

– Je te raconterai ça le week-end prochain, OK ? J'allais m'endormir.

– Justement, je voulais te dire, je pense pas pouvoir venir en fin de semaine. Je suis censé jouer au golf avec les clients de ce soir et après la partie, on affrète un yacht privé pour les emmener souper. C'est un super gros *deal*, il faut que je boucle ça avant la naissance du bébé. C'est correct ?

– Oui, oui, c'est correct. Bonne nuit !

– Attends !

Mais Éléonore a déjà raccroché. Elle pose la main sur son ventre, secoué par sa fille qui gigote. Elle annonce qu'elle va se coucher. Le lendemain, elle prévient Jérôme qu'elle ne se sent pas bien et ne pourra pas assister à la dernière journée de l'enquête préliminaire. Elle est troublée et a besoin de réfléchir. Elle marche longtemps sur la montagne et va s'asseoir sur une pierre qui surplombe le lac des Castors, bravant le froid. Elle ne peut se résoudre à croire son père capable d'une telle turpitude morale. Elle est convaincue qu'il doit y avoir une explication. En effet, le lendemain, son père lui fait dire, par l'entremise de Jérôme, que jamais il n'a payé cette fille-là. D'instinct, Éléonore choisit de le croire et refuse que sa foi en son père soit ébranlée. Elle se promet d'essayer de tourner la page et d'arrêter d'y penser, au moins jusqu'à ce que le bébé naisse. Elle ne peut plus rien pour son père d'ici le procès, qui n'aura lieu que dans cinq ou six mois. Il est temps qu'elle pense à elle et à sa fille. Sa pauvre petite qui aura vécu neuf mois de montagnes russes : Éléonore est convaincue que les innombrables hormones de stress qui l'ont traversée ont trouvé leur chemin jusqu'au bébé et elle lui promet de vivre ses dernières semaines de grossesse dans la sérénité, à réfléchir et à se reposer, même si ces activités plus contemplatives ne sont pas dans sa nature.

Malik s'annonce la fin de semaine suivante. Éléonore est d'abord un peu froide à son égard, ne lui pardonnant pas de ne pas avoir été là pour elle. Il se le tient pour dit et lui laisse l'espace dont elle a besoin, passant la première soirée chez ses parents. Le samedi matin, il arrive chez elle de très bonne humeur.

– Éléonore ! Prépare-toi un sac, on s'en va !

– On s'en va où ?

– Dans le Nord ! Le chalet de mes parents est libre.

– T'es fou ? Je m'en vais pas au mont tremblant !

– Ça va vraiment te faire du bien, te permettre de décrocher. Tu peux aller te faire faire un massage au Scandinave, on sortira souper. C'est super tranquille au chalet, ça va te faire du bien, après la semaine que tu as passée.

– Malik. Écoute-moi, là. Ou plutôt, regarde-moi. Je suis enceinte de trente-sept semaines. Ça veut dire que je suis à terme. Que je peux accoucher n'importe quand. Ça veut dire que je reste à proximité d'un hôpital. Je vais pas m'en aller dans le Nord, voyons !

– Allons, tu trouves pas que t'exagères ? Il y a bien des femmes enceintes qui vivent dans le Nord, quand même.

– Peut-être, mais c'est pas le choix que j'ai fait. Mon médecin est ici, à Sainte-Justine. Je sors pas de l'île de Montréal jusqu'à la naissance, je me sens juste pas à l'aise.

– OK, OK, j'ai compris. Bon, je t'emmène souper, alors. Le Toqué, ça te dirait ?

– Malik ! J'ai pas envie d'un grand resto, là, j'ai envie de m'écrouler dans mon lit. Je sais que tu as de bonnes intentions, mais tu comprends vraiment pas.

– Il n'y a vraiment pas moyen de te faire plaisir. Je me fends en quatre pour trouver un moyen de te distraire et c'est ça que ça donne.

– Je te demande pas de me distraire, je te demande d'être là, c'est tout. On peut commander, on peut louer un film, on peut parler. Pas besoin d'une soirée à grand déploiement !

– Si tu le dis. Je voulais te faire plaisir, c'est tout.

– Je sais. Viens ici.

Éléonore tente de prendre Malik dans ses bras, mais son énorme ventre empêche leurs poitrines de s'approcher. Se voyant peu, ils n'ont pas appris graduellement comment s'étreindre en contournant la protubérance et ils ressentent un certain malaise. Malik s'esquive pour aller chercher à souper au Latina, pendant qu'Éléonore termine de plier les vêtements du bébé. Elle admire fièrement le tiroir bien rempli de petits morceaux blancs et roses bien alignés. Rien ne la calme tant que de s'assurer que tout est en place. Elle essaie de ne pas trop s'attarder sur le fait qu'il y aura bientôt un être humain dans ces minuscules pyjamas.

Un lundi soir, deux semaines avant la date prévue pour la naissance, Matthew s'annonce chez elle. Mal à l'aise, il la laisse à peine lui dire bonjour avant de se lancer. Il a reçu une offre alléchante de la part de Greenpeace pour un poste situé à Vancouver. Il explique que c'est sa job de rêve et qu'il ne peut laisser filer cette chance. Éléonore est estomaquée mais ne sait sous quel prétexte s'y opposer. Après tout, elle a fait partir Matthew de chez elle, l'a sciemment éloigné pour laisser davantage de place à Malik. *Pour ce que ça a donné,* murmure une voix mutine dans sa tête. Malgré quelques soirées romantiques et des ébauches de rêves d'avenir, il demeure que la présence de Malik dans sa vie est assez aléatoire, alors que Matthew continue de lui offrir un soutien incommensurable. Elle croyait qu'il serait là encore quelque temps, au moins jusqu'à la naissance ; mais elle ne se sent pas en droit de le lui demander. Elle l'écoute donc en hochant machinalement la tête et arbore un sourire faux en le félicitant aussi chaleureusement qu'elle le peut. Il lui jure qu'il sera toujours là pour elle, malgré son départ imminent la fin de semaine suivante.

Matthew a dû faire un gros examen de conscience avant d'en venir à cette décision. Il a été fortement encouragé en ce sens par sa mère, Lisbeth. Celle-ci se réjouit bien sûr de voir son fils revenir plus près du *bed and breakfast* familial mais, surtout, elle considère qu'il est temps qu'il commence à vivre sa vie pour lui et non pour une femme qui ne peut lui offrir que son amitié et une pléiade de problèmes. Elle refuse que Matthew se cache derrière ses rêves plus longtemps ; elle lui martèle que ce n'est pas lui qui sera dans la salle d'accouchement, ce n'est pas lui qui prendra le bébé dans ses bras, ce n'est pas lui qui embrassera la maman lorsque tout sera fini. Son rôle se résumera à apporter des ballons et un nounours et à s'esquiver rapidement pour ne pas envahir la petite famille. Est-ce vraiment ce qu'il veut ? Cela vaut-il de refuser une occasion en or pour sa carrière ?

Matthew n'a pu se débattre contre le torrent d'arguments maternels, qui faisaient écho aux siens. Il faut qu'il fasse son deuil d'une histoire d'amour qui n'a et n'aura jamais lieu. Éléonore est la femme d'un autre homme, elle porte le bébé d'un autre homme. Il est temps de regarder la réalité en face et de bâtir sa vie à lui.

Les deux grands amis se quittent dans les larmes, le week-end venu. Ils se promettent de s'écrire, de s'appeler. Éléonore stipule que cela ne libère aucunement Matthew de son obligation d'être parrain de la petite et de se pointer le bout du nez à son baptême. Matthew fait toutes les promesses et s'engage dans la file d'attente pour passer la sécurité, le cœur gros.

Le mois de mai 2001 signifie aussi que la fin du cégep approche, pour Allegra. Elle a trouvé ses cours somme toute faciles, maintenant qu'elle n'est plus assaillie sans relâche par ses démons intérieurs, comme à Brébeuf. Elle termine avec une moyenne élevée et se retrouve bientôt à devoir se demander quoi faire par la suite. C'est là une question qu'elle a longtemps occultée, contente de vivre au jour le jour, session par session, pendant qu'elle continuait à subsister à coups de contrats publicitaires. Mais ce hiatus tire à sa fin. Allegra a célébré ses vingt-cinq ans sans tambour ni trompette, honteuse d'être à cet âge vénérable une cégépienne vivant chez sa mère. Elle vient d'un milieu qui prône la réussite et elle n'arrive pas à se libérer d'un cuisant sentiment d'échec.

Cette impression de ne pas être à la hauteur est renforcée tous les dimanches, du moins ceux qu'Allegra consent à consacrer au repas dominical chez ses grands-parents. Aujourd'hui à la retraite, Henri Castonguay n'a rien perdu de son mordant, bien au contraire. L'ennui qui règne sur ses journées semble avoir canalisé toute son énergie batailleuse, qui se déverse trop souvent sur sa femme, sa fille et ses petites-filles. Allegra et Chiara se mettent la plupart du temps d'accord pour coordonner leur présence au fameux rendez-vous du dimanche, afin de pouvoir au moins faire front commun sous le feu nourri de la critique grand-paternelle.

Deux semaines avant la fin de ses examens, Allegra est convoquée au bureau de son grand-père. L'auguste vieil homme, confortablement installé dans le fauteuil de cuir usé qui trône derrière son bureau, la toise d'un air sévère. Allegra se sent comme une écolière, perchée sur une petite chaise de bois. Son grand-père entame un discours sur le monde, la responsabilité, la contribution sociale ; selon lui, chacun a un rôle à tenir en société et doit à la collectivité de s'y consacrer.

– Ton rôle, jeune fille, que sera-t-il ?

– Je travaille, j'étudie.

– Travailler… Si c'est ce que tu appelles prendre des photos pour vendre de la camelote. Ça pouvait être drôle quand tu étais adolescente, Allegra, mais à vingt-cinq ans, je trouve ce passe-temps franchement déplacé. Il est temps que tu fasses ta marque. Tu t'inscris à l'université en septembre ?

– Je pense, mais je ne sais pas en quoi.

– Tu t'es égarée sur le chemin de ta carrière, ma fille, et il est temps de te ressaisir. Tu as joui de certains privilèges toute ta vie, tu as reçu une excellente éducation, il est temps de les mettre à profit en entamant un projet sérieux.

Allegra veut bien entamer un projet sérieux, mais elle ne sait toujours pas quoi et ce qu'elle perçoit comme un manque d'ambition de sa part l'insécurise. Voilà Éléonore qui gravit les échelons auprès de Jacques Martel, Yasmina qui poursuit des études supérieures à la Sorbonne, même sa sœur Chiara, éternelle girouette, a trouvé sa voie. Il n'y a qu'elle qui tergiverse et qui a l'odieux de « se chercher encore », à l'âge où ses amis avocats ou banquiers songent déjà à une réorientation de carrière.

Cette pression immense a l'effet d'un blocage puissant, chez elle. L'urgence de prendre son avenir en main la paralyse. Elle feuillette des heures durant les dossiers d'inscription à l'université, ne parvenant pas à se brancher. Le cégep offrait une formation générale, ça allait encore, mais comment est-elle censée savoir si elle veut étudier la sociologie, l'histoire de l'art ou la philosophie ? Ces domaines mènent-ils réellement à une carrière ? Allegra a pris tant de détours, depuis le secondaire, qu'elle ne sait même plus à quoi est présumée ressembler une vie rangée, comme celle que son grand-père juge essentielle pour elle. Elle regarde ses amies et, à ses yeux, il est évident qu'elles sont là où elles doivent être : Éléonore en cinéma, Yasmina en littérature, Charlotte Bonsecours en droit, et ainsi de suite. C'est une suite de décisions microscopiques qui les a menées là et il semble impossible de décortiquer les petits tournants qui ont abouti à un résultat semblant inévitable. Allegra n'a pas eu cette chance ; elle aurait pu faire une grande carrière de mannequin, peut-être ; laisser cela la mener vers une après-carrière de célébrité de moindre envergure qui se contente d'apparitions bien payées dans les soirées. Mais sa santé mentale ne l'a pas permis. La voilà donc qui vivote à Montréal, chez sa mère, sans savoir par où commencer pour se sortir de là et trouver enfin sa voie.

Cette indécision l'amène à manquer la date limite des inscriptions à l'université. Elle se dit que c'est peut-être un mal pour un bien : elle prendra une session pour réfléchir, question d'éviter de s'engager encore une fois sur un chemin qui n'est pas le sien, simplement par manque d'inspiration. Blasée, elle continue d'enchaîner les contrats publicitaires, attendant elle ne sait quel élément déclencheur qui la forcera à prendre une décision.

CHAPITRE CINQ

Les nuits d'insomnie laissent Éléonore confuse. Ces derniers jours, elle a l'impression qu'un brouillard diffus lui envahit le cerveau. Tous les après-midi, elle s'enfonce avec reconnaissance dans son grand divan blanc pour la sieste prescrite par son médecin. Elle laisse le soleil de ce début de printemps chatouiller paresseusement quelques grains de poussière qui flottent en suspens, puis s'endort profondément. Au réveil, elle se sent revigorée, pleine, entière. Chaque nuit, par contre, recommence le cycle du sommeil entrecoupé par les visites pressantes aux toilettes et les séances de gymnastique nocturne du bébé. Madame Saadi, pendant l'un de ses appels quotidiens, lui a dit que selon elle, c'est la méthode qu'avait trouvée Dame Nature pour habituer graduellement les futures mamans aux nuits écourtées, une fois le bébé arrivé. Éléonore est rassurée de savoir que son état est normal, mais n'en rêve pas moins d'une longue nuit de sommeil ininterrompu.

Depuis quelques jours, Éléonore s'est surprise à se désintéresser complètement de ce qui se passe au bureau. Elle n'appelle jamais et quand on la joint pour lui poser une question, elle se creuse les méninges comme si la réponse devait lui parvenir de très loin. Elle qui s'était juré de rester à jour sur tous ses dossiers, voilà que subrepticement le petit être qui grandit en elle réclame son dû. Maître Paquin se fait discret et ne l'appelle pas; elle a prévenu qu'elle ne rendra pas visite à son père avant l'arrivée du bébé, de peur de crever ses eaux en plein centre de détention. Matthew l'appelle ou lui écrit un courriel tous les jours; elle prend le temps de lui répondre quelques lignes, mais le cœur n'y est pas. Les journées semblent ralentir et rien d'autre que cette naissance à venir ne l'occupe.

Le poids de son ventre lui interdit les longues marches qu'elle affectionne tant; mais elle se rend sur le mont Royal tous les jours pour sa bouffée d'air quotidienne, stationnant sa voiture au lac des Castors et se permettant quelques pas dans la montagne. Ces journées de quiétude la préparent mieux que tous les livres et tous les discours. Elle sent en elle un dérèglement de cet équilibre précaire des émotions dues à la grossesse. Elle est plus émotive, plus à l'envers. Au fin fond d'elle, les choses se sont mises en place et tout doucement s'enclenche le processus qui mènera à la naissance.

Malik annonce son arrivée pour le 21 mai, soit une semaine avant la date prévue de la naissance. Il tient à ne pas manquer cet événement et s'abrutit de travail pendant les derniers jours. Éléonore l'enjoint de ne pas se presser; on lui a bien dit que les premiers bébés sont souvent en retard et elle ne se sent pas la patience de tolérer un Malik qui tourne en rond, loin de son bureau et de son Blackberry. Lorsqu'il insiste, elle lui organise en catimini une série de projets dits «essentiels» qui verront à le tenir occupé. Monter le lit à barreaux du bébé, acheter la petite baignoire, faire réparer la roue droite de la poussette d'occasion.

Dès qu'il arrive à Dorval, Malik passe chercher sa voiture de location. Au lieu des coupés sport qu'il affectionne, il demande cette fois-ci une Volvo familiale. Au moment où il se met au volant, il perçoit d'un coup l'immense changement qui s'opère dans sa vie, et il doit s'avouer que ça lui plaît. Lui qui a si longtemps vécu pour lui-même, au jour le jour, sans objectif autre que la réussite à tout prix, il découvre avec plaisir le poids des responsabilités qui ancrent un homme dans la vie. Tout compte fait, il se préfère en père de famille plutôt qu'en éternel célibataire, trouvant à ce nouveau rôle davantage de dignité.

Sa mère sourit en le voyant débarquer, si fier dans sa voiture familiale. Elle comprend et encourage le cheminement de son fils, mais elle sait aussi que c'est surtout son éloignement, à New York, qui rend ce nouveau rôle si facile à porter. Il aura quand même la chance de vivre à son rythme, de sortir, de se reposer, sans que ses journées entières ne soient ponctuées par les exigences urgentes d'un bébé. Elle se dit que dans la situation où il se trouve, c'est peut-être mieux ainsi; il fera un apprentissage plus graduel de la paternité qui, après tout, lui tombe sur la tête sans beaucoup de préavis.

Elle espère seulement qu'il en sera de même pour Éléonore. La pauvre petite va se retrouver seule avec un nouveau-né cinq jours sur sept et, aux yeux de madame Saadi, elle semble sous-estimer l'ampleur du défi. Elle n'a pas non plus sa mère pour l'épauler et remplir son frigo. Jacqueline se jure d'être aussi présente que possible pour celle qui a toujours été comme une deuxième fille pour elle, mais elle est consciente des limites inhérentes au rôle de la belle-mère, qui ne peut pénétrer dans l'intimité du foyer comme une mère le pourrait.

Malik s'installe chez Éléonore pour le congé de trois semaines qu'il a réussi à négocier avec ses patrons. Le congé de paternité n'existe pas aux États-Unis. Les premiers jours, il tourne en rond comme un ours en cage.

Il n'est pas habitué à partager l'intimité d'une femme, encore moins dans le contexte d'une situation ambiguë comme la leur. Prétextant les réveils nocturnes fréquents du bébé, Éléonore a préféré l'installer dans le bureau, comme Matthew quelques mois plus tôt. Elle se dit que cela leur laissera le temps de voir comment les choses progressent. C'est une chose pour elle de voir Malik dans le cadre de rendez-vous galants, de faire l'amour ; c'en est une autre de cohabiter officiellement avec un homme qu'elle connaît peu et dont elle continue de se méfier, malgré toutes ses grandes promesses.

Depuis son arrivée officielle chez Éléonore, Malik ne sait pas trop à quoi s'en tenir ; il l'approche avec précaution, mais il doit s'avouer que la taille impressionnante de son ventre commence à l'intimider. Hier soir, pendant qu'ils regardaient un film, ils ont vu clairement un petit pied appuyer sur la peau tendue d'Éléonore, au-dessus du nombril. Malik ne peut s'empêcher de voir un vrai bébé, caché juste là sous la peau et cela le rend réticent à approcher Éléonore. Il a l'impression aussi que tout agace la future maman, les caresses douces comme les massages plus appuyés. Elle s'enferme souvent dans sa chambre, le soir, pour y dévorer les polars qu'elle affectionne en ce moment, disant apprécier le moment d'évasion totale qu'ils lui permettent. Plus tard, par contre, il l'entend tourner en rond dans la nuit, allumer la télé sur des émissions matinales insipides et, enfin, s'endormir au petit matin dans son grand fauteuil blanc. Il sort donc très tôt à l'aube, afin de ne pas la réveiller. Il déambule dans les rues tranquilles et prend vite l'habitude de se retrouver à l'Express pour le déjeuner. Il parcourt le *Wall Street Journal* et le *New York Times* de long en large et rentre souvent lorsqu'Éléonore est sortie faire des courses à son tour. Il a donc l'impression que c'est un ballet étrange qui les unit, faisant en sorte qu'ils ne sont pas souvent présents et réveillés en même temps dans le petit appartement où ils ont tendance à se marcher sur les pieds.

Il jette un coup d'œil tous les jours sur les pages immobilières du journal, en catimini. Éléonore a été très ferme dans son refus de déménager et encore plus dans son refus que Malik leur achète une maison où élever leur fille. Mais il ne peut s'empêcher de croire qu'elle changera d'idée. Quand la petite sera née et qu'elle constatera à quel point ils sont à l'étroit. Ou encore, quand il dénichera la perle rare, la maison qui la fera craquer. L'après-midi, il se rend faire quelques visites «portes ouvertes» à Outremont et y rencontre Sophia, une agente immobilière blonde et déterminée. Celle-ci sent tout de suite que Malik est l'acheteur rêvé: il a les moyens et surtout le désir de s'offrir une propriété qui suscitera l'envie. Elle l'entraîne donc dans toutes les grandes demeures d'Outremont. Il admire les salles de bains de marbre, les cuisines dernier cri, mais n'est pas impressionné outre mesure, ayant connu la même chose chez ses parents et vu encore plus cossu à Londres et à New York. Il cherche plutôt un petit quelque chose de plus, une atmosphère unique qui saura séduire Éléonore et la convaincre de renoncer à son appartement.

Il rentre d'une visite d'un semi-détaché de la rue Hartland et trouve Éléonore assise sur le fauteuil, perdue dans ses pensées.

– Salut, ça va? demande-t-il.

Éléonore ne répond pas tout de suite. Voyant qu'il s'inquiète, elle lui décoche un faible sourire puis répond que oui, elle croit que ça va. Malik voit bien que quelque chose se trame et il la presse pour obtenir plus de détails. Elle hésite, ne sachant comment lui décrire ce qui se passe à l'intérieur d'elle. À une amie, elle expliquerait aisément que « c'est comme des crampes de règles, avec un mal de dos ». Avec Malik, elle conserve une certaine pudeur et ne sait comment expliquer ce qu'elle ressent. Elle se borne à lui dire qu'il est en train de se passer quelque chose. Celui-ci panique, veut tout de suite appeler l'hôpital, transporter la valise dans l'auto. Éléonore lui demande de respirer, lui dit qu'elle a surtout besoin de calme en ce moment pour porter attention à ce qu'elle ressent et être sûre de son affaire avant de déclencher le branle-bas de combat. Penaud, il s'assoit à côté d'elle et la regarde. Elle est mal à l'aise d'être surveillée ainsi et lui demande de lui préparer une tisane, afin de l'occuper un peu. Il s'active dans la cuisine et on l'entend sacrer lorsqu'il renverse le liquide brûlant sur sa main dans sa hâte de bien faire et de revenir auprès d'elle. Il place la tasse à côté d'elle et se rassoit. Elle attend quelques instants et avale une gorgée. Puis, elle lui dit posément qu'elle pense que ça s'en vient.

Il la regarde, interloqué. Elle a l'air si calme. Il ne sait pas que c'est un travail très personnel qui commence, pour Éléonore ; elle sent toute son attention tournée vers l'intérieur, à épier ce qui s'y passe, et elle ne consacre que quelques miettes d'énergie à communiquer avec le monde extérieur. La prochaine contraction commence. C'est la première qui dépassera le seuil connu, celui des crampes mensuelles relativement faciles à apprivoiser. C'est cette contraction-là qui donne à Éléonore un avant-goût de ce qui s'en vient. Elle respire fort, ne semblant plus remarquer les gestes de Malik, qui descend en courant chercher la voiture, la grosse valise d'hôpital à la main. Lorsqu'il remonte pour la guider dans les escaliers, elle a déjà eu le temps d'avoir une autre contraction. Elle les estimerait aux cinq minutes. La douleur est encore gérable, mais elle peut difficilement s'imaginer passer quatorze ou seize heures comme ça. *Ou encore vingt-quatre*, lui souffle une petite voix pessimiste. Elle prend place dans la voiture, et alors que Malik démarre en trombe, elle doit très vite détacher sa ceinture pour tenter de trouver une position plus confortable lorsque la contraction suivante commence. Elle souffle fort, sent son visage qui se crispe et n'entend que vaguement les klaxons qui s'activent lorsque Malik brûle un feu jaune tirant fortement sur le rouge. Les quelques minutes qui les séparent de l'hôpital lui semblent éternelles.

Malik lance ses clés au surveillant du stationnement devant l'hôpital, ignorant les cris qui lui réclament une carte de crédit ou un paiement. Même les menaces de faire venir une remorqueuse ne lui parviennent que très faiblement, alors qu'il tire la valise d'une main et guide Éléonore de l'autre. Il appuie nerveusement sur le bouton de l'ascenseur. Lorsque enfin les lourdes portes s'ouvrent, ils doivent laisser la place aux patients, aux visiteurs et aux préposés qui en sortent en poussant un lit d'hôpital où trône un enfant au visage blanc. De longues secondes s'écoulent pendant qu'ils négocient les virages nécessaires pour faire sortir le lit de l'ascenseur et l'engager dans le corridor. Éléonore est penchée vers l'avant et souffle bruyamment. Enfin, ils entrent dans la cage d'ascenseur et Malik appuie prestement sur le 4. Une dame les suit et s'apprête à appuyer sur le 2. Malik saisit son poignet au vol et lui lance: «Madame, vous êtes pas capable de voir qu'elle est en train d'accoucher? Vous redescendrez après.» Les portes se ferment.

Enfin, ils y sont. L'unité des naissances. À la vue d'Éléonore pliée en deux sur son ventre immense, une infirmière la guide tout de suite vers une chambre d'accouchement. Pendant que Malik s'occupe des démarches administratives, elle invite Éléonore à se placer sur le lit. Éléonore s'allonge, puis se relève comme sur un ressort dès qu'une nouvelle contraction commence. L'idée de demeurer couchée lui est insupportable. La sensation est plus forte encore que ce qu'elle croyait possible. Elle s'entend de loin demander à l'infirmière de faire quelque chose pour l'aider. Celle-ci applique une pression forte sur le bas du dos, semblant neutraliser une infime partie de la douleur, juste assez pour permettre à Éléonore de l'affronter. Lorsque la contraction s'apaise, l'infirmière se présente rapidement: «Moi, c'est Karine. Je vais vite faire venir le médecin.»

Elle revient dans la pièce accompagnée d'une autre jeune femme, juste au moment où la contraction suivante commence. Éléonore se sent envahie de désespoir, jamais elle ne passera à travers cette contraction-ci et encore moins à travers toutes celles qui s'annoncent. La jeune femme se présente, elle est la docteure Gaudreault. Elle demande à Éléonore de se déshabiller et de monter sur le lit, puis elle l'examine prestement.

– Vous êtes déjà dilatée de six centimètres, ça progresse bien.

– Ça fait trop mal, gémit Éléonore. Faites quelque chose.

– Je peux faire venir l'anesthésiste pour une péridurale. Mais ça risque de ralentir le travail et, selon moi, il ne vous en reste plus pour longtemps. Vos contractions sont fortes.

Éléonore veut répondre, mais elle est déjà submergée par la prochaine vague. Karine lui applique encore une fois une pression au bas du dos. Malik entre dans la pièce en coup de vent. Il est affolé de voir Éléonore affaissée sur le lit en jaquette d'hôpital, le visage crispé.

– Faites quelque chose! Faites venir le médecin!

– Je suis la docteure Gaudreault. Tout va bien, ne vous inquiétez pas.

– Un médecin avec de l'expérience! Le docteur Lanthier, il est où?

– Il n'est pas de garde aujourd'hui.

– Faites-le appeler ! lance Malik, du ton de celui qui est habitué à se faire obéir.

Éléonore capte le roulement d'yeux de l'infirmière et s'empresse de rassurer Malik.

– Je suis correcte.

Tout cela la distrait de la décision qu'elle a à prendre et la prochaine contraction commence sans qu'elle ait répondu à la proposition de péridurale. Elle ne sait pas quoi penser. Au cœur de la contraction, elle veut juste que cette douleur s'arrête, tout en elle exige un répit, n'importe lequel ; mais on l'assure que ce sera fini bientôt. Pantelante, elle tente de reprendre ses esprits. À ses côtés, Malik s'échauffe, exige que l'on fasse venir l'anesthésiste immédiatement. Il n'a d'expérience des naissances que ce que l'on en voit dans les téléséries américaines. Rien ne l'a préparé à cette intensité démesurée. Son agitation ne dérange pas Éléonore. Complètement absorbée par ce qui se passe à l'intérieur d'elle, elle ne perçoit qu'en périphérie les mouvements qui se déroulent tout autour. La seule qui réussira à pénétrer dans sa bulle, c'est Karine, l'infirmière : elle ancre son regard dans le sien pour lui dire que son bébé s'en vient. Le bébé ! Aussi étrange que cela puisse paraître, Éléonore l'avait oublié, celui-là, prise qu'elle était par l'orage qui lui déchire le corps. D'un clignement d'yeux, elle fait signe à Karine qu'elle a compris et c'est toute son énergie, désormais, qui est fixée sur ce seul point : son bébé et le chemin inexorable qui le mènera vers sa naissance.

Les heures s'écoulent, rythmées par les contractions qui s'intensifient. Éléonore a trouvé son rythme, a accepté de laisser son corps faire son travail et c'est avec une détermination féroce qu'elle l'aide à accomplir sa tâche. Malik a depuis longtemps perdu tout contact avec elle, il n'est que simple spectateur pendant que Karine encourage Éléonore, éponge son front moite et continue ses points de pression au bas du dos. Enfin, vers 17 heures, Éléonore pousse un cri qui ne ressemble pas aux autres. La sensation s'est transformée, elle sent désormais que ça pousse. La violence de ce besoin de pousser lui fait peur, elle ne peut que répéter, hagarde, que ça pousse tout seul ! Karine fait vite revenir la docteure Gaudreault. Celle-ci confirme que ça y est, on voit la tête et le bébé est prêt à naître.

Éléonore est saisie de cette pulsion primordiale que connaissent toutes les mères ; tout en elle se tend pour aider son bébé à naître. Karine continue de la guider, poussée par poussée. Éléonore ne voit plus, n'entend plus, elle n'est qu'un corps qui pousse de toutes ses cellules pour en expulser un autre. Elle sent la tête qui étire sa peau, l'étire tant qu'elle se croirait prête à exploser. Cette sensation lui fait peur, une dernière petite hésitation avant le don final. Karine revient encore une fois la chercher, capte son attention défaillante et lui demande, d'une voix douce, de s'ouvrir au bébé et de le laisser faire son chemin. À la prochaine poussée, Éléonore est aveuglée par la douleur, ce sont tous ses repères qui éclatent et elle laisse filer la dernière parcelle d'elle-même qui raisonnait encore. Elle n'est donc plus que sensation quand enfin la tête sort et que Karine guide sa main pour toucher entre ses jambes le cuir chevelu tout mou du nouveau-né. C'est le seul de ses cinq sens qui semble fonctionner encore ; ce frôlement de deux peaux la ramène à cette rencontre unique qui s'annonce. Encore une poussée, celle qui soulage enfin la pulsion qui la saisit, puisque c'est le corps au complet qui sort. Éléonore s'écroule, épuisée. On lui met tout de suite son bébé dans les bras. La petite vagit calmement, semblant déjà avoir trouvé sa voix. Éléonore se retourne vers Malik, son sourire éclatant : « C'est notre fille ! Elle est née ! T'as vu ça, elle est née ! » Malik est blême et s'empresse de couvrir le visage d'Éléonore de baisers.

« Veux-tu la prendre ? » demande Éléonore. Malik a le visage illuminé d'un converti lorsqu'il tend les bras et s'empare du bébé avec la douceur et la précision d'un joaillier travaillant une pierre précieuse. Éléonore voit ses traits qui se transforment, alors qu'il pose les yeux pour la première fois sur sa fille. Elle admire l'intensité de l'émotion qu'elle y lit ; quant à elle, elle ressent surtout de l'épuisement et une forte envie de coller sa fille contre sa poitrine. Ce qu'elle fait quelques minutes plus tard, alors que commencent le contact peau à peau et la première tétée. Tout demeure dans le senti, l'instinctif, pour Éléonore ; son cerveau qui s'est mis en veilleuse pendant la naissance ne s'est pas encore réveillé. Et ça lui va comme ça. Elle flotte dans cette béatitude unique que vivent les nouvelles mères et découvre son bébé par le toucher et l'odorat.

Pendant les deux jours qu'ils passent à l'hôpital, Éléonore et Malik forment une équipe formidable. Un amour phénoménal pour leur fille les unit. Ils pensent aux mêmes choses, ont les mêmes soucis. La petite passe tout son temps dans les bras de son père ou de sa mère. La bassinette fournie par l'hôpital ne sera jamais étrennée. Les visiteurs se succèdent : les parents de Malik d'abord, puis quelques amis et enfin Charlie et Mike, qui font leur apparition munis d'un énorme bouquet de lys. L'odeur est trop forte pour Éléonore et elle doit demander à l'infirmière de sortir le bouquet dès que sa mère est partie. Elle ne peut s'empêcher de sourire en imaginant sa fille faire ça un jour, dans son dos ; puis elle est prise de panique et jure solennellement, les lèvres enfouies dans le duvet doux qui couvre de crâne de sa fille, que jamais elle ne laissera une telle distance s'établir entre elles.

Deux jours plus tard, c'est un Malik fier comme un paon qui conduit Éléonore et Mathilde vers le Mile-End, au volant de sa grande Volvo familiale bleue.

CHAPITRE SIX

Par moments, Éléonore regrette presque d'avoir nommé sa fille Mathilde. Le souvenir de sa grand-mère est encore trop vif à sa mémoire. Lorsque l'euphorie de la naissance laisse place aux proverbiales crises hormonales post-partum, sa grand-mère lui manque plus que jamais. Quand, dans sa tête, elle appelle *Mathilde,* c'est à sa grand-mère qu'elle pense, pas à sa fille. Cette petite qui ne lui semble pas encore avoir une existence tangible, qui serait la sienne en propre. *En plus, elle n'a même pas un nom à elle !* Et revoilà Éléonore qui éclate en sanglots.

Elle entend la porte d'entrée qui s'ouvre. Vite, elle tente de sécher ses larmes. Elle ne veut pas que Malik la surprenne dans cet état, en proie à cette faiblesse. Déjà qu'elle a les cheveux en bataille, les seins qui coulent, le ventre qui pend et le périnée en compote… *Vraiment,* se dit Éléonore, *Dame Nature est une drôle de bonne femme.* C'est comme si elle n'admettait rien de moins qu'un don entier de chaque parcelle de son corps et de son esprit. C'est ce sacrifice total qui semble être requis pour donner la vie.

Éléonore en veut parfois à Malik, qui est beau, fringant, énamouré de sa fille ; il semble profiter de tous les beaux côtés de la paternité, sans en subir les difficultés. Puisqu'elle allaite, il ne peut même pas faire sa part pour les réveils de nuit. Il a bien suggéré de se lever lui aussi, pour au moins changer la couche, lui tenir compagnie.

Mais elle refuse qu'il la voie dans ces moments qui ont si peu de dignité. La robe de chambre béante, les téterelles de silicone accrochées à ses seins, le lait qui coule en rigoles sur son ventre mou, le liquide régurgité sur son épaule, les serviettes sanitaires imbibées de sang visqueux qu'elle doit changer toutes les deux heures.

Éléonore se sent nettement désavantagée. Elle qui, jusqu'à tout récemment, était encore dans la phase de séduction avec Malik, malgré sa grossesse avancée: son ventre rebondi, ses seins gonflés, ses nerfs à vif, sensibles au moindre effleurement, tout cela la faisait se sentir plus femme que jamais et Malik répondait avec vigueur à cette féminité épanouie.

Mais la voici vidée, de vie et d'énergie. Cette déchéance physique l'affecte beaucoup, sur le plan de l'orgueil surtout. Elle n'aime pas se sentir si peu attrayante, si dépendante. Elle voudrait magiquement retrouver la Élé d'avant: énergique, volontaire, indépendante, plutôt que cette chose sanguinolente, en pleurs dans sa robe de chambre tachée.

Malik s'approche doucement.

– Élé?

– Oui, répond-elle, la tête enfouie dans son oreiller.

– Tu dormais?

– Non… la petite va se réveiller bientôt. Tu peux aller la chercher? Je vais sauter sous la douche.

Sans attendre de réponse, elle sort de la chambre en vitesse. Elle qui n'a jamais été vaniteuse, la voilà qui rêve de ses jeans d'avant-grossesse, prend soin de s'hydrater les lèvres et applique même subrepticement une touche de mascara noir tous les jours.

Malik la trouve nerveuse comme une chatte et ne sait plus par quel bout la prendre. Sa sollicitude semble l'énerver davantage. Elle se ferme comme une huître à la moindre de ses questions. Elle parle peu, ni d'elle ni de Mathilde, qu'elle persiste à appeler «la petite» ou «le bébé». Mais Malik ne connaît rien au monde mystérieux de la maternité, lui qui n'avait jamais même partagé l'intimité d'une femme. Il se considère au moins chanceux d'avoir grandi avec une sœur et de savoir qu'il est des sautes d'humeur féminines sans portée ni signification profonde. Pour le moment, il se fie à sa mère, qui lui conseille la patience et la douceur. «Ça prend quelque temps, se remettre d'un accouchement, mon grand», lui a dit Jacqueline. Laisse du temps à Éléonore et surtout, sois là pour elle.» Il est là, dans la mesure du possible. Ils font toujours chambre à part. Malik a bien songé protester, lorsqu'il a dû reprendre la chambre préparée pour Matthew mais, tout compte fait, il s'est considéré heureux d'être là, de voir Mathilde du matin au soir et de ne pas être relégué chez ses parents.

Il entend Mathilde qui geint. Vite, il la prend, ouvre un peu sa chemise et la colle sur son torse, pour ce contact peau à peau qui semble si bien l'apaiser. Il marche dans l'appartement, rythmant son pas à la berceuse qu'il chantonne tout bas. Il voudrait laisser à Éléonore le luxe de terminer sa douche tranquillement, d'être accueillie par une scène sereine et non par le champ de bataille qui semble s'installer quand Mathilde doit trop patienter avant de boire. Il s'avoue que c'est aussi par fierté: il veut se prouver à lui-même et à Élé qu'il est capable de prendre soin de sa fille. Il n'a pas de lait, ce qui le place dans une situation parfois frustrante: il est là, prêt à tout faire, mais ne peut répondre à l'appel de Mathilde, qui tourne les lèvres vers son torse et ouvre et ferme la bouche comme un poisson.

Aucun des amis proches de Malik n'a encore eu d'enfants ; son père n'est pas très loquace et, de toute manière, ça devait être bien différent dans son temps. Malik ne sait donc pas vers qui se tourner pour exprimer ses craintes et poser ses questions par rapport à la paternité. Lui qui a l'habitude d'être si performant dans toutes les sphères de sa vie, le voilà pris au dépourvu de ne pouvoir répondre aux besoins de Mathilde par la logique et le travail acharné. Tout ce qu'elle veut, ce sont les bras de sa mère et Malik se sent impuissant devant un besoin aussi viscéral.

Éléonore sort de la douche juste à temps. Elle s'installe avec son coussin d'allaitement, prend Mathilde dans ses bras et demande à Malik d'aller lui chercher un verre d'eau, espérant avoir le temps de fixer la petite au sein dans l'intimité. Cette cohabitation forcée avec un homme qu'elle connaît peu, après tout, avec qui elle a toujours eu un rapport fait d'agaceries et de séduction lui demande beaucoup, alors qu'elle essaie en même temps d'apprendre à être maman.

Par moments, Éléonore regrette la présence apaisante de Matthew. Avec lui, elle aurait été à l'aise, elle aurait ri même, en dévoilant ses mamelons gercés. Son meilleur ami lui manque, sa meilleure amie aussi. Il tarde à Éléonore de planifier le baptême de la petite, juste pour les faire revenir tous les deux. Si seulement elle pouvait appeler Allegra… mais elle craint que leur amitié n'ait été irrémédiablement abîmée. Elles réussiront peut-être à redevenir copines un jour. Mais grandes amies intimes ? Éléonore en doute et cette pensée fait de nouveau couler une larme sur sa joue.

– T'as besoin de quelque chose, Élé ?
– Non…
– …

– Tu sais, Malik, il faudrait penser à organiser le baptême de la petite.

– Déjà ?

– S'il faut que Yasmina vienne pendant son congé, que Matthew prenne des vacances…

– Yasmina et Matthew ?

– Ben oui, le parrain et la marraine.

– J'ai pas mon mot à dire, moi ? Je pensais demander à mon ami Jean-Philippe d'être parrain. Il adore les enfants.

– C'est pas comme ça que ça marche, voyons. Il y a déjà ta sœur de ton côté, alors moi je choisis Matthew du mien.

– Oui, mais c'est quand même toi qui as choisi ma sœur.

– Tu veux pas de ta sœur comme marraine ? Voyons donc, Malik. Pis ça fait des mois qu'elle sait que c'est elle. Bien avant que tu retontisses.

Malik voit qu'Éléonore s'échauffe et il ne veut en aucun cas l'énerver. Il lui semble plus simple de céder.

– Oui, oui, t'as raison, pardon. Je sais pas où j'avais la tête. Yasmina et Matthew, ce sera parfait.

Bien calée dans son fauteuil, immobilisée par la petite qui boit goulûment, Éléonore prend une profonde inspiration. Elle a l'impression de souffler comme un taureau, emplie qu'elle est d'une colère phénoménale qui n'a plus de soupape pour exploser. Malik s'esquive en vitesse sous prétexte d'aller chercher du lait au dépanneur.

Éléonore s'accroche à cette idée de baptême comme à une bouée de sauvetage, pressée de trouver une raison d'avoir Yasmina et Matthew auprès d'elle. L'idée de leur demander de venir, simplement, ne l'effleure pas, perdue qu'elle est dans les brumes du post-partum et son besoin d'affirmer son indépendance. Le lendemain matin, elle contacte le presbytère de l'église Saint-Viateur. Premier pépin, le seul week-end disponible pour un baptême est au mois d'octobre. La dame lui explique que les mariages et les baptêmes sont très populaires, l'été. De plus, Éléonore apprend qu'on baptise trois ou quatre bébés à la fois, dans une cérémonie commune. Cette idée lui déplaît. Elle souhaite un événement très intime, pour elle et ses proches. Elle ne voudrait pas que sa présence, ou celle de Charlie et de Mike, transforme ce moment privé en foire ou, pire, qu'un des photographes en herbe présents aux autres baptêmes essaie de faire un coup d'argent avec des photos de la famille Castel.

Autre pépin, d'envergure celui-là : on lui demande si le parrain, la marraine et les parents sont catholiques. Madame Saadi a fait baptiser sa fille ; Yasmina est donc catholique, comme elle ; mais son mari, bien que non pratiquant, s'y est catégoriquement opposé pour Malik, puisque la religion musulmane se transmet de père en fils. Matthew est anglican ; de quelle dénomination, Éléonore ne le sait pas, s'étant toujours sentie perdue dans les dédales des religions protestantes. Aucun problème, lui répond-on : le père et le parrain peuvent suivre des cours de préparation au baptême et s'engager à ce que l'enfant soit élevé dans la foi catholique. C'en est trop pour Éléonore. Elle ne se sent ni le droit ni le désir de leur demander de faire ça. Abattue, elle raccroche. Malik la rejoint à ce moment-là, portant dans ses bras une Mathilde enroulée dans sa serviette de bain, sentant bon la lavande. Il enduit délicatement son petit corps de crème, met la couche d'une main hésitante et enfile le minuscule pyjama blanc à pattes. La petite semble si fragile dans ses grandes mains. Malik s'adresse à elle d'une voix chantante, comme si elle pouvait déjà le comprendre. « C'est fatigant, ma jolie, de prendre son bain quand on est un petit bébé comme toi. Hein, ma belle ? Mais oui, tu as faim maintenant. Tu vas aller voir ta maman. »

Encore? ne peut s'empêcher de penser Éléonore. Pourtant, elle s'installe, docile, et reçoit la petite affamée dans ses bras. La prise du sein devient plus facile, au fur et à mesure que Mathilde prend des forces, et Éléonore réussit enfin à la mettre au sein sans l'aide des téterelles. Voilà qui lui semble déjà plus digne et plus proche de l'idée qu'elle se faisait de la maternité.

Pendant que la petite tète allégrement, Éléonore fait part à Malik de ses problèmes concernant le baptême. Celui-ci est catégorique : il n'est pas question qu'Éléonore se soumette à un tel examen public, ni que leur fête familiale se retrouve dans les journaux à potins.

– Pour les cours de religion, Élé, c'est comme tu voudras. Mais le baptême à trois bébés, c'est non. Explique-leur ta situation, je suis sûr qu'ils vont comprendre.

– Oui, mais même s'ils comprennent, ça signifie qu'ils vont me trouver une autre date encore plus loin : tout le mois d'octobre est réservé pour les baptêmes de groupe.

– Élé, est-ce que c'est si important que ça pour toi, l'église ?

– Qu'est-ce que tu veux dire ?

– Le côté religieux, est-ce que tu y tiens ?

– Ben… non, pas spécialement. Mais…

– Tu sais, j'avais des amis à Londres qui ont eu un bébé. Ils ont fait une super belle cérémonie non religieuse. Ils appelaient ça une *naming ceremony*. Avec un parrain et une marraine, de beaux textes, toute la famille pour accueillir le bébé de manière officielle, mais sans le côté religieux.

– C'est ça que je veux, c'est exactement ça !

– Bon, ben alors, on va penser à planifier quelque chose comme ça.

Jacqueline, à qui le problème est exposé lors de sa visite suivante, leur trouve une solution encore plus intéressante.

– Pourquoi vous ne feriez pas un baptême à la marocaine ?

– On veut pas de religion, maman.

– Mais ce n'est pas du tout religieux ! C'est une très belle coutume. Sept jours après la naissance, on fait la cérémonie du henné. Toutes les femmes de la famille se rassemblent et on met le henné aux mains du bébé. On sert aussi des plats spéciaux pour la maman : le sellou, un mélange de semoule, de noix et d'amandes et souvent, la tamina à l'algérienne, faite de semoule grillée, avec du miel et du beurre. Tu sais, c'est une tradition qui a un sens, parce que ces plats aident à restaurer les forces de la nouvelle maman et à soutenir la production du lait.

– Mais on invite juste des femmes ?

– Bien sûr que non ! On est moderne quand même. La famille proche, voilà.

– Mais les sept jours… ça se termine en fin de semaine.

– C'est pas à prendre au pied de la lettre, Éléonore ! Ça veut juste dire que ça se fait rapidement après la naissance. Pas besoin d'attendre des mois, comme on le fait souvent chez les catholiques.

Malik prend les choses en main.

– J'appelle Yasmina, ensuite Élé tu confirmes ses dates avec Matthew, et on réserve ça. On va leur demander de dire chacun quelques mots, de bénir Mathilde. Maman organise le henné et puis c'est réglé.

– Mais qui on invite ? demande Éléonore.

– Ta mère et Mike. Tes tantes Beaulieu si tu le veux. Tes oncles et tantes Castel ? Tes amis ?

Éléonore fait non de la tête.

– Gardons ça intime.

– Juste ta mère, alors. Nous, maman, on n'invite personne non plus, hein ? Il y a juste mon ami Jean-Philippe, j'aimerais ça qu'il soit là.

– Pour le reste, Éléonore, continue madame Saadi, si tu veux bien, je m'en occupe, il me ferait vraiment plaisir de vous recevoir à la maison. Je me charge de la cuisine, du traiteur. D'accord ?

Éléonore acquiesce à tout, émue de se sentir prise en charge par Malik et sa mère. Il y a si longtemps qu'elle se débrouille, qu'elle ne se fie qu'à elle-même. Charlie ne l'a jamais maternée ; Claude a toujours été une source d'admiration et de rires complices, mais il s'est rarement soucié des problèmes de sa fille. De se savoir ainsi entourée, épaulée, au sein d'une famille forte et unie, lui tire encore une fois une larme, de bonheur cette fois-ci.

Malik et Jacqueline œuvrent dans l'ombre et organisent tout au quart de tour. Éléonore, perdue dans les vapes de la maternité, ne remarque rien et se contente d'acquiescer quand on lui demande d'approuver telle ou telle décision.

La petite Mathilde n'a pas encore un mois lorsque Yasmina et Matthew débarquent en ville. Au comble de l'excitation, Éléonore a réussi pour la première fois à tirer son lait et a laissé la petite aux bons soins de Malik et de sa mère pour aller elle-même chercher ses amis à l'aéroport. C'est la première fois depuis un mois qu'elle est seule, entièrement seule. En route vers Dorval, elle syntonise CHOM-FM sur la radio de sa Civic. *Money for Nothing*, de Dire Straits, envahit les ondes. Éléonore se sent remplie d'excitation, chantant à voix haute et marquant le rythme de la musique en tapant des doigts sur son volant. Elle jouit du même sentiment enivrant de liberté que lors de sa première sortie seule en voiture, quand elle avait seize ans.

À Dire Straits succède *Black Betty*, la chanson rock fétiche de ses partys de sous-sol du secondaire et elle ne se peut plus de joie, hurlant les paroles à tue-tête.

« *Wo-ho black betty, bam be lam, wo-ho black betty !* »

Éléonore file sur l'autoroute, au rythme du bonheur qui lui coule dans les veines.

Elle entre dans le terminal d'un pas joyeux et repère vite la porte d'où doit sortir Yasmina. Elle est un peu en avance, elle en profite donc pour feuilleter des magazines dans la petite librairie du coin. Quel sentiment de liberté ! Tourner les pages au hasard, s'absorber dans telle ou telle histoire légère, perdre la notion du temps, prendre son temps, sans toujours se dépêcher, anticiper la prochaine tétée !

Elle est si prise par la lecture d'un reportage de *Vanity Fair* sur les stars montantes d'Hollywood qu'elle ne voit pas Yasmina, jusqu'à ce que celle-ci lui saute dans les bras.

– Élé !

– T'es là !

Yasmina embrasse son amie, puis la serre contre elle. Éléonore sent une soudaine envie de pleurer qui lui remonte dans la gorge. Elle la refoule, toute à sa joie de revoir son amie.

– *My God*, Yasmina Saadi, s'exclame-t-elle. Tu ne manges plus ou quoi ? Tu es toute mince !

– Mais non.

– Je te jure, une vraie Parisienne !

En effet, Yasmina est toute en élégance. Elle porte un pantalon corsaire bleu pâle, des sandales fines et un chemisier blanc cintré qui met son hâle en valeur. Éléonore regarde avec dégoût son éternel jeans de grossesse et son t-shirt noir dont la couleur dissimule heureusement une tache de lait qui s'élargit sur son sein. Elle se dit que vraiment, il est temps qu'elle aille magasiner.

– Matthew arrive quand ? demande Yasmina.

– On a deux heures d'attente. On pourrait aller prendre un café ?

– On va aller prendre un verre, oui. Si tu me fais languir avant de voir ma nièce, on va au moins en profiter pour s'amuser un peu.

Elles s'assoient au bar de l'aéroport. Éléonore sirote son verre de vin blanc, se sentant étourdie après quelques gorgées à peine. Elles discutent allégrement de Montréal, de Paris, de Mathilde et des examens que Yasmina termine. Elle a décroché un prestigieux poste d'assistante de recherche à la Sorbonne et passera donc l'été dans la chaleur parisienne. Le seul sujet sur lequel elles demeurent résolument silencieuses, c'est celui de Malik et de son rôle dans la vie d'Éléonore. Le conflit d'intérêts est trop flagrant : Malik est le grand frère adoré de Yasmina, son complice et tortionnaire de toujours. Elle ne peut être objective à son égard, ni faire fi de tout de qu'elle sait de lui. Éléonore, qui n'a jamais eu l'habitude de partager les secrets de son cœur, ose encore moins le faire quand son amie connaît l'heureux élu mieux qu'elle.

Cette décision tacite et mutuelle de ne pas effleurer le sujet crée une certaine distance entre les deux grandes amies ; elle crée surtout un sentiment d'isolement chez Éléonore, qui ne peut finalement plus parler de Malik à personne. Ce dont elle peut parler par contre, c'est du froid qui perdure avec Allegra. Comme à son habitude, Yasmina la juge durement.

– Franchement, qu'elle en revienne ! Elle a *daté* mon frère une fois. Elle se rend-tu compte du nombre de filles qu'il a *daté* une fois? Toi, c'est le père de ton enfant! Je comprends même pas comment elle se sent en droit d'être outrée. C'est elle qui devrait s'excuser de s'être mêlée de ta vie comme ça.

– Non, mais, Yas, c'est surtout le secret qui l'a fâchée. La première fois qu'elle m'a parlé de lui, j'aurais pu lui dire tout de suite ce qui était arrivé. Mais j'étais trop orgueilleuse. J'essayais de me justifier en me disant que c'était pour ne pas lui faire de la peine, qu'elle était trop fragile, mais en bout de ligne, c'était de l'orgueil.

– Ouin.

– Fait que là, je rame pour m'excuser, mais elle veut rien savoir. Ça me fait vraiment de la peine.

Cette fois-ci les sanglots pointent dans la voix d'Éléonore. Yasmina prend tout à coup conscience des yeux cernés de son amie, de ses traits tirés, de l'émotion qui l'étreint et elle s'en veut de ne pas avoir perçu plus tôt son épuisement. Sa mère l'avait bien prévenue que les premières semaines avaient été difficiles, pour Éléonore. Mais dans son ignorance des bébés, cela lui avait semblé très théorique. Elle s'empresse de serrer son amie dans ses bras et la laisse sangloter.

Après de longues minutes, Yasmina jette un coup d'œil à sa montre et annonce que c'est l'heure d'arrivée du vol de Matthew, ce qui crée une heureuse diversion. Éléonore sèche ses larmes et entraîne Yasmina vers la porte de sortie. Elles aperçoivent tout de suite les cheveux ébouriffés de Matthew, sa démarche pleine d'énergie et son grand sourire qui fait briller ses yeux verts.

– Elly ! Ma superstar !

Il la fait tournoyer dans les airs, comme son père quand elle était petite. Elle ne peut s'empêcher d'éclater de rire.

– Et Yasmina ! Notre Parisienne.

Il l'étreint à son tour. Ils se dirigent vers la voiture d'Éléonore, en rigolant et en se chamaillant comme larrons en foire.

Yasmina constate comme toujours à quel point la présence de Matthew fait du bien à Éléonore. Le même constat lui vient en tête quant à l'évidente compatibilité que ces deux-là refusent de voir, mais elle bannit cette pensée de son esprit par loyauté envers son frère.

Le trajet se fait dans la bonne humeur et ils arrivent rapidement chez Éléonore. Yasmina se précipite dans les escaliers, laissant Matthew se dépêtrer avec les valises. Elle tasse littéralement sa mère et son frère de son chemin pour se pencher sur le moïse qui abrite la petite merveille, sa nièce Mathilde.

– Maman ! T'as vu, elle a des petits cheveux comme moi quand j'étais petite ! Et elle a mon nez, je te jure qu'elle a mon nez !

Jacqueline sourit de l'enthousiasme de sa fille.

– N'oublie pas de laisser un peu de mérite à ses parents, quand même.

– Oui, c'est mon nez, ça, rétorque Malik.

– Pfft ! Tu sais bien qu'on a le même !

Elle se retourne vers Élé.

– Est-ce que je peux la prendre ?

– Oui, mais attention de ne pas la réveiller. Je veux profiter de votre arrivée avant d'être reléguée au fauteuil d'allaitement !

Éléonore s'affaire dans la cuisine, préparant du thé et tranchant un gâteau aux bananes. Matthew arrive enfin en haut de l'escalier, chargé comme un âne. Après l'avoir gentiment salué, Malik et sa mère s'esquivent discrètement dans la cuisine, pendant qu'Éléonore sort pour l'accueillir.

– Regarde, Matthew, c'est ma nièce ! s'exclame Yasmina.

Matthew est rempli d'émotion lorsqu'il contemple cette petite qu'il a couvée pendant tant de mois. Tentant de dissimuler ses sentiments, il répond du tac au tac à Yasmina.

– *Hey ! Pass her here*[1]. C'est ma filleule aussi, à ce que je sache.

Il la prend doucement dans ses bras, comme le trésor le plus précieux du monde. Il la contemple, son regard se perdant dans les yeux bleu marine de Mathilde qui s'entrouvrent. Yasmina part aider sa mère à la cuisine.

– Elly ! Elle a tes yeux, ta bouche, ton front.

– Tu penses ? Tu sais, t'es le premier qui la voit autrement que comme le portrait craché de la famille Saadi.

– Non, c'est une petite Castel, cette puce-là.

Il se penche pour respirer les petits cheveux. Il la berce contre sa joue, murmurant : « *Hello my little Mimi*[2]... »

Éléonore tend l'oreille.

– Qu'est-ce que t'as dit ? Comment tu l'as appelée ?

– Mimi, répond Matthew, un peu gêné. C'est juste que depuis le début, depuis que je sais qu'elle s'appelle Mathilde, je trouve que c'est un bien grand nom pour une petite puce. Alors, dans ma tête, je l'appelle Mimi. J'espère que ça ne te dérange pas ? Nous, les anglophones, on est forts sur les surnoms.

– Mais non, s'exclame Éléonore, mais non, ça ne me dérange pas du tout ! Au contraire, tu me sauves la vie !

Le visage d'Éléonore s'illumine, elle tend les bras et prend sa fille. « Mimi, ma belle Mimi, mon bel amour »,

1. Heille ! Passe-la-moi.
2. Allo, ma petite Mimi...

roucoule-t-elle d'un air attendri. Elle explique à Matthew qu'elle ne réussissait pas à parler à sa fille, bloquée qu'elle était par ce prénom qui ne lui rappelait que sa grand-mère et que cette incapacité à babiller avec elle la complexait : elle avait l'impression d'être une mère complètement dénaturée, en écoutant Malik et sa mère bavarder gaiement avec la petite, alors qu'elle-même demeurait muette et ne parvenait pas à franchir la barrière des regards.

Mais maintenant, elle regarde sa fille, lui chatouille le menton et, enfin, lui parle d'une voix douce de maman : « T'es la belle Mimi d'amour de ta maman, toi. T'es ma belle Mimi d'amour ! » Matthew se penche sur son épaule et ils sursautent de voir tous les deux le premier vrai sourire de Mathilde, dont tout le visage s'éclaire en réponse aux gazouillis de sa maman. L'émotion la traverse jusqu'au fond du cœur. Matthew lui passe un bras réconfortant autour des épaules alors que des larmes de joie coulent sur le visage d'Éléonore, toujours illuminé du plus grand sourire du monde.

– Ma Mimi, ma Mimi d'amour, répète-t-elle, tandis que son bébé lui répond du même sourire éclatant qui fait danser ses petits yeux.

À ce moment, les trois Saadi ressortent de la cuisine, tombant sur ce tableau idyllique.

– Malik ! s'écrie Éléonore. Mimi m'a souri, elle m'a vraiment souri !

Malik s'approche de sa fille tandis que Matthew s'éloigne et que Yasmina et Jacqueline échangent un rapide coup d'œil lourd de sens.

Le baptême a lieu le lendemain. Yasmina s'est chargée de rapporter de Paris une superbe gandoura marocaine, une longue robe brodée, fendue des deux côtés jusqu'à la cuisse. Elle l'a choisie d'un rose fuchsia festif et agrémentée de broderies blanches. La couleur sied à Éléonore et rehausse le noisette profond de ses cheveux. Jacqueline lui offre pour l'occasion un collier d'or d'une finesse exquise, aux motifs orientaux, qui a appartenu à la mère de monsieur Saadi.

–Je l'ai reçu pour la naissance de Malik, c'est à ton tour aujourd'hui de le porter. Un jour, c'est Mathilde qui l'offrira à sa fille.

Éléonore est émue lorsqu'elle passe le collier à son cou. Elle se sent privilégiée d'être celle par qui se perpétue une longue lignée de traditions familiales. Yasmina boucle ses cheveux au fer et les relève à l'aide d'une broche dorée, qu'elle offre à son amie. Elle lui maquille les yeux au crayon et Éléonore peine à se reconnaître dans le miroir.

Charlie a la même impression quand elle arrive et s'exclame involontairement: «Éléonore! T'as bien l'air exotique!» Puis, craignant que sa remarque n'ait pu blesser ses hôtes, elle se répand en compliments outranciers sur le charme de sa fille et la beauté de la maison des Saadi. Mike arbore son éternel sourire en coin alors qu'il observe le manège de Charlie.

Mathilde est adorable dans la robe blanche qui était celle de Yasmina à son baptême. Jacqueline lui applique un peu de henné au creux de la main, un symbole de chance et de bonheur. Les invités font honneur aux briouets, ces fameux feuilletés triangulaires remplis de viande, et à la pastilla, le plat de fête par excellence chez les marocains, qui consiste en un gâteau sucré-salé, rempli de viande de pigeon, d'œuf, d'oignon, de coriandre, d'amandes concassées, de cannelle et de sucre glacé. Ces plats délicieux sont accompagnés de méchouia, une salade de tomates et de poivrons, de tagines au poulet et des éternelles cornes de gazelle. Les plateaux de desserts débordent de douceurs. Le thé à la menthe rafraîchit les palais. Comme à son habitude, Jacqueline Saadi reçoit telle une reine.

Les cadeaux pleuvent sur Éléonore, qui reçoit notamment une petite main de Fatima en or, montée sur un minuscule collier destiné à Mathilde, de la part de l'oncle et de la tante de Malik, qui vivent à Rabat. Matthew a fait planter un arbre au nom de Mathilde dans une forêt de séquoias en Colombie-Britannique. Malik a acheté pour l'occasion un tapis d'éveil, sur lequel il s'empresse de déposer la petite pour la faire jouer, malgré les protestations d'Éléonore, qui prétend que c'est bien trop tôt. À sa surprise, la petite semble apprécier les jouets qui s'agitent au-dessus de sa tête.

Malik est dans son élément, offrant à boire et discutant avec tous les invités. Il a l'habitude de ces grandes fêtes familiales qui intimident encore Éléonore. Même si elle a grandi avec la famille Saadi, elle se tenait toujours en retrait, elle était la petite amie de Yasmina qui pouvait se cacher dans son coin. Voilà qu'elle se retrouve maintenant au centre des célébrations et cela la déstabilise un peu. Mais elle sourit à tous, éminemment reconnaissante envers Jacqueline et Malik, qui ont orchestré une si belle fête. Ils ont compris son désir secret et l'ont transformé en réalité. Elle se sent enfin épaulée et soutenue.

Les jours suivants, elle profite bien de la présence de Matthew et de Yasmina, qui passent tous les deux le plus de temps possible avec Mathilde. Les trois amis prennent la poussette et vont marcher sur le mont Royal sous le soleil plombant du mois de juin. Le jour du départ arrive trop vite et Éléonore est triste quand elle les conduit à l'aéroport. Mais en leur disant au revoir, elle s'aperçoit qu'elle est en train de se bâtir un cercle de confiance à Montréal, formé des gens qui l'entourent. Malik est très présent, malgré son retour au travail; Jacqueline remplit son frigo tous les jours et sa présence discrète est d'une aide inestimable; même Charlie semble vouloir faire sa part et annonce qu'elle et Mike offrent un service de ménage hebdomadaire à Éléonore en guise de cadeau de naissance.

C'est donc d'un air légèrement distrait qu'elle embrasse ses deux amis en les quittant, pressée de retrouver Mathilde qui l'attend à la maison. Si Matthew semble légèrement heurté de ne pas voir Éléonore pendue à son cou en pleurs, Yasmina est soulagée de constater que son amie semble peu à peu retrouver l'indépendance qui a toujours fait sa force et elle la serre longtemps dans ses bras, promettant de revenir la voir à l'automne.

CHAPITRE SEPT

L'été parisien est d'une chaleur étouffante. Dans la ville vidée de ses habitants et abandonnée aux touristes, Yasmina erre comme une âme en peine. Son poste d'assistante de recherche l'intéresse, mais elle se morfond sans ses copains de classe et surtout sans son amie Amélie, partie passer l'été dans sa famille, qui loue un mas en Provence tous les ans. Yasmina réussit à quitter la ville à quelques occasions, sautant dans le TGV pour rejoindre Amélie, un week-end, et acquiesçant avec plaisir quand Jacqueline et Jamel offrent de lui payer un billet sur Easy Jet afin qu'elle leur rende visite à Santa Margherita sur la *riviera* italienne. Chaque fois, elle regrette d'avoir décidé de passer l'été à Paris, à travailler, mais il était important pour elle de faire son chemin, tant sur le plan scolaire que financier. Elle a beau venir d'une famille aisée, elle compte vivre sa vie adulte de manière indépendante et, pendant qu'elle est étudiante, cela signifie prendre des emplois d'été plutôt que de faire la belle vie au bord de la piscine en Italie.

Elle accueille avec plaisir les soirées de la fin du mois d'août qui se rafraîchissent, ainsi que le retour d'Amélie qui rapporte avec elle une effervescence toute parisienne. Les deux filles accumulent les sorties, afin de se secouer de la torpeur de l'été et de profiter de leurs dernières soirées de liberté avant la rentrée des classes. Amélie est une fanatique de rock et elle a fait du Route 66, un bar à l'américaine situé dans le Marais, son endroit de prédilection. Elle y manque rarement un spectacle et connaît plusieurs des musiciens par leur prénom. L'un d'eux revient sans cesse dans ses conversations : Loïc, le chanteur et guitariste d'un groupe *grunge*. Beau, mystérieux, intense, il hante depuis des mois les rêveries d'Amélie aussitôt qu'un professeur s'étend trop longtemps sur un point de grammaire obscur. Elle n'a pas encore osé l'approcher et espère toujours qu'il fera les premiers pas ; malheureusement, il ne semble jamais être à court de *groupies* qui n'ont pas tant de scrupules. Elle se contente donc de l'admirer de loin et de rapporter ses moindres faits et gestes à Yasmina.

Yasmina se reconnaît dans les aspirations romanesques de son amie, mais entretient peu d'estime pour les hommes aussi volages que semble l'être ce Loïc. L'an dernier, elle était trop absorbée par ses études pour accompagner Amélie au Route 66, mais en ce début du mois de septembre, après s'être ennuyée tout l'été, elle se joint à elle et a enfin l'occasion de voir ce chanteur qui fascine sa copine. Loïc a une réelle présence sur scène, elle se doit de l'admettre ; les cheveux noirs, les yeux perçants, il émane de lui une énergie qui dérange. Amélie est transie en le regardant sur scène et un rapide coup d'œil dans l'assistance confirme à Yasmina que son amie ne semble pas être la seule.

Lors d'un court entracte entre deux prestations, Yasmina se rend au bar pendant qu'Amélie surveille leur table, très en demande dans le bar bondé. L'ambiance est enlevée et elle doit jouer du coude pour se rendre jusqu'au barman. Elle lui demande deux mojitos et replace une mèche rebelle derrière son oreille. Elle sent la présence d'un homme contre elle dans la foule compacte. Elle lève les yeux et croise le regard du fameux Loïc. Il lui sourit.

– Je t'offre un verre ?

– Je suis avec une copine, répond Yasmina en faisant un geste vague vers la table où l'attend Amélie.

– Encore mieux. Tu m'invites à me joindre à vous ?

– Deux pour le prix d'une ? Tu veux rire ? Même toi, tu n'es pas si gourmand.

Yasmina lui lance un clin d'œil et s'éloigne, deux mojitos à la main. Amélie l'attend, fébrile.

– Alors qu'est-ce qu'il t'a dit ?

– Bof, rien d'intéressant.

– Il a parlé de moi ? Je l'ai vu regarder dans ma direction.

– Amélie, c'est un gars qui drague tout ce qui bouge. On le voit avec une nouvelle fille chaque semaine. C'est vraiment ça que tu veux ?

– Même ces hommes-là, ça se change. Ma mère me l'a toujours dit. Mon père, c'était un vrai Don Juan, avant de la rencontrer.

Yasmina pense à son frère qui, grand coureur de jupons devant l'éternel, semble effectivement s'être calmé avec Éléonore. Mais est-ce pour de bon ? Et est-ce réellement Éléonore, ou bien Mathilde qui l'a ensorcelé ? Une chose est sûre, elle n'a jamais vu son frère ainsi. Il arrive ponctuellement à Montréal tous les vendredis soir et ne quitte pas la petite Mathilde des yeux jusqu'à son vol du lundi matin. On ne l'a plus vu sur le boulevard Saint-Laurent depuis des mois. Leur mère est ravie et elle-même a peine à y croire. Son fils, autrefois fuyant comme une anguille, toujours entre deux coups de téléphone et un avion, qui mange chez elle tous les dimanches midi ! Jacqueline rayonne et prépare tour à tour ses plats d'enfance et ceux de son mari : les pintades rôties et les feuilletés aux champignons succèdent aux tagines et aux couscous à l'agneau.

Au centre de tous ces rassemblements, la petite Mathilde gazouille, trônant fièrement dans les bras de son grand-père et récoltant les milliers de câlins et bisous de sa mamie toute dévouée. Quant à Malik, il découvre le plaisir tranquille des week-ends en famille. Depuis l'adolescence, il a toujours eu l'impression d'avoir la bougeotte. De toujours vouloir plus, mieux, ailleurs. Cette pulsion constante l'a bien servi quelque temps ; il a parcouru le monde, eu de multiples aventures et bâti une carrière prestigieuse. Mais même au cœur de ce tourbillon, il ne pouvait s'empêcher de trouver sa vie un peu vide. Il courait, mais ne savait jamais après quoi. Maintenant, il sait. Maintenant, chaque acte, chaque geste est pensé dans un but unique : Mathilde, son bonheur et son avenir.

Yasmina s'est souvent demandé ce qu'il en est de la relation réelle entre Malik et Éléonore. Sont-ils plus que coparents ? Y a-t-il plus que leur amour foudroyant pour Mathilde qui les unit ? C'est une question qu'elle n'ose formuler à voix haute. Malik et Éléonore demeurent pudiques quant à leurs rapports. Jacqueline est farouchement déterminée à ce que tout aille pour le mieux, comme si sa seule volonté était assez forte pour souder cette petite famille. Quant à son père, Yasmina n'a jamais eu de discussion de la sorte avec lui et elle ne peut deviner ce qui se cache sous son masque affable. Elle ne sait donc pas à quoi s'en tenir. Mais il demeure que Malik semble réellement être la preuve qu'un léopard peut changer ses taches et qu'un homme à femmes peut s'assagir lorsqu'il rencontre la bonne.

À Montréal, Éléonore se fait plus ou moins la même réflexion. Les semaines ont passé, depuis le retour de Malik dans sa vie. Éléonore nourrit toujours la même attente : celle du jour où Malik va lui annoncer que ce semblant de relation n'est plus possible. Elle n'arrive toujours pas à se convaincre qu'il est là pour de bon. Auprès de Mathilde, oui. Elle n'a jamais vu un père aussi gaga de son bébé. Mimi passera sa vie à crouler sous les cadeaux et les bisous de son papa. Mais auprès d'elle-même… Éléonore n'arrive pas à en être sûre. Elle n'a jamais fait confiance aux hommes et aux relations amoureuses, depuis que sa perception du mariage parfait de ses parents a explosé en morceaux, quand elle avait quinze ans. Elle repense parfois à cette soirée fatidique, où elle avait surpris le jeune chanteur de ses rêves dans le lit de ses parents ; où sa mère avait expliqué les principes d'un mariage ouvert à l'adolescente foncièrement idéaliste qu'elle était, où chacun trouve son compte. Cet épisode a profondément troublé Éléonore et établi les fondements d'une vision très cynique des rapports amoureux. Les révélations récentes quant à son père et à ses relations avec une escorte de vingt-cinq ans n'ont rien fait pour nuancer son opinion des hommes. Elle est donc très craintive par rapport à Malik et s'est préparée d'avance à encaisser le coup lors de la fin inévitable de leur relation.

Mais voilà qu'il déjoue tous ces beaux préparatifs en débarquant chez elle, semaine après semaine. Tous les vendredis, à 19 heures tapantes, 18 h 30 s'il n'y a pas eu de circulation, Malik sonne un petit coup pour prévenir de son arrivée, puis envahit son salon blanc de son imposante présence. Le premier bec est toujours pour Mathilde, dont le visage s'éclaire tout entier de voir son papa, mais quelques instants plus tard, il la repose sur son petit siège de bébé et enlace Éléonore, la serrant très fort dans ses bras et lui chuchotant quelques mots affectueux. Il ne manque jamais de la remercier de s'occuper si bien de leur fille en son absence et met les bouchées doubles pour la soulager pendant le week-end.

Par contre, malgré sa constance, elle ne sait pas exactement comment il la perçoit. Comme la mère de son enfant ? Comme sa blonde ? Comme la femme de sa vie ? Malik parle peu de sujets sérieux, se contentant de roucouler avec sa fille et de profiter de l'été montréalais. Le mois de septembre est chaud cette année et l'on prédit un été des Indiens qui battra des records. Mais depuis la naissance de leur fille, malgré tous les gestes d'affection qu'il prodigue à Éléonore, Malik n'a pas encore cherché à regagner son lit. Elle ne sait pas si c'est parce qu'il veut lui laisser le temps d'amorcer d'elle-même la chose, ou si, en devenant la mère de son enfant, elle s'est transformée en un être complètement asexué à ses yeux. *Peut-être me voit-il simplement comme une bonne copine, une sœur, une cousine,* se dit-elle. Tout ce qu'elle sait, c'est que son corps éveillé par l'approche sensuelle et experte de Malik réclame son dû. Ces mois de célibat lui pèsent, d'autant plus qu'elle ignore s'il en est de même de son côté, ou s'il trouve peut-être satisfaction ailleurs. *C'est ridicule, complètement ridicule,* se dit-elle. Elle se promet d'aborder la question le week-end suivant.

Alors qu'elle se fait cette réflexion en savourant son café au lait du matin pendant que Mathilde fait déjà sa première sieste de la journée, le téléphone sonne. Étonnée, Éléonore répond et ne peut saisir ce que lui hurle Jacqueline.

– C'est son bureau, Éléonore ! C'est à côté de son bureau !

– Madame Saadi ? De quoi parlez-vous, qu'est-ce qui se passe ?

– Allume ta télé !

C'est en direct qu'Éléonore voit ces images qui feront le tour du monde dans les minutes et les années à venir. La tour nord en flammes, empalée par un avion. L'improbable impact du deuxième avion sur la tour sud. L'effondrement des tours, dans un immense nuage de fumée. La panique indicible, cette impression de fin du monde en voyant les centaines de désespérés qui sautent par les fenêtres. Éléonore est glacée, elle grelotte en regardant fixement sa télévision et de longues minutes passent avant qu'elle perçoive les pleurs de Mathilde. Elle court chercher sa fille puis se replante devant son poste de télévision. Madame Saadi a raison, le bureau de Malik est situé à l'ombre des tours, tout à côté. Elle sait qu'il passe par le World Trade Center tous les matins, puisque sa station de métro s'y trouve. Il achète son café au Starbucks de la plaza intérieure qui réunit les tours. Et il est toujours au bureau de bon matin, s'abrutissant de travail la semaine afin de justifier ses fins de semaine à Montréal. Éléonore tremble tant qu'elle peine à mettre Mathilde au sein. La petite boit goulûment, ce qui calme un peu sa mère. Elle recompose pour la énième fois le numéro du téléphone cellulaire de Malik, sans obtenir de réponse. Chaque fois que son téléphone à elle sonne, elle saute comme si on l'avait électrocutée. Chaque fois qu'elle entend une voix qui n'est pas la sienne, c'est un petit espoir silencieux qui s'envole. Elle interdit à tout le monde de la rappeler, même Yasmina qui se meurt d'angoisse à Paris et voudrait prendre le premier vol pour rejoindre les siens. Au fur et à mesure que les minutes passent, Éléonore est de plus en plus inquiète. Elle ne peut rien faire d'autre que de regarder fixement la télé, zappant fiévreusement entre RDI et CNN, espérant elle ne sait quelle nouvelle – une liste des victimes? Mais il est beaucoup trop tôt, elle le sait. Elle cherche frénétiquement un détail qui pourra la rassurer: peut-être même verra-t-elle Malik passer devant la caméra en direct? Le commentateur a beau répéter que les réseaux de téléphonie cellulaire sont surchargés, elle ne peut s'empêcher de composer à répétition le numéro de Malik, tremblant chaque fois qu'elle entend sa voix sur le message enregistré.

Madame Saadi l'invite à venir attendre chez elle, mais elle refuse de quitter son poste, à côté du téléphone. La matinée est longue. Enfin, vers 11 heures, alors qu'Éléonore change la couche de Mathilde, le téléphone sonne. Elle se précipite, laissant sa fille qui gigote les fesses à l'air, sur la table à langer. C'est lui, c'est enfin lui ! Ses jambes tremblantes peinent à la porter.

– Éléonore ! Enfin ! Ça fait deux heures que j'essaie de t'appeler, mais ça passait pas, même d'un téléphone public les lignes étaient surchargées.

Il la rassure du mieux qu'il peut : non, il n'est pas là, il n'était pas là, le hasard ayant voulu qu'il ait une réunion ce matin-là à Hoboken, au New Jersey. Du bureau où il est assis, sur les rives de la rivière Hudson, il a une vue imprenable sur le World Trade Center et il est secoué d'avoir cette scène d'apocalypse sous les yeux. Il voudrait rentrer à New York, retourner chez lui, mais tous les accès à l'île de Manhattan sont barrés, ponts, tunnels et traversiers. Éléonore le supplie de rester loin, en sécurité, ou mieux encore, de venir tout de suite se réfugier à Montréal.

– Il n'y a aucun vol, Élé, tu le sais bien.

– Loue une voiture !

– Tu penses que je suis le seul à y avoir pensé ? Il n'y a rien qui bouge.

– Alors je viens te chercher !

– Calme-toi, ma belle. Je vais trouver une solution.

Il n'y a que de l'avoir contre elle, dans ses bras, qui puisse pleinement la rassurer. Elle ressent le besoin viscéral de le voir, de le toucher.

– Et ta mère ?

– Je viens de lui parler. J'essayais tous les numéros, le tien, le sien, celui de Yasmina, en espérant avoir une ligne qui passe. Je pense que ma mère s'en vient chez toi, elle voulait te donner la nouvelle de vive voix puisque je n'arrivais pas à te rejoindre.

En effet, Jacqueline arrive quelques instants plus tard. Éléonore tombe dans ses bras et éclate en sanglots. La belle-mère et la bru pleurent ensemble la peur indescriptible qui les a saisies, pendant quelques heures. Il est vivant, il est vivant! Mathilde gazouille sur son tapis d'éveil, tirant sur un petit lapin suspendu au-dessus de sa tête, inconsciente du drame qui se déroule autour d'elle. Deux heures plus tard, le téléphone sonne de nouveau: c'est Malik, il a réussi à grimper dans la voiture d'une secrétaire du bureau où il se trouvait, en direction d'Albany. De là il prendra l'autobus ou fera du pouce. Heureusement qu'il avait son passeport sur lui, en homme habitué à traverser les frontières sans préavis. Il sera à Montréal ce soir. La journée se passe comme dans un rêve. Éléonore pose les gestes mécaniques d'une maman, mais le cœur n'y est pas. Enfin, vers 22 heures, épuisée après avoir passé la soirée debout à regarder par la fenêtre, elle aperçoit un taxi qui s'arrête devant chez elle. Malik paie le chauffeur par la fenêtre et monte les escaliers en courant. Elle ouvre la porte et se jette dans ses bras. Il la serre fort, si fort, si longtemps. Elle l'embrasse vivement, profondément, presque agressivement. Elle a besoin de confirmer son existence, de sentir le battement de son cœur, du sang qui afflue sur sa tempe. De le sentir vivant, entre ses bras. Sans dire un mot, elle entreprend de le déshabiller, là, dans l'entrée. Il ferme la porte derrière lui et l'entraîne vers le salon. Éléonore est possédée du désir de sentir la peau de Malik contre la sienne. Elle ne pense plus à rien, à rien d'autre qu'à ce visage qui est là, entre ses mains. À cette bouche qui la dévore, à ce corps qui tend vers elle. Elle enroule ses jambes autour de lui et le guide vers elle, férocement. Elle a besoin de le sentir en elle, de sentir cette pulsion de vie lui traverser le corps, de s'unir à lui de la manière la plus fondamentale, afin de se prouver qu'il est là.

Avant de se coucher, Malik appelle sa mère et promet de passer la voir dès le lendemain matin. Ils déjeuneront tous ensemble au soleil, dans le grand jardin des Saadi, et oublieront un instant la terreur et les morts. Ils regarderont Mathilde qui sourit, qui tente de manger son poing pour soulager les dents qui poussent, et ils respireront enfin, tous ensemble, la joie d'avoir échappé au pire.

Jacqueline est debout à l'aurore, faisant dorer des croissants dans la cuisine, pressant du jus d'orange frais et préparant l'omelette préférée de son petit, ces gestes aimants de mère défiant la vie de venir lui prendre ce fils qu'elle a bercé et qu'elle a juré de protéger toujours. Malik passe le reste de la semaine à Montréal, entouré de la sollicitude d'Éléonore et de sa mère, puis doit se soustraire à leurs bras inquiets pour retourner travailler. Il les rassure un peu en leur apprenant qu'il ne pourra pas tout de suite réintégrer son immeuble : la structure est encore jugée trop fragile et la fumée serait encore trop dangereuse pour la santé. C'est sans compter cette odeur de chair grillée qui envahit les rues du quartier financier, mais il leur épargne ce détail, relaté au téléphone par l'un de ses collègues en pleurs.

Il recommence avec bonheur ses allers-retours vers Montréal tous les week-ends : depuis le 11 septembre et la frayeur causée par cette journée historique, sa relation avec Éléonore a retrouvé toute son intensité et c'est avec une passion fulgurante que les deux amants se retrouvent, tous les vendredis soir.

CHAPITRE HUIT

Nicole Castonguay soupire d'aise en s'installant dans sa voiture. Sa grande amie Johanne Lachance prend place à ses côtés. Elles sortent d'une réception donnée en l'honneur du maire de Montréal, Charles Bonsecours, dont Johanne est la maîtresse en titre depuis un an. Celui-ci a dû faire face à tout un scandale, lorsqu'il a écarté son épouse des vingt-cinq dernières années à la faveur d'une avocate aguerrie; mais au Québec, somme toute, l'électorat respecte le droit à la vie privée de ses politiciens et la tempête a été de courte durée. Il est en autrement sur le plan familial: sa fille Charlotte, la prunelle de ses yeux, prend le parti de sa mère éplorée et refuse de lui adresser la parole ou de rencontrer Johanne. Cela est d'autant plus délicat que Johanne est l'une des associées principales du grand cabinet où Charlotte fait ses premières armes en tant qu'avocate en litige. Mais Johanne sait faire preuve de doigté; bien que n'ayant pas eu d'enfant elle-même, elle comprend très bien ce lien unique qui unit les parents à leur progéniture et elle ne tente pas de s'immiscer entre Charles et sa fille. Au bureau, elle se tient en retrait et respecte son droit au silence.

Ce soir, tout le gratin politique de Montréal se réunissait pour une collecte de fonds au profit d'une fondation pour enfants malades. Monsieur le maire était l'invité d'honneur et Johanne trônait fièrement à ses côtés, superbe dans une longue robe en satin noir. Nicole avait été invitée pour tenir compagnie à Johanne et permettre à Charles de faire son devoir auprès des autres invités. Elle a trouvé la soirée éblouissante et rêvasse encore en prenant le volant de sa voiture. Elle allume la radio et se déhanche au son de *Respect*, d'Aretha Franklin. Johanne sourit de la voir si gaie. Il est temps que Nicole commence à sortir un peu, à profiter de la vie, au lieu de la consacrer tout entière à ses deux filles que Johanne trouve parfois bien ingrates, surtout Allegra. Elle décide de donner un coup dans la bonne direction.

– En tout cas, ma chère, il y en a une qui a eu du succès ce soir.

– Qui ça ?

– Voyons, dis-moi pas que t'as pas remarqué.

– Remarqué quoi ?

– Benoît Laliberté, qui te faisait de l'œil.

– À moi ? Voyons donc !

Nicole éclate d'un rire nerveux.

– Je vois pas ce que ça a de si drôle.

– Voyons donc, Johanne, c'est une jeunesse, cet homme-là.

– Pas tant que ça. Il a quatre ans de moins que toi !

– Ben, c'est ça. Quatre ans de moins, au lieu de seize de plus. Je connais ça, les hommes.

– Ah bon ! Pis ils sont tous faits sur le même moule, je suppose ? À commencer par l'amant de Charlie Castel, qui a, combien, au moins dix ans de moins qu'elle ?

– Ça arrive juste à des célébrités, ça. Pas à du vrai monde. Pis de toute manière, quatre ans de plus ou quatre ans de moins, cet homme-là ne me faisait pas de l'œil. Tu imagines des choses.

– En tout cas ! On verra bien, si j'imagine des choses. Mon petit doigt me dit que ton téléphone risque de sonner demain matin.

– Parce qu'il se cherche un architecte pour son chalet dans Charlevoix, c'est tout.

– Ah oui, hein? Pis toi, Nicole Castonguay, ta spécialité, c'est quoi?

– Les immeubles industriels, pourquoi?

– Les immeubles industriels, hein? Combien tu penses qu'il s'en construit dans Charlevoix, par les temps qui courent?

– T'es niaiseuse! Ce que tu peux donc être niaiseuse, conclut Nicole d'un éclat de rire.

Johanne vient aux nouvelles le lendemain matin à la première heure.

– Pis?

– Bon matin à toi aussi. Pis quoi?

– Est-ce qu'il t'a appelée?

– Non, Johanne, il m'a pas appelée. Qu'est-ce qui t'arrive, coudonc, on croirait que tu as encore dix-sept ans.

– C'est parce qu'il est beau comme les gars qu'on cruisait à dix-sept ans. Je suis casée, moi, maintenant. Faut que je vive par procuration les histoires de ma superbe amie.

– Casée, casée, me semble, oui. Ça court les galas et les soirées-bénéfice au bras de monsieur le maire, pis ça trouve sa vie plate. Fais-moi pas brailler. Je vais y aller, Johanne, j'ai la ligne du bureau qui sonne.

– Rappelle-moi si c'est lui!

Nicole interrompt la communication en souriant. Johanne a toujours le don de la faire rire, même tôt le matin. Elle décroche.

– Nicole Castonguay.

– Bonjour, Nicole, c'est Benoît Laliberté. On s'est rencontrés hier soir.

C'est lui! Nicole manque de lâcher son combiné. Elle s'oblige à rester calme et discute gaiement, commentant la soirée de la veille et échangeant quelques anecdotes. Benoît en vient enfin au motif de son appel: il souhaite inviter Nicole à dîner cette semaine, afin de profiter de ses contacts et de son expertise pour dénicher un architecte doué en résidences écoresponsables. Nicole accepte tout de suite, ne lui disant pas qu'elle pourrait facilement lui envoyer une liste de recommandations par courriel. Ils se donnent rendez-vous le jeudi suivant, dans un restaurant du centre-ville.

Ce matin-là, le hasard veut que Chiara passe à la maison déposer une robe qu'Allegra a désespérément besoin d'emprunter pour une audition. Les deux sœurs se servent un café et un croissant dans la cuisine en discutant du film qu'elles vont aller voir durant le week-end. Chiara penche pour la dernière comédie romantique américaine, Allegra préférerait un film français. Elles s'arrêtent de parler dès qu'elles voient leur mère entrer dans la cuisine.

– Maman ! s'exclame Chiara, poussant un sifflement moqueur.

– Quoi ? demande Nicole, sur la défensive.

– Tu t'en vas où, coudonc ?

– Juste travailler.

– Me semble. Depuis quand tu travailles en robe décolletée, avec une tonne de maquillage sur la face ?

– Trouvez-vous que ça fait trop ? demande Nicole, tout de suite paniquée.

– Ça dépend trop pour quoi, répond Allegra.

– J'ai une réunion importante, aujourd'hui. Je veux bien paraître, c'est tout.

– Tu parais bien, maman, la rassure Chiara. Pour une femme de ton âge !

Les deux sœurs éclatent de rire. Nicole est toujours heureuse de leur voir cette complicité, après des périodes plus houleuses à l'adolescence ; mais elle ne peut s'empêcher de souhaiter qu'elles détournent leurs taquineries vers une autre cible qu'elle.

Elle est nerveuse, comme elle l'a rarement été ; au point qu'elle n'a même pas confié l'appel de Benoît ni leur rendez-vous à Johanne, de peur que celle-ci lui monte la tête. Il sera toujours temps de se confier à sa grande amie plus tard, simplement lui rapporter leur entretien, s'il demeure amical, ou encore raconter mille détails, s'il s'avère que Benoît a une autre idée en tête. Nicole a peine à s'imaginer qu'il en soit ainsi : elle ne fréquente plus d'homme depuis si longtemps qu'elle a peur de ne pas savoir décoder les signaux. Elle le trouve surtout trop beau et trop charmeur pour croire qu'il s'intéresse à elle. Néanmoins, elle croise les doigts en partant vers son bureau, toute guillerette.

Éléonore prend sa place habituelle dans le bureau de maître Paquin, dans le fauteuil de cuir près de la fenêtre. Elle baigne dans le soleil d'automne, dont la chaleur l'entoure comme un halo. Cette luminosité met en valeur les reflets noisette de ses cheveux et le teint crème de sa peau. Lorsque Jérôme termine un appel urgent et lève les yeux vers elle, il est saisi par l'impression de sérénité qu'elle dégage, alors que sa vie est tout sauf calme. Un nouveau-né à la maison, un père en prison, une mère qui se réinvente, une situation de couple instable. Et cette grande nouvelle qu'il lui annoncera aujourd'hui et qui ajoutera encore au tumulte de son existence. Il voudrait trouver le moyen de la protéger de l'orage qui approche, mais il sait que tout ce qu'il peut faire, c'est être là pour elle et faire confiance à cette force intérieure qui l'anime.

Éléonore savoure l'excellent café préparé par la secrétaire de Jérôme. Elle a l'habitude d'amener Mathilde avec elle, lors de leur rencontre hebdomadaire, mais la petite grandit vite et commence à exiger beaucoup d'attention, au lieu de dormir dans sa poussette pendant les rendez-vous de sa mère. Elle a donc demandé à Jacqueline de la garder aujourd'hui et la grand-maman s'est empressée d'accepter. S'en est suivi une désagréable séance avec le tire-lait, expérience qu'Éléonore n'a pas envie de répéter de sitôt. Par contre, elle est très reconnaissante du répit et surprise d'apprécier autant ces quelques moments de détente, étant donné la nature des sujets intrinsèquement délicats dont elle doit discuter avec l'avocat. Peut-être est-ce la présence rassurante de Jérôme qui lui donne cette impression de se reposer, de déposer quelques instants ses soucis sur des épaules plus fortes que les siennes. Elle l'observe à la dérobée pendant qu'il consigne quelques notes dans un dossier. Ses gestes sont posés et il dégage une impression de compétence et d'assurance. Leurs regards se croisent et Éléonore perçoit comme toujours la petite lueur qui éclaire les yeux bleu acier d'un sourire, sans que les lèvres de Jérôme n'aient besoin de bouger.

Il s'enquiert de la santé d'Éléonore, de celle de Mathilde. Les anecdotes que lui raconte Éléonore le font rire ; il a encore la nostalgie des premiers mois de son fils, de cet émerveillement qui saisit les parents à la vue du moindre froncement de sourcils de leur nouveau-né. Thomas, aujourd'hui une terreur blonde de quatre ans, ne lui rappelle que de loin en loin le petit être qui grimaçait comme un vieillard en s'étirant après un long sommeil. Puis, ils parlent de Claude, de son moral, des arrangements pratiques concernant son séjour en prison. Enfin, Jérôme entre dans le vif du sujet.

– Tu sais peut-être, Éléonore, que toutes les affaires de la compagnie de ton père ont été mises en suspens, depuis un an.

– J'avoue ne pas trop y avoir pensé, mais c'est vrai qu'il n'a pas dû se passer grand-chose depuis qu'il a été arrêté.

– Non, et c'était son souhait. De un, plusieurs des comptes étaient gelés pendant l'enquête et plusieurs dossiers étaient sous scellés; et de deux, ton père était vraiment, disons, démotivé. On n'a gardé que le strict minimum d'employés pour faire tourner la comptabilité mais, à part ça, rien n'a bougé.

– OK.

– Mais il y a beaucoup, beaucoup de dossiers en suspens, de contrats en cours. C'est une grosse *business*, celle de ton père.

– Je m'en doute, oui.

– Le procès approche. Maître Vincelli prévoit qu'il aura lieu début novembre. Mais avec les témoignages entendus à l'enquête préliminaire, on ne peut pas être certains d'une libération prochaine de ton père. Alors il a pris des décisions. Des décisions qui te concernent.

– Ah oui ? Comme quoi ?

– Ce matin même, ton père a signé une procuration transférant temporairement le contrôle de ses actions en ton nom. Ça veut dire qu'à partir d'aujourd'hui, c'est toi la PDG de Castel Communications.

– Quoi ? Mais il est fou ! Ça n'a pas d'allure !

– Il peut difficilement travailler de la prison. C'est à toi qu'il veut remettre les rênes, en attendant. C'est une grande preuve de confiance.

– Mais je connais rien à ses affaires, moi !

– Je vais t'aider. Il y a toute une équipe qui peut t'aider.

– Franchement, il aurait pu m'en parler avant ! Et si je dis non ?

– Si tu dis non, on liquide les quelques actifs restants, on annule les contrats en cours, on paie les pénalités et on ferme la compagnie.

– Fait que c'est ça le choix que mon père me donne. Prendre le relais, ou bien signer l'arrêt de mort de Castel Communications, c'est ça ?

– En termes crus, oui.

– Il n'aurait pas pu m'en parler lui-même ?

– Je conviens que ça aurait été préférable. Mais c'est un sujet chargé d'émotions, pour ton père. Je pense qu'il préférait que je t'explique la situation en termes clairs et que vous puissiez vous parler après.

– Mais il pourrait pas attendre après son procès ?

– Ça commence à presser. Après son procès, on verra. Juridiquement, c'est juste une mesure temporaire. Mais entre toi et moi, c'est une préoccupation bien lointaine pour ton père. Pour le moment, ça repose sur tes épaules.

– Écoute, Jérôme, j'ai besoin d'y penser.

– Je sais. Prends ton temps.

– Je te rappelle dans le courant de la semaine, OK ?

Lorsqu'Éléonore rentre chez elle, Jacqueline voit bien qu'elle est préoccupée. Elle écoute à peine le récit des boires, des rots et des sourires de Mathilde, elle qui avait mis plus d'une heure avant de se décider à laisser son bébé. Inquiète, Jacqueline tente quelques questions discrètes, mais Éléonore demeure coite. Elle remercie sa belle-mère et s'empresse de la reconduire à la porte, pressée d'être seule pour pouvoir réfléchir. Elle aurait bien besoin d'une course sur la montagne, mais Mathilde dort ; Éléonore jongle avec l'idée de la mettre dans sa poussette, mais les siestes de Mathilde dans son lit sont si rares qu'elle préfère ne pas interrompre celle-ci.

Jacqueline ne peut s'empêcher d'imaginer divers scénarios, de nouvelles difficultés pour Claude. Son cœur se serre à la pensée qu'Éléonore est encore une fois seule pour affronter la tourmente. Élevée en enfant unique par des parents absents, Éléonore n'a pas l'habitude de se fier aux autres pour l'épauler en cas de problèmes, elle n'a pas le réflexe de se tourner vers ceux qui l'aiment. Jacqueline voudrait tant qu'Éléonore apprenne enfin à compter sur la famille Saadi, qui est la sienne maintenant. Elle décide de lui donner un petit coup de pouce. Elle prend le téléphone, se demandant s'il lui vaut mieux appeler son fils ou sa fille à la rescousse. Quelle situation étrange. Yasmina est depuis toujours la meilleure amie d'Éléonore, la gardienne de ses secrets les plus intimes ; mais il y a une intimité encore plus particulière qui se développe entre un homme et une femme au sein d'un couple, d'une famille, surtout lorsque ceux-ci sont parents. Éléonore et Malik dévoilent peu leur vie de couple et Jacqueline ne sait donc pas à quoi s'en tenir quant à la nature profonde de leur relation. Elle choisit tout de même d'appeler son fils, se disant que cela le concerne au premier chef et ne voulant pas lui donner l'impression de manœuvrer dans son dos avec sa sœur.

Malik prend très au sérieux les inquiétudes de sa mère, la sachant de nature peu alarmiste. Il appelle tout de suite Éléonore, qui a débranché son téléphone afin de permettre à Mathilde de mieux dormir. Il réessaie plus tard, toujours pas de réponse. Elle est partie courir sur la montagne avec la poussette et n'entend pas non plus son cellulaire. L'effort physique permet à Éléonore de se retrouver. À chaque foulée de ses muscles endoloris, elle sent son cerveau qui s'oxygène et elle commence à se sentir plus calme. C'est une énorme nouvelle qui lui a été assenée ce matin et il est normal qu'elle ait besoin de temps avant d'y voir clair. Pour une fois dans sa vie, elle se dit aussi qu'elle a besoin d'aide, des conseils de gens qui s'y connaissent mieux qu'elle. Tout d'abord, qu'est-ce que cette nouvelle responsabilité signifierait dans sa vie, elle qui est une jeune maman encore en congé de maternité ? Est-elle vraiment à même d'assumer ces responsabilités ? Et qu'en serait-il de son emploi actuel ? Pour l'aider à répondre à ces questions, elle décide de prendre rendez-vous pour le lendemain avec deux hommes en qui elle a confiance : Jérôme Paquin et Jacques Martel. Cette résolution prise, elle termine sa course d'un pas vif et passe à la Pizzaiolle chercher une pizza pour emporter, avant de rentrer chez elle.

Elle est surprise d'entendre les messages que Malik lui a laissés sur sa boîte vocale ainsi que sur son cellulaire et elle s'imagine tout de suite une urgence. Elle le rappelle et est soulagée qu'il n'en soit rien. Lorsqu'elle comprend de quoi il retourne, elle est malgré tout étonnée de l'ingérence de sa belle-mère dans sa vie, puisque ce n'est pas son habitude. De plus, elle se sent obligée de se confier à Malik avant d'être prête et d'avoir eu le temps d'ordonner ses pensées. C'est donc avec un peu de réticence qu'elle lui raconte l'entretien qu'elle a eu avec l'avocat de son père, préférant lui tracer le portrait de sa rencontre dans les grandes lignes, au grand dam de Malik qui la pousse pour obtenir des détails. Il est tout de suite très enthousiaste face à cette occasion unique, mais dubitatif quant aux capacités d'Éléonore de gérer une telle entreprise. Il lui demande d'attendre son arrivée avant de prendre des décisions, afin qu'ils puissent parler de cela à tête reposée. Ses doutes renforcent ceux d'Éléonore et elle est de nouveau inquiète. Elle met beaucoup de temps à s'endormir ce soir-là.

Réveillée de bon matin par une Mathilde qui babille, Éléonore sort affronter la fraîcheur matinale avec la poussette et rapporte des bagels frais de St-Viateur Bagels, qu'elle servira avec du saumon fumé et du jus d'orange pressé. Elle a convoqué ses deux conseillers à la maison à l'heure de la sieste de Mathilde, n'ayant pas envie de faire de nouveau appel à Jacqueline après l'épisode de la veille. Bien entendu, Mathilde choisit ce matin-là pour rechigner à s'endormir et Éléonore fait attendre ses invités une demi-heure pendant qu'elle berce sa fille, de plus en plus éveillée par l'énervement de sa mère. Éléonore finit par craquer et ouvre la discussion avec une Mathilde grincheuse sur les genoux. Sa présence ne semble pas distraire les deux hommes, mais Éléonore ne s'entend pas penser. Elle finit par demander à ses invités ce qu'ils diraient d'une séance de *walk and talk*, cette forme de thérapie imaginée par les Américains où l'on réfléchit en marchant. Ils s'habillent tous les trois et partent vers le mont Royal, Mathilde confortablement endormie dans sa poussette. Ils s'arrêtent à une table à pique-nique, près de la statue de Georges-Étienne Cartier et se réchauffent les mains au soleil.

Enfin concentrée, Éléonore commence par demander à Jérôme de mettre Jacques Martel au parfum des dernières décisions de son père. Le réalisateur n'est pas surpris, ayant beaucoup d'estime pour sa jeune protégée et pouvant facilement concevoir que son père lui confie ce rôle. Il estime impératif qu'Éléonore accepte de relever le défi.

– Castel Communications, c'est une grosse compagnie, Éléonore. Tu ne peux pas laisser tout ça partir dans la brume.

– Mais mon emploi avec vous ?

– En ce moment, tu es en congé de maternité. Si tu veux, je peux te donner une année de plus de congé sans solde, comme ça, ça te laisse deux ans pour décider ce que tu veux faire. De toute manière, tout ça, ce sont des formalités. Tu as toujours un poste avec moi, tu le sais. Mais si ça te rassure, on peut organiser les choses comme ça.

– Et vous pensez vraiment que c'est une bonne idée ? Je ne connais absolument rien aux affaires de mon père.

– Je pense que c'est très important. Je sais que tu es jeune, Éléonore, et tu manques encore de confiance en toi. Mais tu as l'instinct, ça, je le sais. Tu es la digne fille de ton père.

– Merci…

– Il y a eu beaucoup de projets en suspens, cette année, enchaîne Jérôme. Des contrats de représentation d'artistes, de production de disques et de spectacles, une saison de *Colocs en ville*…

– Là, par contre, interjette Jacques, je te conseillerais de ne pas t'éparpiller. Commence par comprendre quelles sont tes obligations, puis trouve ta passion et simplifie au maximum. N'essaie pas de tout faire et de plaire à tout le monde, tu risques de te casser la gueule.

– Ma passion, je sais ce que c'est. C'est le cinéma.

– Dans ce cas-là, ma grande, met de l'ordre dans tes affaires, pis appelle-moi.

Jérôme passe ensuite à l'aspect pratique de la passation des pouvoirs. Des papiers à signer, une équipe à reconstituer.

– Il va falloir que tu t'entoures, Éléonore. Depuis un an, tous les employés d'envergure ont quitté la compagnie pour se trouver autre chose. Il faudrait peut-être les rappeler.

– Pas question, tranche Éléonore. S'ils ne sont pas restés fidèles à mon père, je ne veux rien savoir d'eux autres.

C'est le seul aspect sur lequel elle sait déjà qu'elle ne fera aucun compromis.

– Ce n'est pas juste une question de fidélité, objecte Jérôme. Depuis un an, il ne se passait strictement rien. Ce monde-là se tournait les pouces, sans savoir si les choses allaient reprendre. Tous ceux qui étaient le moindrement ambitieux ou travailleurs sont allés chercher ailleurs, c'est normal.

– Ouin, fait Éléonore, toujours pas convaincue.

– Dans les faits, tu vas t'installer au bureau de ton père ?

Cette question prend Éléonore au dépourvu.

– Ben, je sais pas. J'avais pas pensé à ça. Je peux pas travailler de la maison ? J'ai Mathilde.

– Ça, c'est à toi de t'organiser comme tu le souhaites. Mais prépare-toi à être pas mal occupée. À avoir des rendez-vous, des réunions. À toi de voir ce que tu te sens capable de faire de chez toi.

– Je vais y penser.

Éléonore sent que l'expertise des deux hommes touche à sa fin ; ce qu'il lui reste à régler relève du domaine familial. Elle les remercie chaleureusement de leur aide et ils repartent à pied vers le Mile-End, discutant de la dernière comédie musicale de l'heure et du *blockbuster* américain de l'été. Éléonore rentre chez elle rassérénée, se sentant un peu plus prête à relever le défi qui l'attend.

Dès le lendemain, elle met tout en branle. Elle demande à madame Gaston, la nounou qui s'est si bien occupée d'elle pendant son enfance, si elle consent à reprendre du service. La vieille dame hésite, ne se sentant plus la force de s'occuper d'un enfant. « Ça va encore pendant que Mathilde est bébé, dit-elle, mais quand elle va commencer à courir partout, je ne réussirai plus à suivre. » Éléonore la supplie d'accepter ; il n'y a personne d'autre au monde à qui elle accepterait de confier sa fille. Il y a bien madame Saadi, qui a offert d'aider ; mais celle-ci a une vie sociale très chargée à laquelle Éléonore ne peut lui demander de renoncer. Elle réussit à convaincre madame Gaston en l'assurant que ce n'est que temporaire. Dès que son père sera libéré, il reprendra le collier et Éléonore retournera auprès de sa fille. Devant l'air dubitatif de la vieille dame, Éléonore promet que, quoi qu'il arrive avec son père, elle trouvera une solution permanente avant que Mathilde se mette à marcher.

De son côté, Malik proteste. Mathilde n'est-elle pas trop jeune pour être privée de sa mère ? Et comment Éléonore compte-t-elle s'y prendre pour allaiter ? « Les tire-laits, ça existe », lui répond-elle, maussade. En pratique, c'est elle qui élève Mathilde seule depuis cinq mois, c'est elle qui se lève la nuit, qui s'inquiète, qui berce, qui console ; elle ne tolère pas cette ingérence quant aux soins à prodiguer à sa fille. Et puis, elle compte bien passer le plus de temps possible à la maison. Y consulter ses courriels, travailler sur des dossiers. Il ne sera pas nécessaire qu'elle passe toutes ses journées au bureau, elle l'espère bien.

À l'autre bout du fil, Malik continue à grogner, laissant entendre qu'elle ne saisit pas l'ampleur de la responsabilité qu'elle accepte d'assumer. Il lui redemande d'attendre d'en parler avec lui avant de prendre une décision.

– Malik, dit Éléonore, la décision est déjà prise. J'ai pas le choix. Faut au moins que je mette de l'ordre là-dedans, pour mon père, pour qu'il ait quelque chose quand il va sortir de prison.

– Mais qu'est-ce qui te fait croire qu'il va en sortir si vite ? D'après ce que tu m'as dit, les témoignages contre lui sont accablants. Je sais que c'est difficile à accepter, mais tu sais, Élé, tout le monde est humain. Même ton père. Il faut que tu sois réaliste.

Éléonore éclate en sanglots. Malik est pris au dépourvu, ne l'ayant jamais connue aussi désemparée. Tout de suite, il s'adoucit.

– Élé, ma belle… Ça va bien aller, tu vas voir. Je vais t'aider, OK ? On va s'arranger. Comme tu dis, c'est temporaire et on va faire au mieux pour ton père jusqu'à son retour, OK ?

Éléonore hoche la tête, la joue contre le combiné, n'osant pas parler, de crainte de recommencer à pleurer. Malik n'entend que ses sanglots et reniflements. Elle lui dit au revoir et raccroche, se demandant pourquoi, même dans la gentillesse réconfortante de Malik, il y a ce « on » qui l'irrite.

CHAPITRE NEUF

Yasmina ne sait plus quoi penser. Chaque fois qu'elles voient le beau Loïc, Amélie en a des palpitations et analyse chaque regard pendant des heures. Par contre, Yasmina ne peut chasser la désagréable impression que... c'est elle que Loïc regarde. Elle lui en veut presque, de cet intérêt si inopportun qui blesserait tant son amie. Tant qu'à avoir des béguins passagers, ne pourrait-il pas au moins avoir la décence de les avoir pour la fille qui est amoureuse de lui ? *Ça lui ferait probablement trop peur*, se dit Yasmina. *Ça aurait trop de chances de mener à quelque chose de sérieux*. Elle soupire, se disant qu'après tout ce Don Juan peut bien se lancer à la poursuite de qui il veut. Tant qu'Amélie ne s'aperçoit de rien. Yasmina ne pourrait souffrir de blesser sa copine. Mais avec les semaines qui passent, les sourires et les regards de Loïc qui se font de plus en plus insistants, elle craint que même les scénarios que se construit Amélie dans sa tête ne résistent pas à une telle dose de réalité. Un jour, elle s'apercevra bien que les yeux de Loïc sont tournés vers une autre.

Yasmina commence à se demander si elle ne devrait pas en glisser un mot à Loïc. Lui faire comprendre que ses efforts sont vains, qu'elle n'est simplement pas intéressée. Il y a sûrement moyen de faire passer le message de manière discrète, à l'insu d'Amélie. Par contre, cela ne sera pas possible sous le regard de lynx de son amie, qui analyse les moindres faits et gestes de l'homme dont elle rêve. Abhorrant l'odeur de trahison qu'un tel stratagème laisse flotter dans l'air, Yasmina décide néanmoins de se rendre au Route 66 le vendredi suivant, alors que Loïc donne un spectacle qu'Amélie devra manquer, à son grand malheur, devant passer le week-end à la maison familiale pour célébrer l'anniversaire de mariage de ses parents.

Lorsqu'Amélie la questionne sur ses plans pour la soirée, ce vendredi-là, Yasmina se déteste en s'entendant inventer un film qu'elle n'ira pas voir. Elle prend soin de choisir un cinéma situé tout près du Route 66, au cas où elle croiserait un de leurs amis communs. Elle décide d'arriver tard, espérant attraper Loïc pendant l'entracte. Elle entre alors qu'il termine son dernier numéro, sous les applaudissements nourris de la foule. Il dégage un réel charisme sur scène, elle ne peut le nier. Une assurance quasi arrogante de rocker, d'homme nonchalamment conscient de son *sex-appeal. Même ses jeans sont sexy*, se dit Yasmina malgré elle. Et ses cheveux noirs en bataille, aux quelques boucles rebelles, et son sourire de conquérant qu'il dirige maintenant vers elle. Et la force tranquille qui émane de son torse, les bras dévoilés par les manches retroussées du t-shirt artistiquement *fucké*.

Elle se fustige pendant que ces pensées défilent dans sa tête, mais semble impuissante à les arrêter. Loïc traverse la foule des admiratrices qui se pressent autour de lui et est auprès d'elle en un instant.

– Je t'offre un verre ?

– Un Perrier.

Yasmina tient à garder les idées claires. Quelques instants plus tard, Loïc dépose devant elle un Perrier et un mojito.

– Au cas où tu changerais d'idée.

Il prend une bonne gorgée de bière. *Il se souvient de ce que je buvais !* Yasmina ne peut s'empêcher de le remarquer. Ne voulant pas lui donner la satisfaction de savoir que son geste a fait mouche, Yasmina hausse les épaules et saisit son Perrier d'une main ferme. Loïc entame avec naturel une conversation faite de propos légers, d'anecdotes cocasses et de commentaires sur le monde de la musique à Paris. Yasmina est entraînée malgré elle et discute avec verve. Ils débattent longtemps de leurs goûts musicaux, Loïc connaissant bien la musique *underground* de Londres, New York et Paris, tandis que Yasmina remercie intérieurement Nicolas, son chum du cégep, de l'avoir initiée à des goûts musicaux plus recherchés. Au fil de la conversation, Yasmina se surprend à rire aux éclats à plusieurs reprises et est la première étonnée lorsqu'elle constate que son verre de mojito est vide.

Elle tente de se reprendre et de faire dévier la conversation dans la direction souhaitée.

– Loïc, écoute…

À ce moment, ils sont interrompus par le guitariste de Loïc, qui lui rappelle qu'ils sont attendus en scène dans deux minutes.

– Bon, je me casse. À tout de suite, fait-il en embrassant Yasmina sur la joue.

Elle inspire profondément son odeur, si fraîche au milieu de ce bar enfumé. Il sent la sueur, la peau d'homme, mais aussi quelque chose qui lui rappelle le soleil d'été et le grand air. Il disparaît avant qu'elle ait le temps de compléter sa phrase. Elle se résigne à écouter le deuxième *set* et accepte avec plaisir le mojito que lui tend le barman. La voix envoûtante de Loïc envahit la salle plongée dans le noir. Puis, un projecteur se fixe sur lui. Il est seul, assis sur un tabouret au centre de la scène vide, muni d'une guitare.

La demi-heure que dure la fin du spectacle passe vite. Les chansons rock s'entremêlent à celles, plus douces, où la voix rauque de Loïc captive son auditoire. Malgré les projecteurs, il semble souvent chercher Yasmina du regard. Celle-ci est contente de l'anonymat que lui procure la salle sombre et en profite pour observer le chanteur à la dérobée. Sa présence l'électrocute. Elle sait bien que c'est attribuable en partie au tabou qui entoure leur situation : sa bonne amie est amoureuse de lui, il ne se passera donc jamais rien entre eux. Mais cette interdiction ajoute du piquant à leurs rapports et elle ne peut s'empêcher d'être excitée par l'anticipation de leur conversation à venir. Les mots qu'elle trouvera pour lui faire comprendre qu'elle n'est pas intéressée, le plaidoyer fervent, puis la noble résignation de Loïc, tout cela échauffe l'esprit romanesque de Yasmina. Elle aime s'imaginer dans le rôle de la damoiselle dans sa tour d'ivoire, désirée mais à jamais hors d'atteinte. Puis, elle s'en veut. C'est bien beau, après tout, se faire flatter l'orgueil et en retirer une petite satisfaction puérile, mais dans toute cette histoire, c'est Amélie qui court le risque d'être blessée. Yasmina a toujours été foncièrement loyale en amitié et elle ne peut envisager qu'il en soit autrement cette fois-ci. Elle se secoue et se lance un rappel à l'ordre ferme : elle n'est pas là pour s'amuser ou donner un petit *boost* à son ego, elle est là pour signifier à Loïc que son intérêt l'importune et s'assurer qu'il abandonnera avant qu'Amélie s'en aperçoive.

Elle est d'une humeur de maîtresse d'école sévère lorsqu'il vient la retrouver. Il fait mine de ne pas remarquer le changement de ton et commande une bière, tout en échangeant quelques blagues avec des amis accoudés au bar. Yasmina se tient coite, toute à son rôle de marâtre intransigeante. En écoutant Loïc rigoler, elle se dit qu'elle n'arrivera jamais à avoir la conversation sérieuse qu'elle souhaite dans un bar. Elle se penche vers lui et lui demande d'un ton ferme s'il veut aller prendre un café ailleurs. D'un sourire taquin, il acquiesce, prend son manteau de cuir, serre quelques mains, puis la suit vers la sortie. Dehors, sous la lueur des lampadaires, dans le silence de la nuit parisienne, entrecoupé par la pétarade d'un motard et quelques fêtards qui s'attardent, Yasmina est désorientée. Aller prendre un café, oui, mais où ? Les quelques cafés avoisinants sont fermés et elle connaît mal le quartier. Loïc enfourche sa moto et lui tend un casque.

– Tu viens ?

– …

– Allez, tu n'as pas peur, quand même ? Je t'emmène faire un tour de Paris *by night*. On le prendra sur les Champs-Élysées, ton café !

Yasmina obtempère et se retrouve à l'arrière d'une moto qui fend la nuit noire, elle qui déteste les casse-cou, les motos, les casques et la vitesse. Elle enlace Loïc et appuie sa joue contre son dos, comme elle a vu faire dans les films. *Mais qu'est-ce que je fais ?* se demande-t-elle. Il semble y avoir un court-circuit entre ses pensées et ses actes. Sa tête lui indique de demeurer froide, de régler le malentendu puis de s'en aller, son corps acquiesce à toutes les demandes et grimpe sur une moto en pleine nuit. Loïc prend de la vitesse le long des quais. Yasmina le serre davantage dans chaque courbe. Elle a les cheveux qui lui fouettent le dos, les cuisses tendues par l'effort pour tenir en place. Bientôt, elle s'habitue au rythme, à la vitesse et admire les ponts illuminés de Paris, qu'elle découvre sous une autre perspective. Elle n'a pas eu souvent l'occasion de jouer à la touriste, depuis son arrivée. Elle a passé plus de temps dans les bibliothèques et les cafés que devant les monuments. Ce soir, cette ville dont elle tenait la beauté pour acquise lui est dévoilée comme pour la première fois. La pyramide illuminée du Louvre, le dôme des Invalides, le Pont-Neuf. Loïc fait un détour par Montmartre pour y admirer la vue sur la tour Eiffel. Yasmina est séduite par l'ambiance *kitsch* de la place du Tertre, où les commerces d'époque côtoient les artistes de rue, qui proposent caricatures et reproductions d'œuvres de grands maîtres et elle supplie Loïc de s'y arrêter. Celui-ci rigole, la traite de plouc, mais se plie à cette requête de bon cœur. Ils s'attablent devant deux bols de café crème et Loïc acquiesce lorsqu'un dessinateur moustachu, au traditionnel béret noir, leur propose de faire leur caricature. Le résultat les fait beaucoup rire. La mâchoire carrée du jeune homme est exagérée jusqu'à en devenir ridicule et le petit minois de Yasmina est transformé en petite chatte aux immenses yeux noirs qui minaude vers le personnage de Loïc. Ils se taquinent allègrement tous les deux et c'est dans cette atmosphère de franche camaraderie que Yasmina ose aborder le sujet qui la tracasse.

– Écoute, Loïc, je tenais à te dire… Au cas où tu te serais fait des idées… Il ne se passe rien entre nous, OK?

– Oh la la! On se croit donc si irrésistible? ironise-t-il avec un sourire.

Yasmina rougit.

– C'est juste que… Je te trouve très gentil, mais voilà, c'est tout, d'accord?

– OK, d'accord.

– Non, tu ne comprends pas… Je te trouve très bien, mais je voudrais que tu arrêtes de…

– De quoi? De te parler? De te regarder?

– Oui, enfin, ce n'est pas ce que je veux dire, mais…

– Donc, si je comprends bien, je suis assis tranquillement, je bois mon café et tu m'annonces de but en blanc que, non seulement tu ne t'intéresses pas à moi, mais en plus tu voudrais que je m'abstienne de faire quoi que ce soit pour tenter de te séduire, c'est ça ?

– À peu près, oui.

– Mais, comme tu es si peu intéressée à mon humble personne, qu'est-ce que ça pourrait bien te faire si j'avais envie de consacrer mes énergies, jour et nuit, à te faire changer d'idée ? dit-il d'un ton badin. Cette conversation loufoque l'amuse et surtout, cette Yasmina l'intrigue.

– C'est que…

– C'est que tu as peur de céder, c'est ça ? Mais pourquoi a-t-elle si peur, la gente demoiselle ? Là est la question, dit-il en faisant semblant d'être plongé dans une réflexion profonde.

– Arrête, rigole Yasmina malgré elle.

Loïc plante ses yeux bleus dans les siens.

– Tu sais, à force de protester, tu me donnes envie d'essayer.

– D'essayer quoi ?

– De te séduire, malgré tes protestations à la noix.

– Écoute, si tu as envie d'un scalp de plus à ton palmarès, très peu pour moi. Je connais ça, les coureurs de jupons, alors on repassera.

– Qui dit que c'est ce que je veux ?

– Un gars comme toi, qu'est-ce que tu pourrais vouloir d'autre ?

– Te faire craquer.

La phrase, débitée avec assurance, fait trembler Yasmina. Loïc fait signe à la serveuse et règle l'addition. Il prend son casque, fait la bise à Yasmina, lui dit rapidement « à la prochaine ! » et disparaît dans la nuit parisienne. Yasmina déambule vers le métro, perdue dans ses pensées. Elle considère s'en être pas trop mal tirée. Elle a fait passer son message, et ce, sans trahir les confidences d'Amélie. Loïc ne se doutera de rien. Maintenant, elle n'a plus qu'à espacer leurs rencontres, trouver des raisons pour ne pas accompagner Amélie au Route 66. Et puis voilà. Oui, somme toute, cette soirée s'est déroulée exactement comme elle le souhaitait. Elle rentre chez elle et se précipite sur le téléphone qui sonne, écoutant avec intérêt le récit que lui fait Éléonore de la première dégustation de céréales de Mathilde. Elle la questionne brièvement sur ses arrangements pour la compagnie de son père, lui souhaite bonne chance pour sa première journée officielle au bureau le lendemain et annonce qu'elle est crevée et doit aller se coucher. Allongée dans le noir, elle s'agite et ne parvient pas à trouver le sommeil, ni à faire taire la petite voix qui lui chuchote : *Mais alors, si tout s'est passé exactement comme tu le voulais ce soir, pourquoi as-tu caché la caricature au fond d'un tiroir et pourquoi n'as-tu rien raconté à Éléonore ?*

La première fois qu'elle se rend aux bureaux de Castel Communications, Éléonore est prise d'angoisse. Les rares employés la dévisagent, semblant attendre d'elle une réponse dont elle ignore même la question. Elle s'assoit au bureau du coin, évitant soigneusement celui de son père, dont la porte reste résolument fermée, à part pour la visite hebdomadaire du service de ménage qui dépoussière un peu. Jérôme lui a remis une pile de documents qu'elle s'empresse de feuilleter. Elle n'y comprend rien. Il n'est toutefois pas question pour elle d'abandonner : Éléonore a toujours eu l'habitude de travailler fort et d'obtenir des résultats. Cette fois-ci ne fera pas exception. Après une heure de travail, elle sort s'acheter un café au Second Cup, puis retourne s'asseoir. Elle revient au début de la pile et entame une deuxième lecture avec détermination.

Éléonore n'a pas voulu fouiller dans les papiers de son père, ni toucher à son ordinateur, surtout après les passages à répétition des enquêteurs qui ont tout chamboulé. Elle se dit que Claude retrouvera ce bureau un jour, s'il le souhaite; ou encore, elle fera tout mettre dans des boîtes, le jour où il sera clair qu'il n'y reviendra jamais. Pour le moment, elle se contente des documents qui lui ont été envoyés par Jérôme; elle se dit que le reste ne peut être réellement urgent. Et puis, ça la rassure de commencer par une pile moins intimidante de dossiers. Elle lit les contrats de financement, les contrats d'acquisition, les ententes que Claude a signées avec ses artistes et elle n'y comprend pas grand-chose. Elle se sent gênée d'appeler Jérôme à chaque petite question, mais doit s'avouer que sans lui, elle n'y arrivera pas. Afin d'être plus efficace, elle décide de noter ses questions et de les poser toutes d'un coup, lors de leur rencontre hebdomadaire. Malgré cela, elle se sent vite dépassée. Elle confie cette inquiétude à Malik, lors d'une conversation au téléphone après une journée particulièrement éprouvante. Celui-ci, en homme qui aime trouver des solutions, propose tout de suite de s'attaquer avec elle aux dossiers en suspens, le week-end suivant. Elle acquiesce, reconnaissante. Le samedi venu, il lui pèse tout de même de demander encore l'aide de madame Gaston afin de pouvoir s'enfermer dans le bureau avec Malik, pendant que Mathilde fait une balade en poussette. Elle tient à ses rares journées en famille et elle trouve dommage d'en sacrifier une pour la consacrer à son travail. Depuis qu'elle a pris les rênes de la compagnie, les minutes lui semblent comptées et elle regrette de devoir accorder la priorité à d'autres besoins que ceux de sa fille. Mais il faut qu'elle reprenne le dessus, c'est impératif. Une fois qu'elle maîtrisera mieux les principaux dossiers, sa tâche en sera allégée. Elle s'enjoint de ne pas céder au découragement et se jure que c'est pour bientôt, surtout avec l'aide de Malik.

Malik va chercher deux espressos au Café Olimpico, pendant qu'Éléonore classe ses dossiers. Elle souhaite tout d'abord s'attaquer à la question des contrats en suspens avec les artistes qui se sont dissociés de Claude à la suite de son arrestation. Malik se plonge dans sa lecture. Habitué aux documents de nature financière, il saisit vite de quoi il s'agit et le nœud de l'affaire: certains des contrats ont une durée fixe, qui n'est pas encore échue, et pendant cette période, Castel Communications devrait continuer à percevoir des redevances sur les revenus issus des négociations menées par Claude. Il explique cela en termes clairs à Éléonore.

– Tu vois, avec la chanteuse Aimée Borduas, normalement tu as droit à 15 % des redevances sur son album *Croire*. C'est pas la compagnie de disques de ton père qui l'a produit, mais c'est lui qui a négocié le contrat avec Sony.

– Pis elle nous les a pas payées ?

– Non ! Faut appeler ton avocat et commencer des procédures, envoyer une mise en demeure.

– Ça ne m'intéresse pas.

– Comment, ça ne t'intéresse pas ? Éléonore, cette fille-là vend des milliers de disques, comprends-tu de quel montant on parle, là ?

– C'est pas le montant qui m'importe. Cette fille-là a lâché mon père comme si c'était une vieille chaussette sale, alors que c'est lui qui est responsable de son succès. Si elle avait le moindre sens moral, elle serait restée avec lui. La dernière chose que je veux faire, c'est demander quoi que ce soit à quelqu'un comme elle.

– Voyons, Éléonore ! T'es en affaires, là. Tu peux pas prendre des décisions qui reposent sur des émotions ou des sentiments. C'est une *business* que tu diriges !

– C'est *ma business*, pis je vais la diriger avec *mes* principes.

Malik s'échauffe. C'est toute sa logique d'homme d'affaires qui vient se heurter au refus d'Éléonore. Il a fait carrière en conseillant des compagnies sur leurs opérations, en discernant les bonnes occasions d'investissement, en sachant quand foncer et quand abandonner la partie à plus fort que soi. Il lui apparaît évident qu'Éléonore prend la mauvaise décision, qu'elle laisse les émotions causées par la déchéance de son père teinter son jugement. Il se dit que c'est typique d'une femme de laisser les sentiments l'emporter sur la raison. Il se jure de ne pas la laisser commettre une telle erreur. Puisqu'elle fonctionne sur le mode des émotions, c'est par les émotions qu'il ira la chercher.

– Mais, Élé, tu trouves pas, justement, que tu dois à ton père de faire fructifier son travail ? Si on n'exige pas d'être payés, c'est comme si on lui donnait raison et que finalement, Claude n'avait rien à voir avec son succès.

– Je sais pas...

– Il faut rétablir sa réputation. Faire dire haut et fort, en public, par la bouche d'un juge, que c'est le génie de Claude Castel qui est derrière cette carrière-là. Que sans lui, elle serait encore serveuse dans un restaurant de Trois-Rivières.

– Tu penses ?

– Tu dois ça à ton père, Élé, fais-moi confiance.

– Ouin...

– Tu veux que j'appelle maître Paquin ?

– Non, non, laisse faire, je le vois lundi matin, je vais lui en glisser un mot.

La journée de travail est longue. Tous les dossiers sont passés au peigne fin, Malik expliquant l'impact financier de toutes les décisions à prendre. Ils ne s'interrompent que pour commander du St-Hubert et souhaiter bonne nuit à Mathilde, qui exige la présence de papa pour les berceuses du soir. Quand enfin ils décident d'arrêter, Malik étire ses membres courbaturés pendant qu'Éléonore prépare une tisane. Il est somme toute satisfait de sa contribution, content que ses longues années d'expérience dans le monde de la finance servent à aider la femme avec qui il fait sa vie. Et puis, cette entreprise bien connue des Québécois, c'est aussi un peu l'héritage de sa fille. Il se sent directement concerné par la santé financière de Castel Communications et est soulagé de constater qu'Éléonore est consciente de ses limites et n'hésite pas à lui demander conseil.

Celle-ci se couche un peu plus songeuse. Elle ressent un léger malaise qu'elle ne parvient pas à identifier. Les dossiers avancent, elle les maîtrise de mieux en mieux ; mais elle ne se sent toujours pas tout à fait à l'aise dans son nouveau rôle. Enfin, elle se calme en se disant que seuls le temps et un travail acharné peuvent venir à bout de ce problème et qu'elle a au moins la chance d'être bien entourée. Elle met de longs moments à s'endormir, tourmentée par mille et un soucis.

Le lundi matin, une autre question à régler la tracasse. Juste avant le départ de Malik pour l'aéroport, Éléonore lui tend la petite pour un dernier câlin, avant de lui dire :

– Tu sais, je pense que Mimi commence à être trop grande pour dormir avec moi. Je ne voudrais pas qu'elle s'habitue. Ça va lui prendre sa chambre à elle.

– OK..., temporise Malik, se demandant où Éléonore veut en venir.

Il ne sait pas si elle est en train de le chasser de la maison ou de l'inviter à regagner la couche conjugale. Il ne sait pas non plus comment réagir à l'une ou l'autre de ces propositions. Quitter Mathilde, ne la voir qu'aux heures prescrites par Éléonore, ne pas être là à chacun de ses réveils, cela lui semble inconcevable. Mais, avec les semaines qui passent, il trouve étrangement confortable leur routine de couple à temps partiel. Éléonore et lui se retrouvent souvent dans le petit lit du bureau, une fois Mathilde couchée (*de moins en moins souvent*, ne peut-il s'empêcher de penser). Éléonore regagne ensuite sa chambre pour passer la nuit auprès de Mathilde, qu'elle allaite aux petites heures avant de la rendormir avec elle. Cela permet à Malik de continuer à jouir d'une certaine liberté, ce qui n'est pas pour lui déplaire. À moins qu'Éléonore ne soit finalement prête à déménager, pour avoir trois chambres... Elle met un terme à ses élucubrations en lui demandant timidement s'il accepterait, à l'avenir, de s'installer avec elle. Il lui décoche un large sourire et la serre dans ses bras en guise de réponse, avant de filer vers le taxi qui l'attend à la porte.

Éléonore prévoit effectuer les changements nécessaires au cours de la semaine qui suit et se lance avec ardeur dans la transformation du bureau en chambre d'enfant. Quand elle avait préparé la venue de son bébé, c'était par obligation, sans y croire vraiment. Mais maintenant qu'elle connaît Mathilde, qu'elle l'aime à la folie, c'est avec un immense plaisir qu'elle prépare un petit nid pour sa cocotte chérie. Elle engage un homme à tout faire qui vient poser des tablettes et peindre la chambre d'un vieux rose très doux. Elle accroche au mur des lettres de bois blanc qui épellent le prénom de sa fille. Un tapis crème orne le sol et une série d'aquarelles représentant des nuages, des étoiles et des clairs de lune agrémente le mur au-dessus du berceau.

Éléonore passe plusieurs longues nuits à habituer Mathilde à sa nouvelle chambre. Celle-ci est plus près de la rue, on y entend donc davantage le bruit des passants et des voitures. La semaine est dure, pour Éléonore. Elle a résolu de demeurer ferme, de ne pas céder lors d'un énième réveil de nuit, quand il serait si facile de simplement emmener

Mimi se coucher avec elle. Elle envie ces mères qui ont toujours un papa présent, prêt à prendre la relève lorsque la détermination flanche. Peut-être devrait-elle attendre le week-end pour effectuer le changement, quand Malik sera là pour l'épauler. Mais elle aime mieux faire les choses à sa manière. Connaissant Malik, il finirait par s'endormir dans le fauteuil du salon, Mathilde confortablement nichée contre sa poitrine. Et voilà qui n'avancerait à rien. Non, Éléonore doit s'arranger seule : elle est déterminée à ce que sa fille dorme dans sa chambre, dans son lit, et elle se jure d'y parvenir.

Vers la fin de la semaine, les choses commencent à se placer un peu. Malik est quand même effaré, le vendredi soir, en constatant l'ampleur des efforts qu'Éléonore doit déployer pour coucher Mathilde dans son lit. Il tourne en rond dans le salon, détestant entendre pleurer sa fille. Élevé selon les coutumes méditerranéennes, il trouve impossible de trop gâter un enfant, de trop le couvrir de bisous et de douceurs et il ne comprend pas la fermeté d'Éléonore. Lorsqu'elle revient dans le salon, épuisée, et pousse un soupir de découragement quand Mathilde se remet de nouveau à geindre, il ose lui suggérer de l'endormir lui-même. C'en est trop pour Éléonore, déjà à bout de nerfs à la suite du combat mené par sa fille, et elle explose.

– Qu'est-ce que tu penses, Malik Saadi ? Que je suis pas capable de l'endormir moi-même ? Qu'il suffirait de la bercer, mais que moi, grosse cruche, je n'y ai pas pensé ? Tu te prends pour qui, là ? Tu débarques le vendredi soir, t'as envie de bercer un peu ta fille, le monde est beau, pis tu penses pas à moi qui me claque ça sept jours sur sept ! J'ai des choses à faire, moi aussi, la semaine. Je travaille. J'ai pas nécessairement le temps de bercer un bébé une heure de temps à chaque sieste et chaque soir. Comprends-tu ça? Tu devrais me soutenir dans mes efforts, et sinon, tu devrais te la fermer! C'est-tu clair?

Malik est ébahi. C'est la première fois qu'Éléonore hausse la voix en sa présence. Qu'elle ose le contredire de manière aussi péremptoire. Il ne sait pas comment réagir. Elle ne lui en laisse pas le temps, puisqu'elle est déjà repartie vers la chambre de Mathilde en claquant la porte derrière elle. Il décide de sortir prendre l'air. Lorsqu'il revient, penaud, prêt à s'excuser, il trouve une Éléonore distante, penchée sur son ordinateur, qui le salue à peine. Il n'a plus l'option de se retirer dans sa chambre et en ressent un certain malaise. Il lui annonce brièvement qu'il va se coucher et met de longs moments à s'endormir, seul dans le grand lit d'Éléonore.

Lorsqu'il se réveille, très tôt le lendemain matin, il la trouve endormie dans le fauteuil du salon, l'ordinateur portatif encore ouvert à côté d'elle. Il la recouvre d'une couverture puis se précipite vers la chambre de Mathilde qui pépie doucement. Il l'emmitoufle, sort la poussette, et va marcher avec sa fille, s'arrêtant à l'Express pour son café du matin. Lorsqu'il rentre, fier d'avoir laissé Éléonore faire la grasse matinée, il la retrouve furieuse. Elle lui tombe dessus à bras raccourcis. Comment ose-t-il emmener Mathilde sans lui en parler, sans qu'elle l'ait d'abord allaitée? Elle a les seins engorgés et sa fille doit mourir de faim. La litanie des reproches est longue. C'est la goutte qui fait déborder la vase pour Malik et il pique une sainte colère. Il est là tous les week-ends, il se démène pour l'aider, pour lui permettre de prendre une pause, passer du temps avec sa fille.

– Est-ce que tu crois que c'est le fun, Éléonore Castel, de vivre comme un nomade toutes les semaines? De passer ma vie dans les taxis, les aéroports et les embouteillages? Tu penses que j'ai pas envie, des fois, de faire les choses à ma manière ? Je me sens au mieux comme un invité, au pire comme un intrus ! Je suis pris chez toi, à suivre tes règles, pis si ça te plaît pas, c'est merci bonsoir. C'est quoi, comme vie, tu penses ? Je travaille comme un défoncé toute la semaine pour être là les fins de semaine, te donner un coup de main, pis ça me donne quoi ? Je me fais engueuler ou ignorer. C'est vraiment super, ça.

Éléonore demeure coite. Malik, enragé, lui met Mathilde dans les bras et s'enferme dans la salle de bains. Elle entend longtemps le jet de la douche. Demeurée seule avec ses pensées pendant qu'elle allaite Mathilde, Éléonore s'en veut de s'être emportée. C'est vrai que, depuis le début, elle laisse bien peu de place à Malik et à ses désirs à lui. Elle a été si obstinée à se construire un quotidien de manière indépendante, sans se fier à lui, parce qu'elle ne lui faisait pas confiance. Et voilà que depuis, il fait ses preuves, de semaine en semaine, par sa constance, son amour pour sa fille, et elle ne lui laisse toujours pas une parcelle d'espace pour vivre sa paternité à sa manière. Il voulait déménager, pour s'installer de manière plus confortable, elle a refusé. Il veut amener Mathilde au chalet de ses parents, le week-end, elle s'y objecte parce qu'elle doit allaiter et veut rester chez elle à travailler. Elle dicte les horaires de Mathilde, ses activités, les soins à lui donner. Malik est au mieux son larbin. *Pas étonnant qu'il en ait marre*, se dit-elle. Et puis, elle se regarde, en robe de chambre tachée, les cheveux un peu sales relevés en une queue de cheval bâclée ; ce n'est pas non plus le désir qu'il pourrait encore avoir pour elle qui va le retenir. Ils ont bien eu une lune de miel, après le 11 septembre ; mais celle-ci s'est vite estompée avec le retour au travail et à la réalité de deux jeunes parents débordés. Éléonore est saisie de la peur de le perdre. Elle regrette d'avoir, sans s'en rendre compte, tout fait pour l'éloigner et se jure d'être plus conciliante à l'avenir.

Lorsqu'il sort de la douche, elle l'accueille avec un sourire contrit et un torrent d'excuses. Malik grogne pour la forme et se laisse amadouer.

À l'heure de la sieste, elle l'entraîne vers son lit et entreprend de lui démontrer dans le détail à quel point elle tient à lui.

CHAPITRE DIX

C'est enfin le soir qu'Éléonore attendait. La veille du procès de son père. À minuit, l'ordonnance de non-publication est levée. Cela veut dire qu'à minuit Éléonore sera devant la télé, fouillant Internet et écoutant la radio, en attendant la livraison des premiers journaux vers 4 heures du matin. De New York, Malik la traite de masochiste. À quoi cela sert-il de se farcir tout ça, elle n'en sortira que plus blessée encore. Éléonore se doit de reconnaître le bien-fondé de ses arguments. Pourtant, elle tient à faire face à la tempête. Debout. Elle préfère tout prendre de front, accuser le choc, puis commencer à penser à l'après. Rebâtir la réputation de son père, son estime de lui si fragilisée par les événements des derniers mois. Reconstruire sa compagnie. C'est là le seul aspect qui fait fléchir Malik un tant soit peu : en tant que PDG d'une société d'envergure, il importe qu'elle soit au courant de tout ce qui pourrait ternir sa réputation. Jouer à l'autruche n'avancera à rien, ni pour elle ni pour son père, et encore moins pour Castel Communications. Éléonore continue de se présenter régulièrement devant la presse, pour son travail ; aussi bien prévoir les coups et pouvoir les parer.

Et puis, une petite voix en elle ne peut s'empêcher de chuchoter que si Malik tenait tant à ce qu'elle vive bien la dure semaine qui s'annonce, il aurait pu faire l'effort d'être là. Elle sait bien qu'il est archi-occupé ; qu'un important investissement doit être conclu cette semaine-là et que Malik est le contact principal des riches magnats intéressés. Elle se répète qu'il doit bien travailler ; sa carrière souffre déjà passablement de tous les week-ends qu'il passe à Montréal au lieu de socialiser avec des investisseurs potentiels dans les tournois de golf et les séjours dans les Hamptons que multiplient ses collègues. De plus, il a refusé de nombreux voyages d'affaires depuis la naissance de Mathilde, elle le sait. Mais elle ne peut s'empêcher de se dire parfois qu'il fait tout ça pour sa fille, pas pour elle. Cette fois, c'est différent. C'est elle qui a besoin de sa présence, et il se défile. Elle résiste à l'envie de lui en faire la remarque : elle n'a nul besoin de drames supplémentaires dans sa vie en ce moment.

Elle souhaite donc doucement bonne nuit à Malik, lui promet d'aller faire un bisou sur le nez de Mathilde de sa part, « un tout, tout petit, tout délicat, même si elle dort », puis elle fait bouillir autant d'eau que peut en contenir sa théière. Pour cette longue nuit de veille qui s'annonce, elle s'est préparé son festin des temps durs : du thé à la menthe frais et un gros sac de ces *brownies* d'antan si réconfortants. Elle regarde l'heure : 23 h 38. L'angoisse de ce qui l'attend la saisit. Elle doute un peu de sa stratégie : a-t-elle réellement envie de lire tout ça, ces salissures sur son père, seule dans son appartement ? Elle tremble et se sent si fragile qu'elle a l'impression qu'un minuscule coup de vent suffirait à la faire plier. Tout de même, se dit-elle, elle ne peut pas les affronter demain sans savoir, ne peut pas passer à travers la meute de journalistes qui l'attendront devant le palais de justice sans s'être au moins préparée à ce qu'ils lui diront.

Il est 23 h 44. Tout à coup, elle n'a plus envie d'être là, dans sa vie, dans sa tête, terrée chez elle dans l'attente du pire. Elle regarde autour d'elle comme un animal pris au piège, cherchant une échappatoire. À ce moment-là, elle entend Mathilde qui hurle. Ce cri inusité, à une heure où elle dort habituellement dur comme fer, précipite Éléonore dans sa chambre, le cœur battant. Mathilde semble se débattre contre un monstre invisible. Éléonore la prend dans ses bras, la palpe rapidement, pour s'assurer qu'elle n'a rien. La petite se calme tout de suite au contact de sa mère, bien nichée contre son cou. Éléonore s'assoit sur la vieille chaise berçante, celle qui trônait sur le perron arrière de la maison de sa grand-mère Castel, sur les rives du lac Brôme. Elle se berce doucement, murmurant des mots d'amour à sa Mimi qui s'endort. Elle restera longtemps assise dans le noir, sa petite fille toute chaude contre elle, à rythmer d'un mouvement de balancier à peine perceptible ses pensées qui s'apaisent. Elle se sent emplie d'un amour profond pour Mathilde. Rien ne lui importe autant que le sourire de sa fille, la bonne santé de sa fille, le bonheur de sa fille. De la tenir là, dans ses bras, tout contre elle, ramène Éléonore à l'essentiel. Son père va s'en sortir, d'une manière ou d'une autre, elle en est convaincue. Même abîmé, même amoché, même après une éventuelle sentence d'emprisonnement, un jour Claude Castel se relèvera. Éléonore retrouvera son père, beau, fort, aimant la vie, dût-elle le reconstruire pièce par pièce. Mimi connaîtra un jour son grand-papa plus grand que nature, c'est un serment que sa mère lui fait en cette nuit profonde. Le reste n'est que peccadilles. Une dure épreuve à passer, mais une simple étape vers quelque chose de mieux. Éléonore embrasse doucement le doux duvet qui orne la tête de Mathilde. Elle puise tant de force au contact de sa fille. Elle se demande si celle-ci a senti son désarroi, ce soir, par elle ne sait quel moyen, et a choisi de l'appeler auprès d'elle pour lui faire profiter de sa présence apaisante. C'est un concept ridicule, elle le sait, mais elle sourit tout de même en remerciant sa Mimi qui a eu besoin de sa maman juste au moment où c'est elle qui en avait le plus besoin. Elle dépose la petite fille profondément endormie dans son lit, replace sa doudou, puis retourne vers la cuisine, prête à affronter la nuit qui s'annonce.

Le lendemain matin, absorbée par la lecture d'une chronique de Pierre Foglia, Allegra sursaute lorsqu'elle entend le téléphone sonner.

– Allo ?

– Allegra ?

– Oui ?

– Salut, c'est Yasmina Saadi.

– Yasmina ? balbutie Allegra. Tu m'appelles d'où ?

– De Paris.

– Qu'est-ce qui se passe ?

– Écoute, je n'irai pas par quatre chemins. Je t'appelle pour Éléonore.

– Qu'est-ce qu'elle a ?

– C'est le procès de son père qui commence aujourd'hui, t'es au courant ?

– Vaguement. Je suis en train de lire le journal.

– T'as pas idée comme ça la met à l'envers. Je la sens très seule, et je ne peux pas être là. Tu pourrais pas aller la voir ? Elle s'ennuie tellement de toi et elle a vraiment besoin d'une amie.

– Tu me niaises ? Éléonore Castel n'est plus mon amie, tu le sais, non ?

– Allez, Allegra ! Tu peux bien passer par-dessus tes enfantillages ! *Come on*, tout ça à cause de mon frère ? Parce qu'il t'a cruisée un peu ? Voyons donc.

– C'est pas ça. C'est Éléonore qui m'a trahie en ne me disant rien.

– Ça, j'avoue, c'était pas fort. Mais là, elle a vraiment besoin de toi. Écoute, pour que je t'appelle, quand même, c'est que c'est sérieux, non ?

– Tu perds ton temps.

– Elle est tellement à terre, si tu savais. Surtout avec cette histoire d'Irina Marino-machin-chose.

– Irina comment ?

– Marinova, je crois. T'es pas en train de lire le journal ? L'histoire est partout. C'est elle l'escorte dont le témoignage incrimine Claude.

– Ça se peut pas... Ça doit être un nom commun, marmonne Allegra.

– Qu'est-ce que tu dis ? Je t'entends mal.

– Rien ! Écoute, je dois y aller.

– Tu vas y penser, pour Élé ?

– Faut que j'y aille. Bye !

Allegra raccroche. Déçue, Yasmina se dit que c'est à elle de prendre les choses en main.

Éléonore reçoit avec une surprise émue une énorme gerbe de fleurs tropicales. Le bouquet égaie sa cuisine et son matin et elle est très reconnaissante du mot gentil que Matthew a griffonné sur la carte. Il n'est pas avec elle en personne, mais il est là en pensée, c'est ce qui compte. Elle reçoit aussi un appel matinal de Georges Claudel, le chanteur à succès et client de Claude qui a beaucoup épaulé Éléonore depuis son arrestation. Celui-ci est en Europe depuis de nombreux mois, d'abord en tournée solo, puis au sein de la troupe de la dernière comédie musicale de l'heure. Ses mots gentils font chaud au cœur d'Éléonore.

Enfin prête, elle laisse Mathilde aux bons soins de madame Gaston, puis se rend à son rendez-vous avec Jérôme au café Titanic, rue Saint-Pierre, à quelques coins de rue du palais de justice. L'ambiance rétro et familière du bistro lui permet de se détendre un peu. Elle avale un premier café latte en feuilletant la section *Arts et spectacles* de *La Presse*. Elle vient d'en commander un deuxième lorsque Jérôme arrive. Il sourit de la voir, vêtue de noir comme une veuve sicilienne, absorbée dans sa lecture de la critique d'une pièce de théâtre avant-gardiste, comme si elle n'avait d'autre souci que sa prochaine sortie culturelle. Elle ne cessera pas de le surprendre. Elle l'accueille avec calme et il lui décoche à son tour ce sourire lumineux qui est sa marque de commerce. Pendant qu'il boit un espresso bien serré (*comme mon père*, remarque Éléonore en souriant), ils passent en revue le pire de ce qui a été rapporté par les médias. Claude fait piètre figure et les titres des manchettes sont sensationnalistes à souhait. L'enquête préliminaire a donné bien de la matière aux journalistes. Comme les caméras sont interdites dans les salles d'audience, ils en sont réduits aux dessins. Éléonore sourit d'une image qui la montre, ronde comme une pastèque, avec son père piteux en arrière-plan.

– J'étais vraiment si grosse que ça ? Et personne ne me le disait ? C'est cruel de m'avoir laissée sortir comme ça.

– T'exagères. Tu étais superbe. L'artiste en a peut-être mis un peu, pour rendre son dessin plus impressionnant.

– C'est vrai, c'est ça le problème avec leur histoire de dessins. Ils peuvent mettre ce qu'ils veulent dessus. Veux-tu bien me dire pourquoi ils sont obligés de dessiner, au lieu d'utiliser des caméras ?

– C'est depuis le procès d'O. J. Simpson.

– Pour vrai ? C'est pas des farces ?

– Non, non, je te jure. Ils ont vu ce que ça donnait, un procès transformé en cirque médiatique et depuis, les caméras ne sont plus permises.

– Wow ! Merci O. J. Mon énorme bedon crayonné pour la postérité grâce à toi.

Ils rient tous les deux puis se préparent à partir vers le palais de justice.

– Tu es prête ?

– Prête à tout.

Jérôme lui tient fermement le coude alors qu'ils traversent la haie de journalistes. Les questions fusent. Éléonore regarde droit devant elle. Dans la salle d'audience, elle s'assoit fièrement à la première rangée, juste derrière maître Vincelli. Elle entend s'afficher sans gêne et proclamer sans ambiguïté le soutien qu'elle offre à son père. Les Castel se serrent les coudes par temps de tempête, elle tient à ce que ça se sache. Surtout en l'absence de Charlie, partie se réfugier dans un *resort* luxueux des Caraïbes en compagnie de sa sœur Ginette pour toute la durée du procès. Mike, quant à lui, doit affronter les questions des journalistes sur la route. Il entame une série de trois matchs à l'étranger et n'a pas l'intention de se cacher. Éléonore l'admire et se dit que pour une femme toujours tentée par la voie de la facilité, sa mère a le don de choisir ses hommes droits et forts.

Le juge entre dans la salle. Claude a le teint blême et l'œil morne. Pour la énième fois, Éléonore se répète que ce séjour en prison est éminemment néfaste à son père. Il doit sortir de là, il doit absolument sortir de là. Elle prie pour qu'un miracle se produise. Elle regarde les douze jurés qui défilent dans la salle. Elle scrute leurs visages fermés, tente d'y lire une parcelle de compassion pour son père. C'est peine perdue, ils ont été bien instruits par le juge et ne laissent paraître aucune émotion lorsque le procureur de la Couronne commence à parler. Il présente sa preuve. À chaque étape, maître Vincelli contre-interroge longuement les témoins. L'oncle René est parmi les premiers mais depuis l'enquête préliminaire, Éléonore est immunisée à la peine que pourrait lui faire sa présence et elle l'écoute d'une oreille volontairement distraite. Quand enfin le juge ajourne la séance, Éléonore est courbaturée après être demeurée si longtemps immobile sur le siège inconfortable, attentive à chaque mot prononcé par les témoins, tentant d'y comprendre un détail qui jetterait une lumière nouvelle sur l'affaire.

Elle rentre chez elle épuisée en cette fin d'après-midi grise et sombre de novembre. Il n'y a que la pensée de Mathilde qui l'attend pour lui redonner un peu d'énergie. Mathilde qui babille et qui lancera ses céréales sur le plancher de la cuisine. En arrivant devant son appartement, elle est surprise de voir madame Gaston qui referme la porte, son manteau sur les épaules.

– Madame Gaston ? Qu'est-ce qui se passe ? Qui est avec Mathilde ?

– C'est quelqu'un qui voulait te faire la surprise, ma belle.

Malik ! Il est venu. Il a senti combien Éléonore avait besoin de lui. Folle de joie, elle salue madame Gaston et monte les escaliers en courant. En entrant dans le salon, elle entend Mathilde qui rit de son rire limpide dans la cuisine, puis une voix féminine qui roucoule la comptine des petites marionnettes. Intriguée, Éléonore entre dans la pièce, puis se jette dans les bras de Yasmina, manquant de la faire trébucher.

– Yasmina ! Mais qu'est-ce que tu fais là ? hurle-t-elle de joie.

– Je suis venue assister au procès de l'heure. Et passer du temps avec ma nièce et ma meilleure amie.

– C'est trop cool ! T'es vraiment la meilleure amie du monde.

Cette soirée qu'Éléonore avait crainte maussade et déprimante s'avère joyeuse et entraînée, grâce à Yasmina qui insiste pour commander ses éternels sushis de chez Maiko et savourer une excellente bouteille de sauvignon blanc de la Nouvelle-Zélande. La tante gaga donne d'abord son bain à Mathilde, la chatouille en lui enfilant son pyjama à pattes et la fait tant s'esclaffer de rire que la maman doit intervenir, craignant que sa fille n'accepte jamais de s'endormir. Une fois la dernière berceuse chantée, les deux amies se retrouvent dans la cuisine. La présence de Yasmina est un baume qu'Éléonore n'avait osé espérer. Se sentant enfin soutenue, elle dort profondément et se réveille le lendemain matin gonflée d'un optimisme nouveau.

Comme la veille, les flashs crépitent lorsqu'Éléonore arrive devant le palais de justice. Elle est vêtue d'un tailleur noir classique, ne souhaitant pas provoquer de commentaires avec sa tenue. Ses longs cheveux bruns sont retenus dans un simple chignon. Cet accoutrement modeste ne fait que mieux ressortir l'éclat de ses yeux bleus et la pâleur de son teint. Yasmina est ébahie en constatant l'ampleur de la présence médiatique. Sa pauvre amie, la voilà jetée dans la fosse aux lions ! Les questions fusent de toutes parts, et les suppositions qu'on entend ne sont pas des plus élogieuses envers Claude. Éléonore garde la tête haute et les ignore d'un air souverain. Une fois dans la salle, Éléonore s'esquive pour échanger quelques mots avec maître Paquin avant le début de l'audience. Il lui fait part des derniers commentaires de maître Vincelli, qui se prépare à contre-interroger le policier chargé de la filature de Claude. Éléonore revient s'assoir auprès de Yasmina.

– Waou ! chuchote Yasmina. Tu ne m'avais pas dit que l'avocat de ton père était un si bel homme.

– Jérôme ?

– Ah, parce qu'on l'appelle par son petit nom, maintenant ?

– Arrête…

Sur ce, le juge entre dans la salle. Tout le monde se lève. Les interrogatoires roulent bon train. Les témoignages vont dans le même sens que ceux de l'enquête préliminaire. Les mêmes détails, les mêmes enregistrements vidéo, les mêmes photos. Les itinéraires des artistes de Claude en tournée. Les hôtels soigneusement choisis par Franz Hess, où un lucratif commerce de prostitution avait lieu. Les sommes reçues par Claude. Les témoignages des policiers impliqués dans l'enquête. Pour Yasmina, en revanche, le choc est grand. Elle ne s'imaginait pas que l'affaire avait pris une telle ampleur. Elle s'étonne de voir Éléonore si calme à ses côtés.

Mais elle sait que son amie craint le moment où elle devra réentendre *le* témoignage, celui qui hante ses rêves depuis six mois. Celui d'Irina Marinova. Les journées passent, faisant durer l'attente, puisque la comparution de l'escorte est prévue pour le dernier jour du procès, le procureur tenant évidemment à conserver ce témoignage-choc pour la fin.

Arrive enfin le jour fatidique. Éléonore serre les poings lorsqu'Irina entre dans la salle. Attifée de vêtements griffés, perchée sur des talons vertigineux, elle ressemble davantage à une jeune première qu'à une escorte. Sous ses cheveux blond platine, sa beauté est sidérale, quoiqu'Éléonore ne la remarque pas, tant la haine et le dégoût que lui inspire la jeune femme l'aveuglent. Rationnellement, elle se dit que c'est son père qu'elle devrait détester, qu'une prostituée demeure après tout une victime ; mais elle ne peut s'empêcher de se sentir profondément hérissée par l'attitude hautaine et arrogante de la jeune femme, qui joue l'avenir de son père comme une partie de cartes.

Irina répète les faits révélés lors de l'enquête préliminaire, multipliant les regards éplorés vers les jurés. Elle se dépeint comme une jeune escorte tombée sous les crocs d'un puissant proxénète. Elle décrit les habitudes sexuelles de Claude dans le détail, ajoutant qu'il avait l'habitude d'exiger les services de plusieurs filles à la fois. Claude sursaute à plusieurs occasions et maître Vincelli doit poser sa main sur le bras de son client pour l'enjoindre de demeurer assis. Le témoignage d'Irina est accablant: s'il est jugé crédible par les jurés, il enlèvera tout espoir à maître Vincelli de démontrer que Claude ignorait l'implication de son partenaire d'affaires dans les réseaux de prostitution.

Le procès tire à sa fin. Maître Vincelli n'a plus qu'une carte dans sa manche: il peut faire témoigner Claude pour sa défense. Par contre, comme il l'a expliqué à Jérôme et à Éléonore au début du procès, il hésite à l'utiliser. Claude est dépressif, imprévisible et pourrait bien répondre de travers dans le but d'expier une quelconque faute morale. Pourtant, contre toute attente, maître Vincelli est étrangement guilleret ce jour-là, alors qu'il mène le contre-interrogatoire d'Irina, se bornant à lui faire répéter ses affirmations pour s'assurer que les jurés comprennent bien. Éléonore ne saisit rien à sa démarche et s'agite sur son banc. Yasmina sent l'angoisse de son amie monter et lui serre la main très fort.

La Couronne a terminé de présenter sa preuve. Maître Vincelli se lève et annonce le premier témoin de la défense: madame Allegra Montalcini. Éléonore pousse un cri étouffé. Claude est éberlué. Yasmina remarque qu'Irina a pâli sous son maquillage bronzé. Allegra entre dans la salle d'audience, la tête haute. Tous les regards se tournent vers elle. Elle est vêtue sobrement, d'un tailleur-pantalon gris anthracite. Ses longs cheveux bouclés d'un brun doré tombent en cascade dans son dos. Sa grande beauté provoque des murmures dans la salle, surtout parmi les plus jeunes qui reconnaissent la comédienne vedette de *Colocs en ville*. Éléonore est très émue de revoir sa grande amie pour la première fois depuis des mois, mais elle ne comprend pas ce que signifie sa présence. Après les révélations de l'escorte sur les habitudes de son père, elle a presque peur de l'apprendre. Elle jette un coup d'œil affolé à Jérôme, mais voit bien que celui-ci n'en sait pas plus qu'elle. Derrière un masque impassible, maître Vincelli ne dévoile pas davantage son jeu.

Allegra prête serment puis répond de sa voix claire à la première question.

– Je connais Irina Marinova depuis sept ans. Nous étions colocataires d'un appartement de mannequins à New York, en 1994.

Éléonore est estomaquée. Irina Marinova, l'escorte qui hante ses cauchemars depuis des mois, est la coloc russe d'Allegra qu'elle avait rencontrée à New York, plusieurs années auparavant. Elle s'était rendue à Manhattan dans le cadre d'une opération sauvetage: en pleine séance de photos de mode, Allegra avait été prise d'un malaise et hospitalisée. Son anorexie et une utilisation régulière de cocaïne s'étaient révélées trop nocives pour son organisme. Éléonore se souvient des confidences d'Allegra: c'était cette Irina, mannequin originaire de Russie, qui l'avait pour la première fois entraînée à prendre de la coke pour ne pas ressentir la faim et garder sa ligne. Elle se reproche de n'avoir pas fait le lien plus vite; mais sept longues années ont passé, et Irina, qui était à l'époque une gracile beauté brune, s'est depuis transformée en cocotte de luxe blondissime.

Perdue dans ses souvenirs, Éléonore n'a pas entendu la question de maître Vincelli mais reporte son attention vers Allegra lorsque celle-ci recommence à parler.

– J'ai appris dans les journaux le rôle imputé à Irina Marinova dans l'affaire. Ça m'a tout de suite mis la puce à l'oreille : par l'entremise de diverses collègues, j'avais parfois des nouvelles d'elle et je savais qu'elle menait depuis des années une vie très *jet-set*, grâce à son riche amant et bienfaiteur suisse-allemand. On la voyait à Cannes, à Vail, à Gstaad. J'ai tout de suite trouvé cela très improbable qu'une fille pareille devienne du jour au lendemain *call-girl* dans un hôtel de Trois-Rivières. J'ai obtenu son numéro de téléphone cellulaire et je lui ai parlé à quelques reprises cette semaine, feignant d'ignorer sa présence à Montréal et la tenue du procès. Avec l'aide du copain de ma sœur, qui est enquêteur à la GRC, j'ai pu enregistrer ces conversations.

Maître Vincelli dépose les enregistrements sur la table de l'huissier, ainsi qu'une traduction des propos d'Irina en anglais. Le procureur de la Couronne s'oppose à l'admissibilité de ce nouvel élément de preuve, mais se fait répondre par le juge que les enregistrements de conversations sur téléphone cellulaire sont admissibles sans mandat, puisqu'il n'y a pas d'expectative raisonnable de vie privée lorsqu'on parle avec un portable. Dans un silence absolu, on entend la voix rauque d'Irina vanter la générosité de son *boyfriend* Franz, qui lui fait mener une vie de pacha aux quatre coins de la planète. Elle dit devoir lui rendre un petit service avant d'aller le rejoindre sur son yacht dans les Caraïbes. Puis elle roucoule, un sourire dans la voix : « *A little white lie never hurt anyone, did it, darling*[3] ? »

3. Un petit mensonge blanc n'a jamais fait de mal à personne, n'est-ce pas, ma chérie ?

Le juge doit frapper du marteau pour faire taire le tumulte qui secoue la salle. Maître Vincelli demande l'arrêt immédiat des procédures, ce que le juge refuse de lui accorder. Le procureur de la Couronne prend donc le temps de contre-interroger Allegra. Puis, c'est au tour de Claude de témoigner. Il semble ragaillardi par les révélations d'Allegra ; c'est comme s'il était libéré du poids d'une apparence de culpabilité. Il parle d'un ton ferme, niant toutes les accusations de collusion avec Franz Hess dans son trafic de prostitution et de blanchiment d'argent. Il admet avoir été au pire naïf, mais toujours de bonne foi. Quant à ses rapports avec Irina, il admet en avoir eu, mais toujours consensuels et jamais rémunérés.

Dans son plaidoyer final, maître Vincelli fait apparaître Claude comme un homme floué par un partenaire d'affaires sans scrupules qui a depuis fui la justice et chargé sa maîtresse de faire un faux témoignage. Lorsque le jury quitte la salle pour délibérer, Éléonore se ronge les ongles. On les rappelle à peine dix minutes plus tard pour le verdict.

– Non coupable.

Le mot résonne dans la salle d'audience. Éléonore pousse un cri de soulagement et se jette dans les bras de Jérôme et de Yasmina. Elle a peine à croire que cette saga est enfin terminée, que son papa est innocenté ! Et tout cela grâce à Allegra. Éléonore l'intercepte à la sortie et se répand en remerciements. Elle tente de la prendre dans ses bras. Allegra la toise et réplique :

– J'ai fait ça pour lui, pas pour toi. Ton père m'a donné ma première chance de comédienne, il a cru en moi. Mais toi… tu m'as pas assez fait confiance pour me dire la vérité. Laisse-moi passer.

Et Allegra quitte la salle, laissant en plan Éléonore et sa reconnaissance.

Mais Éléonore a d'autres chats à fouetter. Retrouver son père, en liberté, pour la première fois depuis quatorze mois ! Elle est au septième ciel et se promet de contacter Allegra plus tard, afin de la remercier encore et encore. Pour le moment, elle se jette dans les bras de Claude et le couvre de bisous. Il semble un peu ébranlé ; il était tellement convaincu d'être reconnu coupable qu'il ne s'était pas préparé mentalement à une éventuelle libération. En sortant de la salle, il est assailli par les caméras. Il semble frêle, incertain. Éléonore le tire par la main et l'entraîne vers la rue. Leur petit groupe, formé de Jérôme, Yasmina, Éléonore et Claude, semble hésiter, ne sachant où se diriger. Jérôme prend rapidement les choses en main et ils s'engouffrent tous les quatre dans un taxi. Sans donner d'adresse, l'avocat se contente de demander au chauffeur d'avancer, afin de fuir les caméras encore braquées sur eux. Puis, quelques coins de rue plus tard, il leur demande où ils veulent aller.

– Chez moi, répond Éléonore sans hésitation. Mon père va voir sa petite-fille.

Le trajet semble très long à Éléonore. Son père regarde par la fenêtre, fasciné par le spectacle des rues et des arbres décharnés. « J'ai manqué quatre saisons… », murmure-t-il. En effet, il a été arrêté en septembre, avant que les feuilles virent au rouge, et le voilà libéré en novembre, plus d'un an plus tard. Yasmina et Jérôme n'osent rien dire, par crainte de briser cette contemplation silencieuse.

Chez Éléonore, madame Gaston pousse les hauts cris en voyant arriver son ancien employeur. Claude ne sait comment répondre à tant de sollicitude, lui qui se sent étrangement vidé. Éléonore prépare du thé pour tout le monde, avec l'aide de Yasmina. Mathilde fait la sieste et Éléonore n'a pas jugé bon de la réveiller. Elle préfère laisser quelques minutes à son père pour lui permettre de se ressaisir avant de lui mettre le bébé dans les bras. L'atmosphère est plutôt embarrassée; Claude ne dit pas grand-chose et les autres marchent sur des œufs, ne sachant pas trop par quel bout le prendre. Enfin, le babillage de Mathilde qui se réveille brise le silence. Éléonore invite son père à la suivre. Mathilde est toute petite dans son lit à barreaux. Emmitouflée dans un pyjama rose à pois blancs, elle pédale et jacasse gaiement. Son visage s'éclaire quand elle voit sa mère et elle tend les bras pour se faire prendre. D'un mouvement de menton, Éléonore encourage Claude à s'avancer. Il se penche sur le berceau. Ses lèvres s'étirent sur un premier sourire depuis le début de la journée. Il prend la petite doucement, précautionneusement, comme si elle allait s'effriter entre ses mains. Il est gauche, maladroit; il la tient devant lui, sans savoir comment la porter. Éléonore l'aide d'un geste et Mathilde est enfin nichée dans les bras de son grand-père, pour la première fois. L'émotion qu'elle lit sur le visage de son père fait presque pleurer Éléonore; mais elle se force à sourire, voulant à tout prix que cette journée se déroule sous le signe de la bonne humeur.

Jérôme et Yasmina s'esquivent, pour laisser la petite famille à ses retrouvailles. Éléonore ne sait pas trop quoi faire de son père: il est assis dans son salon, Mathilde dans les bras, et semble satisfait de son sort. Elle lui prépare le lit simple de la chambre de Mathilde. Elle ne pose pas de questions, respecte le besoin de quiétude de Claude et s'affaire silencieusement. Ils mangent un plat tout simple de pâtes au citron et au parmesan et se couchent de bonne heure. Claude a supervisé le rituel du bain et semble être au septième ciel.

Le lendemain matin, Claude offre avec plaisir des céréales de riz à une Mathilde affamée. Il y goûte lui-même et fait une grimace éloquente, enjoignant Éléonore à rajouter un peu de banane ou de compote de pommes. « Même en dedans, on mangeait mieux que ça ! » C'est la première fois qu'il fait référence à l'épreuve qu'il a traversée. Éléonore ne relève pas l'allusion et se contente d'expliquer à son père les principes modernes de l'introduction des aliments solides, un à la fois. « Peuh ! rétorque Claude. Dans votre temps, vous étiez au Pablum à la naissance ou à peu près. » Il s'acquitte néanmoins de sa tâche avec beaucoup de sérieux, faisant des vrombissements d'avion avec les lèvres chaque fois qu'il porte la cuillère à la bouche de Mathilde. La petite rit aux éclats et une belle complicité semble déjà se dessiner entre elle et son grand-père.

Une fois Mathilde au lit pour sa sieste matinale, Éléonore rejoint son père dans le salon. Celui-ci est assis, tranquillement. Il ne feuillette pas le journal posé près de lui, n'a pas le réflexe d'allumer la télévision et ne semble pas requérir de distractions. Éléonore prend place dans le fauteuil blanc à ses côtés.

– Papa, lui dit-elle doucement, qu'est-ce que tu voudrais faire aujourd'hui ?

– Ben, rien. Pourquoi ?

– Je sais pas… Tu veux pas aller à la maison ? Elle est pas prête, mais je pourrais demander à madame Gaston d'aller faire un lit. On pourrait passer à l'épicerie.

– Ta mère est pas là ?

Le cœur d'Éléonore se serre.

– Papa, tu le sais, maman n'habite plus là.

Claude semble se satisfaire de cette réponse évasive.

– Non, j'ai pas d'affaire là, dit-il.

– Tu veux pas rentrer chez toi ?

– Non.

– Est-ce que tu voudrais aller au bureau ? J'ai mis les dossiers à jour, mais les choses ont pas trop bougé, tu sais, je t'attendais. Si tu veux qu'on parle de tout ça, on peut regarder des contrats, j'ai quelques documents ici.

– Non.

– Comment, non ?

Claude ne répond pas. Il se lève pour aller aux toilettes puis retourne s'allonger dans sa chambre. Une demi-heure plus tard, Éléonore passe la tête dans l'embrasure. Il est couché sur le côté, les yeux ouverts. Elle ne dit rien. Il n'émerge qu'une heure plus tard, lorsqu'il entend Mathilde qui se réveille. Il semblerait qu'il n'y a qu'elle pour le sortir de sa torpeur. Éléonore annonce qu'elle doit sortir faire des courses et invite son père à l'accompagner.

– Non, ça va, je vais t'attendre ici.

– Mais qu'est-ce que tu vas faire ?

– Rien.

– T'as pas envie de sortir prendre l'air ?

– Il fait froid, me semble.

Vaincue, Éléonore installe Mathilde dans sa poussette et sort sans lui. Elle se promène longtemps, s'inventant de nombreuses commissions à faire pour se donner le temps de réfléchir avant de rentrer. Mathilde finit par s'endormir dans la poussette et Éléonore en profite pour faire la pause à la Petite Ardoise, rue Laurier. Elle sort son téléphone cellulaire de son sac et appelle Jérôme pour lui confier ses inquiétudes au sujet de son père. Il se fait rassurant, lui expliquant encore une fois à quel point la dépression carcérale est un mal répandu, et que ça peut prendre un certain temps avant que son père ne se réhabitue à la vie en société.

– Mais ça veut pas dire qu'on va le laisser se débrouiller tout seul. Je vais lui prendre rendez-vous avec une thérapeute spécialisée.

– Encore va-t-il falloir réussir à sortir mon père de l'appartement pour y aller, chez la thérapeute.

– Fais-moi confiance. Demain, ça te va ?

– Oui, demain je fais rien, Malik arrive le soir, c'est tout.

Malik ! En raccrochant, Éléonore se rend compte qu'elle ne l'a pas encore appelé pour lui faire part de la grande nouvelle. Elle s'empresse de composer son numéro. Malik a bien sûr été mis au courant par sa mère et par sa sœur et il a préféré ne pas téléphoner pour ne pas interrompre les retrouvailles.

– Mais j'arrive demain soir à 19 heures, on va fêter ça !

– Ah oui, demain… il y a un problème. Mon père dort dans la chambre de Mathilde, je l'ai prise avec moi.

– Il est pas rentré chez lui ?

– Je pense qu'il est pas encore capable de s'occuper de lui-même. Ça devrait pas durer trop longtemps.

– Bon, ben c'est pas grave. Mathilde peut dormir dans son parc dans notre chambre.

– Tu penses pas que ça va faire trop, si tu dors avec moi ? Mon père te connaît même pas, il vient de rencontrer Mathilde, laisse-le respirer un peu, non ?

– Ben là !

– T'as juste à aller chez tes parents.

– Oui, mais je viens pour voir Mathilde, moi !

Et moi ? fait une petite voix dans la tête d'Éléonore.

– Mais tu vas la voir, répond-elle.

– Je pourrais l'amener passer la fin de semaine chez mes parents.

– Ben oui ! Pis je vais allaiter comment, moi, par télépathie ?

– Elle peut bien passer deux jours au biberon, non ?

– Écoute, Malik, il n'en est pas question. De un, ce serait trop bouleversant pour elle, de deux, j'aurais les seins qui explosent, de trois, mon père apprend juste à la connaître. Calme-toi un peu, là, pis souviens-toi qu'il n'y a pas juste toi qui comptes dans cette histoire-là.

– Inquiète-toi pas, tu es là pour me le rappeler.

Malik raccroche.

Furieuse, Éléonore rentre chez elle au pas de course. Pour y retrouver son père, assis exactement là où elle l'avait laissé quelques heures plus tôt. Elle ne dit rien, mais fait claquer les portes pour exprimer sa colère. Son père est mieux de se reprendre. Elle a sacrifié son congé de maternité, s'est séparée de sa fille adorée pour veiller sur ses affaires, a investi jusqu'au dernier sou dans ses frais d'avocats, s'est assurée que son hypothèque soit payée grâce à l'aide du conjoint de sa mère, elle se démène depuis un an pour soutenir son père et lui préparer une existence viable après sa libération, et voilà comment il la remercie ! En se désintéressant de tout et en traînant sa peine dans son salon. Ça va faire ! Avec Malik en plus qui tire la couverte de son bord, Éléonore se sent complètement dépassée.

– Papa, tu pourrais prendre ta douche.

– Ah, je suis correct. En prison, on la prenait pas tous les jours.

– Papa, tu vas prendre ta douche. T'es pas en prison ici, t'es chez moi.

– Après ma sieste, OK ? Je suis fatigué.

Et voilà Claude qui retourne se coucher.

Comme Mathilde réclame sa mère, celle-ci n'a pas le temps de protester. Elle s'assoit sur son lit, attire sa fille près d'elle et attend de se sentir envahie par le calme qui accompagne toujours ses séances d'allaitement. C'est peine perdue cette fois-ci.

Le lendemain, Jérôme débarque chez elle et traîne de force Claude à sa séance de thérapie. À leur retour, Claude retourne tout de suite se coucher. Jérôme ne peut éclairer Éléonore sur ce qui s'est passé, la thérapeute ayant une obligation de confidentialité. Il se limite à promettre de revenir chercher Claude tous les vendredis pour ses séances et donne rendez-vous à Éléonore le lundi matin, pour leur rencontre hebdomadaire au sujet des affaires de Castel Communications.

– Tu penses pas qu'on devrait faire ça avec mon père ?

– Il veut rien savoir, Élé.

– Je m'en fous ! On va faire ça ici, dans le salon. Il va bien être obligé de nous écouter.

– Laisse-lui le temps de se remettre… C'est gros ce qui lui est arrivé. Il pensait que sa vie était finie. Il va devoir réapprendre à vivre tranquillement.

– Mais justement ! Elle n'est pas finie, sa vie ! Qu'il arrête d'agir comme si elle l'était !

Jérôme sourit de voir Éléonore si impétueuse. Elle n'arrive pas à accepter que tous n'ont pas la même force qu'elle face à l'adversité.

– On se voit lundi matin, OK ?

Jérôme fait la bise à Éléonore et la quitte.

À ce moment-là, Malik appelle pour dire qu'il ne pourra pas venir passer le week-end. Il est retenu au travail.

– Ben oui ! C'est ça ! Les choses se passent pas exactement comme tu voulais, fait que tu te pointes pas, c'est ça ?

– Calme-toi, Éléonore. Je t'ai dit que c'était à cause du travail.

– Ben oui. La première fois en six mois que tu peux pas venir à cause de ton travail, pis ça adonne que c'est cette fin de semaine-ci. Beau hasard.

– Qu'est-ce que tu veux, j'y peux rien !

– OK, d'abord. Moi non plus j'y pourrai rien, si je décide à un moment donné d'aller passer la fin de semaine au chalet d'une amie avec Mathilde.

– Commence pas avec tes menaces !

– C'est pas des menaces ! C'est un appel à l'aide ! Réalises-tu la semaine que je viens de passer ? Réalises-tu que mon père est écrasé sur mon divan, complètement dépressif ? Réalises-tu que ça m'aurait peut-être aidée de pas être mère monoparentale en fin de semaine ?

– Bon, je vais voir ce que je peux faire.

– Laisse faire. On va se débrouiller sans toi.

Pendant que son père fait une énième sieste, Éléonore part se réfugier chez Yasmina. Celle-ci passe encore quelques jours à Montréal avant de rentrer à Paris. Éléonore ne veut pas lui confier ses problèmes de couple, mais elle ne peut s'empêcher de glisser : « Ton frère ne vient pas en fin de semaine. » Elle n'arrive toujours pas à prononcer le prénom de Malik lorsqu'elle parle à Yasmina ; elle a l'impression tenace qu'il lui appartient plus qu'à elle.

– Qu'est-ce que tu vas faire ?

– Je sais pas… Il me semble que j'aurais eu besoin de temps pour remettre mon père d'aplomb.

– Amène-la ici, Mathilde ! Je vais la garder un après-midi avec ma mère.

– Tu penses ?

– Ben oui !

– Ça serait gentil, merci.

Dans les faits, après avoir déposé Mathilde chez les Saadi avec un biberon, des jouets et un sac à couches bien garni, Éléonore ne réussit pas à secouer son père de son apathie. Il reste résolument couché et refuse de l'écouter parler des dossiers en suspens de sa compagnie. À bout de nerfs et ayant besoin de respirer, Éléonore fuit son appartement. Elle part au pas de course vers la montagne et ne s'arrête qu'une fois arrivée au sommet. C'est une journée terne de novembre. Assise sur les marches du chalet, son regard se porte vers le fleuve, du même gris triste que le ciel. Elle frissonne et doit rapidement se remettre à courir. Elle redescend par les petits sentiers boisés qui débouchent sur le chemin des calèches. Cette pause en nature lui permet de réfléchir. Elle pense à son père. Elle se dit que Jérôme a peut-être raison : Claude est malade, il a besoin d'être soigné. Ce n'est pas en se fâchant et en lui poussant dans le dos qu'elle accélérera sa guérison. Quant à Malik, elle s'en veut un peu de lui avoir parlé de manière aussi désagréable. Ça doit être le stress du procès qui la secoue et ce n'est pas juste qu'elle se défoule sur lui. Leur relation demeure fragile et tangue dangereusement entre la plus folle passion et la routine anesthésiante de deux nouveaux parents. Éléonore tient à Malik, qui est le seul homme de sa vie. Elle se promet de s'excuser en bonne et due forme et de redoubler de gentillesse lors de sa prochaine visite. Elle a beau lui en vouloir d'être parfois une source de frustration, douter de son attachement, elle ne veut pas le perdre. Elle a besoin de le séduire encore, de se sentir désirée. Pour elle, mais aussi pour Mathilde. Elle ne veut surtout pas que leurs problèmes de couple éloignent Malik de Montréal et empêchent leur fille de profiter de son père.

Elle rentre chez elle et appelle Malik, laissant un message contrit dans sa boîte vocale. Puis, après avoir pris sa douche, elle se dirige vers la maison des Saadi afin d'y ramasser Mathilde. Lorsqu'elle arrive, elle est surprise de voir une Volvo bleu foncé dans l'entrée de garage. Elle entre dans la maison et entend des voix qui proviennent de la salle de télévision. C'est la pièce la plus confortable chez les Saadi : des fauteuils profonds longent les murs, surplombés par des étagères croulant sous les livres. Un tapis persan réchauffe la pièce et la grande télévision trône fièrement sur un meuble antique. Éléonore y trouve monsieur et madame Saadi qui contemplent Mathilde, bien installée sur son tapis de jeu ; Yasmina, qui zappe entre un film français et la dernière téléréalité américaine ; et Malik, qui mord avec appétit dans un énorme sandwich au *smoked meat*.

– Malik ? Mais qu'est-ce que tu fais là ?

Il se lève rapidement et enlace Éléonore. Elle fond dans son étreinte et c'est seulement dans ce moment de laisser-aller total qu'elle prend conscience de la tension qui l'accablait. Elle reste de longs moments dans ses bras. Jacqueline, Jamel et Yasmina échangent un bref regard et s'éclipsent sans dire un mot, laissant les deux amoureux à leur réconciliation. Mathilde proteste un peu, voulant retrouver sa maman, mais sa grand-mère la distrait vite au moyen d'un hochet coloré. Seuls dans la pièce, Éléonore et Malik se murmurent des confidences entrecoupées de baisers. Éléonore s'excuse, s'excuse de tout, lui aussi fait son *mea culpa* et s'accuse de n'avoir pas compris combien elle avait besoin de lui. Sur le coup, Éléonore se rebiffe : l'idée d'avoir besoin d'un homme lui répugne. Puis, elle se dit qu'elle ne va pas chipoter sur des détails et embrasse Malik passionnément. Ils se serrent très fort, voulant se fondre l'un dans l'autre malgré leurs vêtements.

– OK, dit Malik en reculant. Arrête, arrête, laisse-moi respirer. Tu me rends fou. Et avec mes parents dans la pièce à côté, et ton père chez toi…

– Je sais, dit Éléonore, percevant dans les yeux de Malik le même désir qui traverse les siens. Désir encore plus magnifié de devoir rester inassouvi.

– Tu ne perds rien pour attendre, fait Malik en caressant doucement la joue d'Éléonore. On va les rejoindre ?

Dans la cuisine, madame Saadi met les dernières touches à un gâteau au caramel à la fleur de sel qui embaume. Elle sort un poulet rôti du four, entouré de pommes de terre grelots et de courge musquée. L'air sent bon l'ail et le romarin. Éléonore salive. Voyant ses yeux qui s'éclairent de convoitise, madame Saadi s'empresse de l'inviter à souper.

– Je ne peux pas, dit Éléonore avec regret. Mon père est chez moi.

– Mais va le chercher ! Il est le bienvenu.

– Non, je pense pas... Il *file* pas tellement fort.

Jacqueline ne dit rien, voyant bien à l'air triste d'Éléonore que la situation est plus complexe qu'elle en a l'air.

– Bon, continue-t-elle, alors je vous prépare des portions pour emporter.

Elle fait la sourde oreille devant les protestations d'Éléonore et la renvoie chez elle munie de plats Tupperware débordant de nourriture. Malik propose d'accompagner Éléonore afin de serrer la main de son père et passer plus de temps avec Mathilde. Elle accepte avec plaisir. Jacqueline double donc les portions et y ajoute un potage de carottes et lentilles. Yasmina embrasse chaleureusement son amie. Elles se donnent rendez-vous pour déjeuner à la Croissanterie le lendemain matin, avant le vol qui ramènera Yasmina à Paris. Éléonore est triste d'avance de devoir la quitter et lui est éminemment reconnaissante d'avoir tout lâché pour venir l'épauler. De son côté, Yasmina promet de revenir la voir bientôt. Elle ne peut plus se passer de sa petite nièce et voudrait lui rendre visite tous les jours.

Sur Waverly, l'ambiance est autrement plus sombre. Claude ne fait pas l'effort de se lever lorsqu'Éléonore et Malik entrent. C'est quand il entend Mathilde gazouiller qu'il consent à se rendre à la cuisine afin d'être celui qui lui offrira ses céréales du soir. Il jette un regard distrait vers Malik et serre la main tendue sans plus de réaction. Le souper se mange en silence. Dès la dernière bouchée avalée, Claude retourne dans sa chambre, n'offrant pas d'aider avec la vaisselle. Malik donne le bain à la petite, lui chante ses berceuses favorites et la remet à sa mère pour la tétée du soir. Une fois Mathilde endormie, Éléonore et Malik se retrouvent au salon, où ils chuchotent pour ne pas être entendus de Claude.

– Ça a pas d'allure, Éléonore. Ça va vraiment pas.

– Mais je sais ! Qu'est-ce que je te disais ?

– Il va pas rester ici ?

– Où tu veux qu'il aille ?

– Je sais pas, moi. Chez lui.

– Il est pas capable d'être tout seul. Il mangerait pas !

– J'aime pas ça, Élé. J'aime pas ça pour Mathilde, pis j'aime pas ça pour toi. Il va te mettre à terre ! Un bébé à temps plein et un père dépressif, c'est trop !

– Pis t'oublies la compagnie, là-dedans.

– Normalement, c'est lui qui reprend le contrôle, non ?

– Il est pas capable. Je sais pas ce que je vais faire.

– Chut… Viens ici.

Malik prend Éléonore dans ses bras et la tient longuement appuyée contre lui. Il voudrait tout faire pour l'aider et se jure de prendre les choses en main. Dès qu'il rentre chez ses parents, ce soir-là, il commence ses recherches sur Internet. Puis, le lendemain matin, il place quelques appels. Il se rend chez Éléonore vers 10 heures, muni de croissants, de café et de *La Presse* du dimanche. Éléonore l'accueille avec plaisir. Mathilde sur les genoux, il entreprend de lui expliquer son idée : il a trouvé un centre de convalescence pour personnes atteintes de maladie mentale et suggère d'envoyer Claude y faire un séjour.

– Ben voyons, Malik. Mon père est pas malade mental.

– La dépression, c'est une maladie, Élé.

– Il n'en est pas question.

– Ça peut pas durer. Il peut pas rester chez toi. C'est pas bon pour Mathilde. Tu vas être à l'envers tous les jours !

– Malik, c'est mon père ! Comprends-tu, mon père !

– Oui, mais je t'ai trouvé une solution, Élé ! Une bonne solution.

– Est-ce que je t'ai demandé de me trouver des solutions ?

– Qu'est-ce que tu voulais que je fasse d'autre ?

– Que tu m'écoutes ! Que tu sois là ! C'est tout !

– Ah ! Parce que là, en plus, je t'écoute pas assez ! Je suis pas assez là ! Crisse, Éléonore, je fais juste ça !

Le ton fait gigoter Mathilde. Elle perçoit la tension entre ses parents et se met à chigner.

– Bon, voilà Mathilde qui se met à pleurer maintenant. C'est fort, Éléonore, c'est vraiment fort.

– Parce que c'est ma faute ? T'arrives avec tes plans d'envoyer mon père chez les fous, pis c'est ma faute ?

Claude choisit ce moment inopportun pour faire son apparition dans la cuisine. S'il a entendu leur conversation, il ne le montre pas. Il se verse un café et s'assoit, le regard lointain. Malik câline la petite pendant qu'Éléonore fait la vaisselle rageusement. Malik annonce qu'il doit partir, son vol quittant Montréal en début d'après-midi. Il embrasse longtemps sa fille, la dépose sur son tapis de jeu, puis rejoint Éléonore à l'évier pour lui faire une bise protocolaire. Elle lui dit à peine au revoir et continue à récurer le chaudron qui a servi à réchauffer le potage de la veille. Quand elle entend la porte d'entrée se fermer, elle n'en peut plus et s'esquive aux toilettes où elle pleure un bon coup. Elle entend Mathilde qui gémit et espère que Claude aura la présence d'esprit de la prendre.

Quand elle retourne dans la cuisine, les yeux rougis, Claude lui annonce d'un air distrait qu'il s'en va dans Charlevoix.

– Comment, dans Charlevoix ? Où ?

– Au chalet de Georges Claudel. Il est en tournée encore trois mois, alors il me prête son chalet. C'est à Cap-aux-Oies, près de Baie-Saint-Paul.

– Mais qu'est-ce que tu vas aller faire là ?

– Rien de plus que ce que je ferais ici. Mais je serai pas dans tes pattes.

– Papa, voyons, tu me déranges pas ! dit Éléonore sans trop de conviction. Mais comment tu vas te débrouiller, tout seul ?

– Georges a une femme à tout faire qui s'occupe du ménage et de la cuisine. Inquiète-toi pas pour moi.

– Mais la compagnie ? Notre travail ?

– C'est plus pour moi, cette *game*-là, Éléonore. Vendredi, j'ai demandé à Jérôme de me rédiger un document qui transfère la totalité des actions en ton nom. De manière officielle et permanente.

– Mais papa !

– Écoute, si t'en veux pas, c'est simple. Je liquide tout, pis on n'en parle plus. C'est vraiment pour toi.

– Voyons, papa, je laisserai pas faire ça. Castel Communications, c'est toi, c'est pour Mathilde, c'est…

– C'est bien que ça te tienne à cœur. Profite de cette passion, ma fille, profites-en bien.

– Mais toi ? T'as construit quelque chose d'extraordinaire.

– Penses-tu vraiment que je peux leur faire face, Élé ? À tous ceux qui m'ont pris pour un croche, pour un fini ? Je remontrerai plus ma face dans cette industrie-là, tu peux en être sûre.

– Mais le temps passe. Les gens oublient.

– Pas moi.

– Un jour, tu vas revenir, papa. Je t'en donne ma parole.

CHAPITRE ONZE

Le retour de Yasmina à Paris coïncide avec le début de la session des examens d'hiver. Elle se plonge avec soulagement dans ses études, contente d'avoir ce prétexte pour s'abrutir de travail et refuser toutes les invitations. Bien que submergée de travail, Amélie ne renonce pas à sa sortie hebdomadaire au Route 66 et téléphone à Yasmina tous les samedis matin pour lui raconter sa soirée dans le menu détail. Elle s'est prise d'amitié pour Fabien, le guitariste du groupe de Loïc, et relate toujours à Yasmina les blagues hilarantes de ce boute-en-train. Cette camaraderie permet aussi à Amélie un accès plus facile à Loïc qu'elle côtoie maintenant régulièrement, Fabien l'invitant dans toutes leurs fêtes et sorties. Elle ne tarit pas d'éloges à son égard, décrivant après chaque rencontre son regard, ce qu'il portait, les quelques mots qu'ils ont échangés. Mais Yasmina ne peut s'empêcher de remarquer que les comptes rendus commencent à porter de plus en plus sur Fabien et de moins en moins sur Loïc, mis à part les éternelles exclamations sur son apparence séduisante. Mais peut-être est-ce seulement sa mauvaise conscience qui la porte à croire à un refroidissement des ardeurs de son amie ? Elle continue de refuser toutes les invitations à se joindre à la joyeuse bande, craignant l'intérêt que Loïc pourrait lui porter, craignant encore plus qu'il ne lui en manifeste pas. Il lui fait un effet monstre, elle ne peut pas se le cacher. Des émotions diverses s'affrontent en elle. La détermination, absolument ancrée dans sa morale personnelle, de ne jamais avoir d'histoire avec un gars dont une de ses bonnes amies est amoureuse. La crainte de céder à un Don Juan qui ne veut qu'une aventure sans lendemain. La pensée coupable que l'engouement d'Amélie n'est qu'une amourette sans conséquence. La peur de passer à côté de quelque chose de magistral.

Malgré tout, les semaines passent et Yasmina persiste dans son comportement d'ermite. Elle attend sans se l'avouer un dénouement qui mettrait fin à l'impasse : que Loïc et Amélie passent enfin à l'acte, qu'elle se déclare amoureuse de Fabien, ou encore que Loïc affiche ses vraies couleurs en séduisant une groupie. Mais il la déjoue sans cesse. Il ne s'enquiert pas d'elle auprès d'Amélie, ce qui aurait pu la fâcher, pas plus qu'il ne bamboche à gauche et à droite. Il semble être sage comme une image. Elle est tout de même étonnée lorsqu'Amélie lui demande : « Tu as envie de sortir, ce soir ? Il y a une fête chez Fabien, après la remise de diplôme de Loïc. »

– Diplôme de quoi ?

– Mais de médecine !

– De quoi tu parles, Amélie ?

– Mais enfin ! Tu sais bien que Loïc termine une spécialisation en urgences et traumatismes !

– Mais… je ne comprends pas… Il n'est pas musicien ?

– Pour le plaisir, bien sûr, pas pour la carrière !

– Tu ne m'as jamais rien dit…

– C'est impossible !

– Je te jure, tu ne parlais que de ses yeux, de son charme, de ses…

– Je t'arrête, parce que c'est bien possible ! s'esclaffe Amélie. Avec un minois comme le sien, on en oublie le reste. Ceci dit, il termine sa formation de médecin secouriste et il part effectuer un stage dans les Alpes.

– Et après ?

– Après son stage, il devra revenir finir sa spécialité, mais il sera parti un an ! Je déclare une journée de deuil national. J'ai le cœur brisé ! Alors, tu te joins à nous, ce soir ?

– OK, s'entend dire Yasmina, presque malgré elle.

Quand elles arrivent chez Fabien, la fête bat son plein. Elles se servent un verre de vin blanc, puis partent faire le tour de l'appartement pour y dénicher Loïc. Yasmina est soulagée que l'engouement démesuré de son amie lui permette de chercher partout Loïc du regard, sans avoir mauvaise conscience : elle peut se faire croire qu'elle le cherche pour Amélie. Mais elle s'accuse vite de mauvaise foi. Pour une fois, au lieu d'en être fière, Yasmina peste contre sa nature entière qui ne lui permet aucun compromis.

Tout à coup, Amélie lui agrippe le bras très fort : voilà Loïc ! Qui plus est, il se dirige vers elles.

– Salut, Amélie, ça va ? C'est gentil d'être venue, dit-il en lui faisant la bise.

Il se tourne vers Yasmina.

– Et ta copine !

Il lui fait aussi la bise, sans plus de façons. Il échange quelques mots avec Amélie et repart vers la cuisine lorsque Fabien l'interpelle.

Yasmina est dépitée. Tout ça pour ça ! Elle s'est monté un tel psychodrame dans sa tête, une aventure torride et passionnée, tragiquement vouée à l'échec, alors que son Roméo l'a déjà oubliée ! Et elle, belle poire, qui avait romancé à outrance son abnégation au nom des sacro-saints principes de l'amitié ! Elle en rit jaune.

Elle suit Amélie qui bourdonne comme une abeille, saluant les uns, rigolant avec les autres. Elle est dans son élément et semble s'être fait des dizaines d'amis d'un coup. Yasmina mesure l'ampleur de sa stupidité d'avoir refusé de sortir pendant deux mois. Elle s'est privée de plein de belles soirées, de belles rencontres, d'un cercle social diversifié, tout ça pour une histoire inventée de toutes pièces. Elle se dit qu'il est vraiment temps de revenir sur terre et d'arrêter de planer avec ses épopées romanesques complètement imaginaires.

La soirée va bon train. Yasmina se surprend à beaucoup s'amuser. Fabien la fait rire aux éclats. Elle a l'impression de retrouver l'équivalent de sa gang de Brébeuf : un groupe de garçons et de filles qui aiment faire la fête, avec légèreté, mais qui savent se taquiner et n'ont pas peur des discussions plus intellectuelles. Elle se rend compte que cette atmosphère de fête et de franche camaraderie lui a beaucoup manqué. À Montréal, grâce à la personnalité foncièrement sociable d'Éléonore, elle n'a jamais eu à faire d'effort : elle suivait son amie et trouvait tout naturellement des copains à fréquenter et des soirées où s'éclater. Mais maintenant qu'elle est seule à Paris, sans sa grande amie, elle se dit qu'il est temps de voler de ses propres ailes et d'apprendre à se créer elle-même un cercle social à son image. Elle redouble donc d'ardeur dans les conversations et accepte avec plaisir une invitation à un vernissage dans une galerie d'art, le week-end suivant.

Elle discute avec un étudiant en philo des meilleures montagnes pour faire du ski dans les Alpes, quand celui-ci s'exclame :

– Ah tiens ! Notre expert. On va pouvoir lui poser la question.

Il hèle Loïc, qui se joint à la conversation.

– Je préfère Chamonix, tranche-t-il.

– Et pourquoi ? demande l'étudiant.

– Parce que les filles y sont plus jolies qu'en Suisse, lance Loïc en adressant un clin d'œil taquin à Yasmina.

Celle-ci se renfrogne mais tente de n'en laisser rien paraître. Au premier prétexte, elle s'éloigne vers la cuisine. Elle se sert un verre de vin, quand Loïc apparait à ses côtés.

– Alors ? Ça allait ?

Yasmina le regarde, perplexe.

– Ne fais pas celle qui ne comprend pas ! Ça t'allait, tu m'as trouvé bon, dans le rôle du mec qui ne pense qu'à draguer ?

– Je ne vois pas à quoi tu fais référence.

– C'est pour ça que tu me fuis ? T'as décidé que je n'étais bon qu'à ça ? Ou bien c'est à cause de ta copine, celle qui me fait des yeux énamourés ?

– Hé ! C'est pas gentil.

– Je m'en fous, d'être gentil ou pas, avec toi.

À ce moment, Amélie arrive dans la cuisine avec Fabien, interrompant leur conversation. Yasmina est soulagée : Loïc provoque chez elle un désir de se battre en duel pour voir qui sera le plus fort. Si seulement elle ne ressentait pas en elle une telle envie de perdre… Vers la fin de la soirée, alors que presque tous les fêtards ont déserté l'appartement, Fabien invite les quelques résistants encore sur place à partager un joint. Yasmina n'a pas fumé depuis le cégep mais, ce soir, elle a envie de s'étourdir. Elle accepte avec plaisir, prend une profonde inspiration et fait rire la galerie en s'étouffant bruyamment. Elle remarque que Loïc refuse le joint qui lui est tendu. « Tu veux ménager ta belle voix ? » le nargue-t-elle.

– Pas du tout, répond-il. De un, ça ne me plaît pas, et de deux, je dois régulièrement passer des examens médicaux pour mon poste de médecin secouriste en haute altitude.

Il faut avoir les poumons en bonne santé pour travailler là-haut.

Yasmina regrette sa question, qu'elle juge niaise. Déjà un peu soûle, et maintenant légèrement étourdie par la marijuana, elle se creuse la tête pour trouver une réplique un peu plus intelligente. Elle n'y parvient pas, se contentant de ricaner pour dissimuler sa gêne. Amélie se tourne vers elle et lui demande si elle est prête à rentrer. Le métro est fermé et elle lui suggère de passer la nuit chez elle plutôt que de devoir traverser tout Paris à pied. Yasmina accepte. Elles se lèvent donc et font la bise aux garçons et filles confortablement installés sur un assortiment de poufs et de coussins divers. Quand elle arrive devant Loïc, Amélie l'embrasse quatre fois sur les joues et déclame d'un air faussement grandiloquent : « Tu emportes une parcelle de mon cœur avec toi pour toujours, beau Loïc ! Ne m'oublie pas ! » Tous éclatent de rire. Yasmina est ébahie que son amie ose se déclarer ainsi. Pire, que Loïc se joigne à l'hilarité générale en soulevant Amélie dans les airs pour la serrer une dernière fois dans ses bras. Puis, il se tourne vers Yasmina et pose une main dans le creux de son dos en lui faisant la bise. Le geste la fait trembler. Devant leurs amis réunis, elle n'ose rien dire de plus qu'un faible « Au revoir », chuchoté dans son cou. Elle se détourne et suit Amélie.

Une fois dans la rue, elle se sent un peu dégrisée au contact du vent froid de cette nuit de décembre. Amélie jacasse gaiement alors qu'elles rentrent chez elle à pied. Confuse, Yasmina interrompt son flot de paroles pour lui demander :

– Mais Amélie ? Il le savait, Loïc, que tu étais amoureuse de lui ?

– Amoureuse de lui ? Comme tu y vas fort. On rigole bien, voilà.

– Mais… tout ce que tu me disais ?

– C'est le mec idéal de toutes les filles et il le sait ! Oh, il le sait.

– Mais tu n'es pas triste qu'il parte ? Tu ne rêves pas encore de lui ?

– Mais oui, mais comme je rêve de Brad Pitt ! Qu'est-ce que tu es allée t'imaginer ?

Songeuse, Yasmina poursuit sa route, écoutant à peine Amélie qui se plaint d'une ampoule au pied gauche et suggère de faire cuire une pizza surgelée en arrivant chez elle. Yasmina se demande vraiment où elle a la tête. Elle s'est monté toute une histoire au sujet de Loïc, mais au sujet d'Amélie aussi. Elle se secoue, se jurant qu'on ne l'y reprendra plus.

Au cours des semaines qui suivent, Yasmina accepte toutes les invitations et termine même une soirée dans le lit d'un étudiant en architecture qu'elle a rencontré dans un vernissage. L'expérience est somme toute décevante, mais elle s'est promis d'arrêter de se monter des scénarios rocambolesques ; à force de se créer des chimères inventées de toutes pièces, elle est en train de passer à côté de la vraie vie. Tout ne peut pas être fait d'absolu : avec du recul, elle se dit qu'elle aurait dû simplement coucher avec ce fameux Loïc une fois et passer à autre chose. Pourquoi a-t-elle besoin de tout transformer en grande histoire d'amour courtois ? Elle est jeune, sans attaches, qu'est-ce qui l'empêche de récolter son plaisir à gauche et à droite, comme le font ses camarades ? Elle se juge bête de s'être tracassée pendant des mois pour un homme qui s'intéressait si peu à elle et de qui elle s'était éloignée pour protéger une amie qui n'en avait rien à cirer.

Assise derrière son bureau, mâchouillant le bout d'un stylo Bic, Éléonore a la ferme impression de tourner en rond. Depuis quelques mois, elle tenait les rênes de la compagnie pour une unique raison : la rendre à son père à sa libération. Maintenant que son père est libéré et qu'il a sans ambages exprimé son désintérêt total des affaires de Castel Communications, elle ne sait plus au juste après quoi elle court. Préserver l'héritage éventuel de Mathilde ? Ce but louable est trop lointain pour lui fournir une motivation immédiate. Garder l'entreprise à flot en prévision du jour où son père sera guéri ? Cela lui semble peu probable : son père guérira, elle en a fait le serment, mais voudra-t-il se relancer en affaires, après avoir été aussi profondément brûlé par son ex-partenaire ? Éléonore en doute. Lorsque son père retrouvera le goût de vivre, elle s'attend à ce qu'il les surprenne tous avec la nouvelle orientation que prendra sa vie. Alors, pourquoi est-elle là, chaque matin, à feuilleter des dossiers auxquels elle ne comprend rien ? Pourquoi fait-elle garder sa fille avant la fin de son congé de maternité, pourquoi n'attend-elle pas simplement de réintégrer son poste auprès de Jacques Martel ? Personne ne l'oblige à se consacrer corps et âme à Castel Communications. Mais elle y tient. Elle ne peut expliquer pourquoi, mais elle y tient.

Et maintenant, la question se pose : persévérer avec les projets de son père ou utiliser cette formidable machine qu'est Castel Communications, et son capital, pour ses projets personnels ? Début janvier, elle prend un café avec Jacques Martel, qui lui réitère ce qu'il lui avait conseillé lors de leur première discussion au sujet de la compagnie : ne pas s'éparpiller et faire ce qui la passionne.

Ce qui la passionne, c'est simple, c'est le cinéma. Elle n'en doute pas. Mais comment transformer cet engouement en proposition d'affaires ? Elle ne s'entend pas penser, entourée de piles de dossiers engoncés dans des chemises brunes rébarbatives. Elle décide donc de faire l'école buissonnière et passe quelques après-midi en ski de fond sur le mont Royal. Là, avec ses poumons qui s'oxygènent, elle réussit peu à peu à mettre de l'ordre dans ses idées. Elle décide de s'accorder six mois. Six mois pour s'acquitter des engagements de son père, faire du ménage et mettre sur pied une équipe qui saura la seconder dans ses nouveaux projets. Lorsqu'elle fait part de cette décision à Jérôme, il l'applaudit. Il lui recommande fortement d'entrer en contact avec madame Trépanier. Elle était le bras droit de son père, son assistante toute dévouée, et elle n'aura pas son pareil pour éplucher les contrats et comptes rendus de conseils d'administration qui intimident encore Éléonore. Elle suit cet avis sans tarder et fixe un rendez-vous avec elle pour le lendemain matin.

Dès que madame Trépanier entre dans son bureau, Éléonore a la conviction que cette femme-là saura lui donner un sérieux coup de main. Tout d'abord, elle lui semble trop jeune et dynamique pour être appelée madame; elle doit avoir quarante-cinq ans tout au plus et déborde d'énergie.

– Madame Castel, dit-elle en s'asseyant.

– Éléonore, je vous en prie.

– Louise.

– Louise, je vais vous demander d'être honnête. Est-ce que vous aimiez travailler pour mon père ?

– Maintenant que je ne travaille plus pour lui, je n'aurai pas peur d'être honnête ! dit-elle en éclatant d'un rire franc. Votre père, au cours des dernières années, c'était une terreur. Vraiment. Terrifiant. De mauvaise humeur ! Il sacrait, il nous engueulait, je vous jure, en partant d'ici, ça m'a pris six mois de massages réguliers avant de faire partir la tension que j'avais accumulée dans les épaules.

– Je vois.

– Non, vous voyez pas pantoute! Parce que malgré ça, j'adorais travailler pour lui. Un homme visionnaire, généreux. Pis quand il a été arrêté, que j'ai appris que ça tournait pas toujours rond, j'ai compris pourquoi il était pas souvent de bonne humeur. Et ses projets me passionnent! Demandez-vous pas pourquoi j'ai accepté de vous rencontrer ce matin.

Le visage d'Éléonore s'éclaire d'un grand sourire.

– J'espérais que vous alliez me dire ça. Jérôme ne s'est pas trompé à votre sujet.

– Maître Paquin ? C'est bien rare qu'il se trompe, celui-là.

Les deux femmes discutent toute la matinée. Éléonore est éblouie par la mémoire de Louise, qui se souvient de mille détails remontant à il y a plus d'un an. Elles se mettent d'accord sur un salaire et un horaire de travail. Éléonore est généreuse, voulant que Louise mette tout son cœur au service de la compagnie, sans arrière-pensées. Elles discutent aussi de l'horaire: après des années de travail à temps plein et d'horaires de fous, Louise a apprécié le rythme plus lent des derniers mois, où elle n'avait accepté que quelques contrats à la pige. Elle a pris goût au fait d'être à la maison lorsque ses deux grands garçons rentrent de l'école. Éléonore comprend tout à fait ce désir de concilier vie professionnelle et vie familiale et il est établi que Louise rentrera chez elle à 15 heures tous les jours, mais qu'elle passera une partie de la soirée à répondre à ses courriels pendant que les garçons font leurs devoirs et jouent aux jeux vidéo. Elle convient de commencer dès le lendemain matin.

La semaine passe à la vitesse de l'éclair. Éléonore est au septième ciel d'avoir enfin une personne de confiance avec elle. Ce soutien lui donne l'assurance de prendre plusieurs décisions difficiles qu'elle reportait de semaine en semaine. Le vendredi soir venu, elle est radieuse lorsqu'elle accueille Malik à la maison. Elle a débouché un bourgogne et mis au four un gigot d'agneau assaisonné par les bons soins du Latina, l'épicerie fine qui se trouve au coin de sa rue. L'air sent bon la cuisson et les fines herbes. Malik est ravi de cet accueil inhabituel. Tout en préparant une purée de pommes de terre, Éléonore babille. Malik fait sauter Mathilde sur ses genoux et l'écoute d'une oreille distraite, occupé qu'il est à contempler sa fille. Le même prénom qui revient souvent dans la conversation attire son oreille.

– Louise ? C'est qui, Louise ?

– Voyons, Malik, ça fait quinze minutes que je t'en parle ! Ma nouvelle directrice adjointe. C'était l'assistante de mon père.

– Tu trouves pas que tu lui donnes trop de responsabilités trop vite ? Tu la connais à peine.

– Mon père la connaît. *Anyway*, ça travaille tellement bien avec elle, t'as pas idée comme je suis soulagée.

Et Éléonore d'énumérer les décisions qui ont été prises au courant de la semaine. Les négociations avec le réalisateur de la dernière saison de *Colocs en ville* ont enfin débloqué : Castel Communications lui paiera un dédommagement de dix mille dollars et, en échange, il abandonne la poursuite. Les contrats de représentation avec cinq chanteurs ont été annulés et les sommes dues seront versées au cours des prochains mois. La tournée de spectacles de Georges Claudel au Québec l'été suivant est confirmée et Louise a déjà réservé des salles à Québec, Sherbrooke et Alma.

Malik ne peut s'empêcher d'avaler de travers. Voilà des décisions majeures, qu'Éléonore ne prend normalement qu'avec lui, la fin de semaine. Il montre tout de suite son inquiétude :

– Es-tu sûre d'être bien conseillée, là-dedans, Élé? Elle a l'expérience des affaires, cette Louise-là? Ce sont des grosses décisions à prendre, pour l'ancienne assistante de ton père.

– C'est pas elle qui prend les décisions, nono, c'est moi! lance Éléonore d'un ton affectueux. Elle m'explique ce qu'il en est, c'est tout. Avec elle qui connaît tous les dossiers par cœur et Jérôme qui maîtrise les enjeux juridiques, je peux avoir un portrait clair de la situation, et je tranche.

Cette assurance nouvelle déplaît étrangement à Malik. Il ne reconnaît pas l'Éléonore hésitante des premiers mois, qui lui demandait son avis pour tout ce qui touche aux affaires de son père. *Ses affaires à elle, maintenant*, se dit-il avec un sourire résigné. Il ne trouve pas d'angle adéquat pour exprimer l'ambivalence qu'il ressent face à ces changements et il reste donc coi. Éléonore prend confiance et elle sait s'entourer de gens qui sauront pallier ses failles. Il l'admire, mais ne peut s'empêcher de se demander quel sera son rôle dans cette équipe nouvellement constituée.

– Bonne journée, maman!

Allegra sort en claquant la porte. On l'entend qui dévale les escaliers. Nicole soupire. Bien coachée par Johanne et Chiara, elle se sent prête pour la discussion qui s'annonce. Prête, mais... hésitante. Elle tente de se rappeler les arguments de Johanne, qui lui a tant répété qu'elle rendait service à sa fille en lui donnant un petit coup de pouce sur le chemin de la vie. De son côté, Chiara s'est révélée impitoyable envers sa petite sœur qui, selon elle, « a déjà bien assez *bretté* comme ça ». Mais Nicole n'y peut rien. Elle surprotège sa fille, c'est plus fort qu'elle. Depuis qu'elle est toute petite, Allegra est si facilement blessée. Un regard, un commentaire de travers, et la petite en larmes venait se réfugier dans les bras de sa maman. Nicole ne s'est jamais départie de l'habitude d'accueillir la détresse de sa plus jeune et d'ériger autour d'elle un rempart contre le monde entier. Serait-ce le temps d'entrouvrir les murs de la citadelle ? Johanne et Chiara semblent penser que oui. Mais ce n'est pas si simple. Nicole n'arrive pas à se convaincre qu'elle est en droit de faire passer ses besoins avant ceux de sa fille.

Mais, voilà, il y a Benoît. Benoît et ses cheveux bruns, qui bouclent sur le cou quand il fait chaud. Benoît et sa passion pour les bateaux à voiles. Benoît qui sait si bien la chatouiller et lui donner le goût de lui, même après une longue journée de travail, même après une chicane avec sa fille ou un embouteillage sur la 40. Benoît qui veut vivre avec elle, chaque jour, cette passion tranquille qui les unit. Qui l'accepte avec ses blessures de guerre, ses rides, ses vergetures. Et ses deux filles, qui sont parfois comme une ancre nouée à ses pieds. Qui sait la fait rire, surtout, rire jusqu'à en perdre le souffle.

Nicole doit se pincer, parfois, tant il lui semble difficile de croire que c'est à elle que tout cela arrive. Elle avait fait une croix sur l'amour et toutes ses déclinaisons. Voulu croire que la ménopause signifiait la fin du parcours, qu'il ne lui restait plus qu'à vieillir dignement, entourée de ses amies, de ses filles et peut-être, un jour, de petits-enfants. Elle trouvait même un certain charme à ce renoncement, cette reddition de la parcelle d'elle-même qui rêvait encore. Elle aimait ce que le geste avait de grandiose. Ce qui prouve bien que ses élans romanesques n'étaient pas éteints, elle le réalise aujourd'hui. Non, pas éteints, seulement enfouis sous la braise qui ne demandait qu'à se rallumer. Nicole est ébahie de constater de quoi son corps est encore capable. À part quelques amants de passage, elle n'avait pas connu l'amour physique depuis l'arrestation de Matteo, il y a… vingt ans déjà. Ses souvenirs de leurs ébats étaient flous, elle attribuait leur intensité surtout à leur jeunesse débridée. Mais la voilà qui redécouvre cette douce frénésie qui s'empare de tout son corps… et qui va jusqu'à oblitérer toute pensée raisonnable.

Lors d'un week-end à Cape Cod, dans une grande maison de bois balayée par les vents marins louée par Benoît, alors qu'elle était étendue sur le grand lit aux draps bleus délavés par le soleil, il lui avait demandé, d'un air distrait, en séchant ses cheveux d'un coup de serviette: «Tu veux vivre avec moi?» Nicole l'avait regardé, n'osant pas comprendre.

– Vivre avec toi où?

– Où tu veux. Chez toi ou chez moi.

– Chez moi, il y a ma fille.

– Chez moi, alors.

– Chez toi, c'est ton ex qui a tout choisi, tout décoré. Je ne me sentirais pas à ma place.

– Bon, alors on vend tout et on repart à neuf. Toi et moi.

– Tu es sérieux?

– D'après toi, ma louve?

Le visage de Nicole s'était éclairé d'un immense sourire. Le sourire d'un enfant qui a reçu tous ses cadeaux de Noël d'un coup. Benoît avait sauté sur le lit, l'avait fait rebondir deux ou trois fois avant de l'enlacer et de lui mordiller l'oreille. Dans ses bras, elle avait oublié de réfléchir, oublié d'hésiter. Oublié tout ce qui n'était pas lui. Elle avait dit oui, murmuré oui, crié oui, oui à la vie, oui à tous ces beaux lendemains où elle ne serait plus jamais seule. Ce n'est qu'en rentrant à Montréal que les premiers doutes lui étaient venus. Allegra lui avait demandé comment s'était passé son congrès à Boston. Nicole avait presque oublié quel mensonge avait servi à dissimuler son week-end d'amoureux et s'était empêtrée dans sa réponse.

Allegra avait ri d'elle gentiment, lui avait recommandé des capsules de gingko pour la mémoire et le vieil âge. Puis, elle avait entouré sa mère de ses bras, un geste d'affection si rare chez elle, et lui avait murmuré à l'oreille qu'elle lui avait manqué. Et voilà que toute la culpabilité du monde était tombée sur Nicole. Cette conviction profonde de jamais ne pouvoir en faire assez pour son enfant. Comme toutes les mères, elle s'était juré un jour, en berçant son bébé endormi dans ses bras, de tout faire pour le protéger, l'aimer. Et voilà qu'elle s'apprête à larguer sa fille, sans filet de sécurité.

Lorsqu'Allegra rentre d'une séance de photos pour le catalogue estival d'une boutique de lingerie, Nicole lui annonce qu'elle doit lui parler. Elle lui explique tout d'une traite, sans lui laisser le temps de placer un mot ou de poser une question. Elle a rencontré un homme, il s'appelle Benoît Laliberté, il est actuaire, il a quatre ans de moins qu'elle, ils sont ensemble depuis quelques mois, c'est sérieux, et ils vont déménager pour vivre ensemble. Elle prend enfin le temps de respirer et regarde sa fille qui la dévisage, ahurie.

– T'aurais pu m'en parler !

Le premier reproche fait mal. En effet, Nicole, qui se targue d'être la grande amie de ses filles, leur a caché pendant longtemps tout un pan de sa vie amoureuse. Elle s'en excuse auprès de sa fille, mais le résultat ne change pas. Elle aime cet homme et entend vivre avec lui.

– Alors, tu me mets à la porte ?

– Tu as vingt-six ans, ma chouette. Je pense pas qu'on va m'envoyer la DPJ pour ça.

Fâchée de l'ironie peu caractéristique de sa mère, Allegra sort en claquant la porte et décide d'aller se défouler chez sa sœur. Chiara va bien rire ! Leur mère, amoureuse, à son âge !

Dès que sa sœur ouvre la porte, Allegra entame sa complainte de fille outrée. « T'en reviendras pas, ma vieille. C'est la meilleure, celle-là. Maman est devenue folle, complètement folle ! » Mais elle remarque vite que sa sœur, au lieu de lui sauter dessus pour avoir tous les détails et se gausser à son tour, la regarde d'un air compatissant.

– Mais pourquoi tu me regardes comme ça ? demande Allegra.

Puis, un déclic se fait dans sa tête.

– Tu le savais ?

– Ben oui, je le savais.

– Ah ben, c'est ça ! C'est moi que ça concerne, pis je suis la dernière informée. T'aurais pu me le dire, franchement !

– C'était pas de mes affaires.

– Depuis quand ça t'arrête… Pourquoi maman m'avait rien dit, à moi ?

– Parce que t'as toujours l'air fragile comme un oisillon tombé du nid.

– Exagère pas !

– C'est vrai, Allegra, je te jure, je pense que ça fait depuis que tu as quinze ans que maman marche sur des œufs avec toi. Il est temps que tu grandisses. Elle a sa vie à vivre, elle aussi.

– De quoi tu parles ?

– Débarrasse de chez elle, trouve-toi un appart ! T'as vingt-six ans, franchement. Il commence à être temps que t'apprennes à voler de tes propres ailes.

– Je volais de mes propres ailes quand j'avais dix-huit ans, à New York, tu sauras.

– Oui, ça, pour voler, tu volais. Je te parle sérieusement, là. Pauvre maman, fous-lui la paix ! Il lui reste pas trente-six mille chances de faire sa vie.

– Avec un bonhomme tombé du ciel. Il sort d'où, celui-là ? On l'a pas sonné.

– Comme tu peux être égoïste, des fois ! Réveille, Allegra. Maman, c'est pas une sainte, elle a pas fait vœu de chasteté, à ce que je sache.

– Non, je sais, mais quand même, elle n'est pas obligée de nous l'imposer à la maison.

– Sa maison, Allegra, sa maison. C'est toi qui n'as pas d'affaire là, pas son chum ! De toute manière, ils vont déménager ailleurs.

– Comment tu veux que je paie ça, moi, un appart ? Aux dernières nouvelles, je suis encore aux études.

– En sabbatique prolongée. Pis de toute manière, il commence à être temps que tu trouves ta branche. Tu vas quand même pas faire des catalogues Sears toute ta vie ?

– Ça paie bien.

– Scuse-moi de te dire ça, mais si c'est rendu que même maman s'est fait une vie avant toi, ça fait dur pas mal, ton affaire.

– Donne-moi un break ! J'ai fini mon cégep, je travaille, pis l'amour de ma vie m'a trahie avec ma meilleure amie ! Qu'est-ce que tu veux que je fasse de plus, que je donne un rein à la science ?

– Ce que je veux, c'est que t'arrêtes de t'apitoyer sur ton sort. Ce que je veux, c'est que tu te trouves un appart, une carrière et un mec ! Un vrai à toi, là, pas un gars que t'as *frenché* deux minutes, pis qui est en couple avec une autre ! Décroche, Allegra !

Allegra sort en claquant la porte. Elle est bouleversée. Victime d'une insécurité maladive, elle a toujours recherché l'approbation de ses proches : son grand-père, sa sœur, Éléonore. Elle n'en peut plus de tourner en rond et de décevoir tout le monde. De se décevoir elle-même. Le message de sa sœur fait mouche. Il est temps qu'elle se secoue. Elle passe le reste de ce dimanche pluvieux en grande réflexion, enfilant les cafés noirs sur la banquette de cuir de la Croissanterie. Malgré son manque de confiance chronique, Allegra a toujours eu une volonté de fer et c'est cette détermination qu'elle met aujourd'hui au service de cet objectif : trouver sa voie, accomplir quelque chose dont elle peut être fière. Elle sent confusément qu'elle a besoin d'aide dans cette quête et prend rendez-vous à la première heure avec sa thérapeute.

Celle-ci cherche d'abord à comprendre ce qui a motivé ce revirement de la part d'Allegra. Elle qui, jusqu'à tout récemment, était contente de vivoter sans trop penser au lendemain, la voilà déterminée à apporter de grands changements. Chantale veut s'assurer que cela correspond à une réelle volonté de la part de sa cliente et non à un énième acte commis uniquement dans le but de faire plaisir aux uns et aux autres. Allegra s'explique. Depuis l'adolescence, elle a toujours ressenti le besoin de réussir, de plaire. Le problème qu'elle identifie enfin, c'est qu'elle tentait de réussir pour impressionner les autres, jamais pour se satisfaire elle-même. Le barème sur lequel elle se jugeait était établi en fonction du regard des autres. Dix ans après ses premiers démêlés avec l'anorexie, elle se déclare prête à tenter d'accomplir quelque chose dont elle pourra être fière. Convaincue du bien-fondé de sa démarche, Chantale l'entraîne dans une série d'exercices visant à cerner les domaines qui passionnent réellement Allegra. Brassée par les discours de son grand-père, celle-ci penche vers les sciences humaines, comme la sociologie ou la psychologie. Chantale lui explique gentiment qu'il est très commun que des gens ayant eux-mêmes eu besoin de thérapie s'intéressent à ce domaine, ne serait-ce que pour continuer à se diagnostiquer eux-mêmes ou pour faire bénéficier les autres des bienfaits du traitement. Elle demande doucement à Allegra si elle se résume à ça, à sa maladie, à cette quête. Son essence profonde, la source de son bonheur est-elle dans ce questionnement? Allegra se doit d'avouer que non, que c'est plutôt son malheur qui s'y trouve. Chantale clôt la session en demandant à Allegra d'identifier les moments de sa vie qui ont été une source de bonheur.

Allegra passe la semaine qui suit dans un grand isolement. Pour une fois dans sa vie, elle a besoin de réfléchir, d'aller au fond d'elle-même et de le faire sans influence externe, sans non plus s'étourdir pour se distraire de ce questionnement essentiel. Elle est très brève lorsqu'elle croise sa mère, ne retourne pas les appels de sa sœur et sort beaucoup toute seule. Elle marche dans les rues enneigées, sans autre programme que celui de s'oxygéner le cerveau. Elle passe de longs après-midi en errant de café en café, munie d'un carnet et d'un stylo. Elle s'astreint à fuir les distractions et ignore les journaux et les magazines déposés à l'entrée. Elle se plonge dans ses pensées et note les idées qui lui semblent prometteuses. Elle qui avait toujours trouvé cela trop grano, elle participe à son premier cours de yoga. Le discours du prof pendant la séance de méditation, sur la nécessité de faire taire le bavardage incessant de nos pensées pour accéder à notre vérité profonde, trouve un écho en elle et elle s'applique, pendant les jours suivants, à se réserver des plages de silence.

Lorsqu'elle se rend de nouveau au bureau de Chantale, elle lui avoue n'avoir toujours pas trouvé LA réponse, mais avoir néanmoins réellement apprécié le calme dans lequel elle a vécu sa réflexion. La thérapeute la félicite et lui conseille de continuer sur cette voie, notamment avec les cours de yoga. Elle esquisse un sourire de fierté en observant sa cliente qui quitte son bureau d'un pas déterminé.

CHAPITRE DOUZE

Yasmina choisit de passer la semaine de relâche printanière à Montréal. Elle est à son aise chez ses parents, étudiant quand ça lui plaît, profitant de la sollicitude de sa mère, qui insiste pour faire son lavage, et passant tous ses temps libres auprès de sa nièce adorée. Éléonore sursaute en voyant les vêtements que Yasmina a ramenés de Paris pour la petite: «Tu sais, la chicane-t-elle, elle ne porte ses vêtements que quelques mois. Elle n'est pas obligée d'être habillée en Petit Bateau et Jacadi tous les jours.» Yasmina rétorque que sa nièce mérite ce qu'il y a de mieux tous les jours. En cela, elle rejoint son frère, qui ne cesse de gâter la petite. Ça n'inquiète pas Éléonore, puisque Mathilde est trop jeune pour différencier les nombreux jouets qui s'accumulent, mais elle appréhende le jour où Mimi fera ce qu'elle veut de son papa dévoué.

Les deux filles profitent d'une première soirée clémente pour boire un verre de vin sur le balcon. Elles se remémorent leurs plus folles soirées de jeunesse, éclatant de rire à chaque anecdote.

– *My God,* rigole Éléonore, c'est à croire qu'on vivait au Gogo Lounge. Les bouncers devaient nous trouver rejets.

– Mais non, qu'est-ce que tu penses. Ils nous aimaient bien, ils nous laissaient toujours entrer devant tout le monde.

– Sérieusement, j'ai pas dansé comme ça depuis... depuis des siècles!

– Euh, vraiment ?

– Ben oui, pourquoi tu dis ça ?

– Parce que tu mènes une vie de moine, ma chère.

– Ben voyons, exagère pas.

– Éléonore, tu sors jamais.

– Je sors, des fois.

– Tu sors ! Ah bon ! Dis-moi, du fun, du vrai bon fun, ça fait combien de temps que t'en as eu ?

– L'autre soir, on est sortis souper avec des amis de Malik.

– Je te parle pas d'un ti-souper de couple, là. Je te parle de vrai fun. De prendre un coup, de danser, de rire à en perdre le souffle. Ça fait combien de temps, ça ?

– Sans joke… ton party de départ, au Tokyo. Après, j'ai été prise dans un tourbillon avec l'arrestation de mon père, ensuite j'ai appris que j'étais enceinte, pis depuis, j'allaite.

– OK, ça règle la question. Jeudi soir, ma mère garde et on sort.

– On sort où ?

– Ça, inquiète-toi pas pour ça.

– Pas trop intense, hein, j'ai un conseil d'administration vendredi matin.

– Non, là, ça va faire. Reporte-moi ça à lundi.

– Franchement, Yasmina, ça s'annule pas comme ça, un C. A.

– M'en fous. Ça sert à ça, être boss, des fois. Dis-leur que Mathilde est malade.

– Ça, j'avoue que c'est pas bête. T'es vraiment une influence néfaste, Yasmina Saadi. Qu'est-ce qui t'est arrivé depuis que tu es à Paris, coudonc ?

– La même chose qui devrait t'arriver ! À force de travailler, on risque de passer à côté de la vie. Je veux bien croire que tu as des grosses responsabilités, mais t'as juste vingt-six ans, pas quarante-six.

– Alors qu'est-ce qu'on fait jeudi ?

– Laisse-moi y penser. Pour une fois, c'est moi qui vais m'ennuyer d'Allegra. On peut dire ce qu'on veut, elle a un don pour mettre le party dans la place.

– Appelle-là si tu veux... mais elle veut rien savoir de moi.

– On va s'arranger sans elle, t'en fais pas.

Le jeudi soir venu, Jacqueline Saadi s'installe avec bonheur chez sa petite-fille. Éléonore a bien voulu tirer son lait, cet après-midi-là ; mais avec toutes ses réunions d'affaires, récemment, elle l'a tellement fait que la seule vue de son tire-lait lui donne mal au cœur. Et puis, cette soirée lui est consacrée, à elle et à son plaisir ; il est temps qu'elle apprenne à déposer la mante maternelle de temps à autre et à vivre pour elle. Elle achète donc du lait maternisé et se dit que sa fille ne se laissera pas crever de faim. Yasmina passe chez elle prendre un verre en se préparant, mais Éléonore trouve vite que la présence de Mathilde l'empêche de décrocher et de passer en mode soirée. Elle hâte donc les préparatifs et entraîne son amie prendre un verre au Barraca sur l'avenue du Mont-Royal. Après deux verres de chardonnay et une conversation pétillante parsemée d'anecdotes cocasses, Éléonore semble enfin retrouver l'insouciance de son âge. Elle rit avec sa meilleure amie comme si elle n'avait ni soucis ni responsabilités. Elle étrenne une nouvelle paire de *skinny jeans* pour l'occasion, achetés à toute vitesse chez Zara entre deux réunions au centre-ville, qui lui donnent enfin l'impression d'être dans le coup, d'être autre chose qu'une maman ou une chef d'entreprise dévouée. En fait, elle se rend compte que dans ces deux rôles, elle donne, donne, donne, se soucie du bien-être des autres, pense à tout le monde sauf à elle-même. Elle suit Yasmina qui la guide sur Mont-Royal en se jurant que ce soir il n'y en aura que pour elle.

Les deux filles entrent au Salon Daomé. La foule est déjà dense et l'on se déhanche au son d'une musique jamaïcaine endiablée. Éléonore est surprise de voir Charlotte Bonsecours et Caroline Laurier qui lui sautent dans les bras. Au cours des derniers mois, avec le procès, le bébé et la compagnie, elle n'a pas du tout eu le temps de fréquenter ses copines du cégep et les a peu à peu perdues de vue. Mais Yasmina a lancé quelques appels et voilà la joyeuse bande qui se retrouve. Malgré les années, les responsabilités de la vie adulte, Charlotte demeure une fille qui adore rire et s'amuser et jamais une soirée n'a été plate en sa compagnie. Quant à Caroline, Éléonore a établi une réelle complicité avec elle lors de leurs tournois de tennis au cégep, et elle retrouve cette camarade avec beaucoup de plaisir.

Yasmina commande quatre *rhum and coke* au bar, question de se mettre dans l'ambiance des Caraïbes, puis les filles prennent d'assaut la piste de danse. Elles se font immédiatement remarquer, ces quatre jolies femmes qui rient à gorge déployée et qui dansent comme si la nuit ne devait jamais prendre fin. Elles se font toutes inviter à danser et se poussent mutuellement à accepter. Deux heures s'écoulent sans qu'elles reprennent leur souffle, sauf lorsqu'il s'agit de se retrouver dans les toilettes pour rire un coup et essayer d'établir un palmarès de leurs cavaliers, sur une échelle allant du plus au moins gino. Épuisées, elles se retrouvent dans la rue vers une heure du matin. Éléonore fait mine de rentrer pour soulager sa belle-mère, mais Yasmina décrète catégoriquement que sa mère peut bien attendre encore un peu. « De toute manière, ajoute-t-elle, c'est une couche-tard. » Elles descendent quelques coins de rue et s'attablent chez Fameux, Éléonore ayant envie d'une poutine pour calmer son estomac qui n'est plus habitué à tant d'alcool.

Assises sous les néons peu flatteurs du restaurant, elles portent leur mascara dégoulinant de sueur comme autant de trophées de guerre. Charlotte les fait mourir de rire en imitant son prétendant de la soirée, qui lui avait roucoulé à l'oreille, de son accent hispanophone: «Jé vou té faire l'amourrr», avant de la serrer virilement contre ses hanches et de l'entraîner dans un plongeon digne de *Dirty Dancing*.

Caroline demande à Yasmina si elle a rencontré quelqu'un à Paris. L'image de Loïc lui vient tout de suite en tête, mais elle ne veut pas parler de lui à ses copines, refusant de lui donner la place dans sa vie qu'une telle confidence sous-entendrait. Elle décrète donc sans ambages que les conversations au sujet des hommes de leurs vies sont interdites. Cette soirée est pour elles, et elles passent déjà bien assez de temps à penser à leurs chums. Éléonore taquine Yasmina, qui est d'habitude la première à disséquer ses histoires d'amour, mais elle doit s'avouer que cette directive lui convient. Une soirée entière sans parler de Malik, de Mathilde ou de Castel Communications… de vraies vacances. Elle se sent légère comme un nuage en rentrant chez elle et se jure de s'accorder ce genre de pauses plus souvent, surtout qu'elle a promis à Charlotte et Caroline de les revoir bientôt.

Allegra peste en encerclant les petites annonces au crayon à mine dans le journal. Sa mère a convenu de lui laisser jusqu'au 1er juillet pour déménager, mais elle ne trouve rien. Rien qui soit dans ses goûts et dans son budget. Si elle rêvait d'un demi-sous-sol près du métro Saint-Michel, elle serait servie. Mais pour un bel appartement lumineux sur le Plateau ou dans le Mile-End, elle devra repasser. Il est vraiment, mais vraiment temps qu'elle se prenne en main, sur le plan financier du moins.

Elle ne s'est toujours pas inscrite à l'université, un an après la fin de son cégep. Elle se rend compte que si elle tergiverse autant, c'est qu'elle n'en a pas vraiment envie. Elle ose accepter cette part d'elle-même qui n'est pas profondément intellectuelle. Dur à admettre dans son milieu, mais l'idée de poursuivre des études supérieures l'ennuie. Elle n'est pas comme son grand-père ou comme Yasmina Saadi, heureux perdus des heures durant dans des traités obscurs de littérature antique. Elle n'a pas non plus une passion nécessitant de longues études, comme sa mère pour l'architecture. Ni envie d'une carrière où un diplôme universitaire est un préalable important, comme Chiara dans le monde du journalisme. Elle ne voit donc pas pourquoi elle irait à l'université, autrement que par pur conformisme. Et elle s'est juré, au cours de ces derniers mois de réflexion, que ce ne serait jamais plus un motif justifiant ses décisions.

Elle continue donc de visiter des appartements, de suivre ses cours de yoga, de voir sa thérapeute. Elle va bien, elle se sent plus calme et plus stable qu'elle ne l'a été depuis des années. Un jeudi après-midi d'avril, elle revient à pied d'un rendez-vous chez sa thérapeute quand un panneau accroche son regard. « À louer ». La façade de pierre surplombe le parc La Fontaine. Elle sort son téléphone cellulaire et appelle au numéro indiqué. Une vieille dame répond et l'invite à passer tout de suite pour visiter.

– Tout de suite, vous voulez dire tout de suite ? Je suis en face.

– Je vous attends !

C'est le coup de foudre immédiat. Un puits de lumière inonde de soleil l'escalier en bois. Les armoires de bois vieilli par le temps sont charmantes dans la cuisine et le mur de brique qui orne la salle à manger fait craquer Allegra. Elle tombe surtout sous le charme de la propriétaire, une dame de soixante-dix ans qui vit au rez-de-chaussée. Agnès Lareau habite l'immeuble depuis les années trente. Elle a vu se transformer le quartier qui l'entoure. Elle tient à louer son logement à une personne de cœur, quelqu'un qui flattera ses trois chats dans l'escalier et qui acceptera de sortir sa poubelle pendant les grands froids de l'hiver. Allegra lui plaît tout de suite : son engouement pour l'appartement n'est pas feint. La jeune femme pâlit lorsque la vieille dame énonce le loyer – elle s'empresse donc d'ajouter que cela inclut le chauffage, même si ce n'était pas prévu. Allegra dit qu'elle doit y penser. Agnès lui dit de prendre son temps : elle enlèvera l'affiche, le temps qu'elle se décide.

– Vous êtes sûre ? C'est que je ne suis pas certaine de pouvoir le payer.

– Pour avoir la bonne personne, je suis prête à attendre. Je baisserais bien le loyer, si je pouvais, mais je n'ai que ça pour payer les comptes de taxe et pour vivre. Ma pension est bien maigre.

– Non, non, il n'en est pas question ! s'écrie Allegra. Donnez-moi deux jours, je vais voir ce que je peux faire.

En rentrant chez elle, Allegra soupèse ses options. Demander un prêt à sa mère ? Celle-ci le lui a déjà offert, mais elle s'y refuse. Si c'est pour vivre encore aux crochets de Nicole, ça ne lui sert à rien de déménager. Même si elle était fâchée sur le coup, s'était sentie brusquée, elle reconnaît déjà que sa mère ne pouvait lui rendre un meilleur service que de la mettre à la porte. Mais comment faire ? Demander une certaine somme à son grand-père, en guise de cadeau pour son anniversaire qui approche ? Non, ce serait encore une fois se déresponsabiliser, prouver à tous qu'ils ont raison de voir en elle une cause perdue.

Allegra réfléchit. Elle ne peut s'empêcher de revenir à cette conclusion: en fin de compte dans la vie, il n'y a que le travail pour gagner plus d'argent. Elle appelle son agence et leur dit qu'elle est prête à accélérer la cadence et à accepter tous les contrats, même les moins glamour. «Amenez-les, les publicités de litière pour chats.» Il est temps pour elle de cesser de jouer à la *prima donna* et de se construire une vie qui lui ressemble. Elle se résout aussi à poser un geste dont elle se croyait incapable: se trouver une job. Une vraie job, avec un horaire et un salaire. Pressée de commencer à travailler et de gagner un revenu lui permettant de louer l'appartement de ses rêves, elle fait la tournée des bars et des restaurants de la rue Saint-Denis à la recherche d'un emploi de serveuse, de soir de préférence, ce qui lui permettra de continuer de se rendre à ses *castings* et séances de photos le jour. Malgré son manque d'expérience, sa beauté et son assurance séduisent. Elle est engagée au Continental. On lui demande de commencer le soir même.

En arrivant, Allegra se sent très nerveuse. C'est la première fois depuis des années que son rendement sera jugé sur son intelligence et ses efforts. Ses oreilles bourdonnent et elle peine à retenir les ingrédients des spéciaux du soir. Elle doit retourner plusieurs fois devant le menu griffonné à la craie sur un tableau noir pour vérifier si c'est l'aiglefin ou la raie qui est servi avec une croustade de coriandre et d'amandes. Elle salue timidement les autres serveuses. Une grande blonde peroxydée la reconnaît tout de suite et donne du coude à sa collègue, en chuchotant à voix haute: «T'as vu? C'est elle qui jouait Sandrine dans *Colocs en ville*!» Les deux serveuses la dévisagent comme si elle était un animal de cirque. En quelque sorte, elle suppose qu'elle en est un: malgré l'immense plaisir qu'elle a ressenti pendant le tournage de la télésérie, il y a des jours où elle souhaiterait n'avoir jamais participé à cette émission grand public. Sa vie serait beaucoup plus simple aujourd'hui si elle pouvait profiter d'un certain anonymat, surtout quand elle fait un geste dont elle n'est pas extrêmement fière, comme celui d'entamer une carrière de serveuse à vingt-six ans. *Mais je vais être fière de payer mon loyer*, se répète-t-elle lorsqu'elle doute.

La soirée semble interminable à Allegra. Les ampoules à ses pieds rendent chaque pas douloureux. Elle ne s'en tire pas trop mal, mettant à profit son habitude de mémoriser des textes pour retenir les commandes des clients. Elle ne se trompe qu'une fois, grossièrement, ayant servi un steak frites saignant à un végétarien. Mais elle rentre chez elle somme toute satisfaite de sa soirée et, surtout, munie de cent vingt dollars de pourboire. Le lendemain matin, elle appelle Agnès et lui annonce qu'elle prend l'appartement. La vieille dame est ravie et Allegra est fière de s'être débrouillée seule pour parvenir à ses fins.

Quand elle annonce la nouvelle à sa mère, celle-ci est estomaquée. En son for intérieur, elle s'était attendue à ce qu'Allegra mette des mois à se trouver un appartement, qu'elle finisse par devoir prendre les choses en main et organiser la vie de sa fille. Et voilà que celle-ci a tranquillement fait son petit bonhomme de chemin, allant même jusqu'à décrocher un emploi à temps partiel. Elle semble si contente, si sûre d'elle que Nicole en ressent un petit pincement : pour la première fois de sa vie, elle ne se sent pas essentielle auprès de sa fille. Puis, elle se secoue. *J'ai cinquante-trois ans*, se dit-elle, *il commence à être temps de couper le cordon ombilical*. Lorsqu'elle fait part du succès de ses démarches à Johanne, celle-ci la félicite et a la grâce de ne pas souligner : « Tu vois, je te l'avais dit ! »

La chaleur est oppressante. Une fin mai qui ressemble davantage à la mi-juillet. Éléonore sent ses pieds qui enflent dans ses sandales soudainement trop serrées. Elle martèle l'avenue du Parc d'un bon pas, revenant du mont Royal où elle est allée se balader. Mathilde dort, à l'abri du soleil dans sa poussette. En passant devant le Dairy Queen, Éléonore ne peut s'empêcher d'y entrer afin de savourer l'air climatisé un moment. Elle fait semblant de contempler l'étal de crèmes glacées puis ressort une fois que la sueur arrête de couler en rigoles sur son front. En arrivant chez elle, elle démarre tous les ventilateurs et s'écroule dans le salon, une débarbouillette humide sur le front. Elle adore son deuxième étage, mais en été, la chaleur y est étouffante. Elle entend déjà les commentaires grognons que fera Malik ce week-end, si cette vague de chaleur perdure. *Tant pis pour lui,* se dit-elle, *il n'aura qu'à aller dormir chez ses parents.*

Éléonore commence à trouver ces allées et venues épuisantes. Elle s'évertue toute la semaine à établir une bonne routine pour Mathilde, un horaire de siestes régulier qui lui permette d'organiser ses rendez-vous et ses conférences téléphoniques pendant les dodos, et voilà que monsieur débarque le vendredi soir et fout tous ses progrès en l'air, voulant garder sa fille debout le plus tard possible afin de mieux profiter de sa présence. Et voilà tout l'horaire déstructuré. La présence de Malik soulage Éléonore, cela va sans dire : il est papa gâteau et consacre chaque minute de ses week-ends à sa fille. Le bain, les pyjamas, les jeux de stimulation, tout y passe et Mathilde roucoule paisiblement dans les bras de son papa épris. Cela donne à Éléonore une liberté qui est bienvenue. Elle en profite pour mettre à jour ses dossiers tout comme son panier de lavage, et pour jouer une partie de tennis par semaine, malgré ses seins douloureux qui lui rappellent son devoir maternel au bout de quelques heures. Mais elle a trop besoin de cet espace à elle pour y renoncer.

Néanmoins, cette bouffée de liberté a un prix : l'indépendante Éléonore doit, trois jours par semaine, apprendre à composer avec la présence d'un homme chez elle. Pire encore, elle doit s'adapter à une influence parentale qui n'est pas la sienne. Même si elle trouve lourd d'être la seule responsable de Mathilde pendant la semaine, cela a au moins l'avantage de lui permettre d'organiser les choses comme elle le veut, de décider des horaires, de l'alimentation et des soins de santé de sa fille. Le week-end, elle serre les dents lorsque Malik décide d'aller jouer au parc plutôt que de faire la sieste ou qu'il tend à Mathilde un morceau de fraise, fruit qui n'est pas encore permis selon les consignes des guides alimentaires pour nourrissons qu'Éléonore suit religieusement. Quand elle voit Mathilde qui éclate de rire à chaque nouveau jeu, son sourire qui s'éclaire quand le jus sucré de la fraise coule sur son menton, elle se reproche d'être aussi stricte, aussi revêche. Elle admire l'insouciance de Malik et le rapport particulier qu'il semble instaurer avec sa fille. Leur approche de l'expérience parentale semble être diamétralement opposée. Pour lui, tout est plaisir ; pour Éléonore, tout est devoir. Elle se dit qu'elle manque quand même de compassion envers elle-même. C'est facile pour Malik de jouer à l'école buissonnière avec sa fille, puisqu'il ne la voit que les week-ends, quand il est en congé, en visite à Montréal, sans responsabilité aucune. C'est Éléonore qui se tape la routine de la semaine et qui essaie de concilier l'horaire de Mathilde et ses journées de travail. C'est elle qui s'occupe des visites chez le pédiatre, des comptes à payer, de la poubelle à sortir, pendant que Mathilde fait une crise de larmes et refuse de se coucher.

Comme c'est souvent le cas, Éléonore ne sait à qui confier ses problèmes, encore moins à qui demander conseil. Madame Saadi adore son fils aîné, qui est la prunelle de ses yeux ; même Yasmina a tendance à être indulgente à l'égard de son grand frère, rejetant du revers de la main ses défauts, y voyant des traits typiques de la gent masculine. Éléonore aurait bien envie d'inviter sa copine Caroline à prendre un café, après l'un de leurs matchs de tennis, mais elle se sent chaque fois pressée de rentrer à la maison afin de ne pas manquer le prochain boire de Mathilde.

C'est Allegra qui lui manque vraiment. Allegra, avec son absence totale de jugement, avec ses déclarations irrévérencieuses et son refus du conformisme. Quel gâchis. Elle voudrait tant renouer les liens avec elle, mais ignore quand ou comment s'y prendre. Elle s'en voudrait de jeter de l'huile sur le feu en approchant Allegra avant que celle-ci n'y soit prête. Et elle a bien peur que cette belle amitié soit à jamais détruite. Yasmina estime que c'est bon débarras, elle le sait ; mais Yasmina n'a jamais compris, ni même accepté ce lien particulier qui l'unit à Allegra. Cette liberté d'être foncièrement elle-même qu'Allegra lui permet mieux que quiconque.

Éléonore profite bien du superbe week-end estival ; la température s'est un peu adoucie grâce à une petite brise, ce qui lui permet de reprendre les longues marches sur la montagne qu'elle affectionne tant. Malik est d'excellente humeur et Éléonore elle-même se laisse entraîner par l'air de vacances qui flotte dans l'air. Jean-Philippe Deschambault, l'ami et ex-confrère des HEC de Malik, les invite à un barbecue autour de la piscine de son immense chalet sur les rives du lac Supérieur, près de Mont-Tremblant. Sortir de la ville se révèle être une bouffée d'air frais pour

Éléonore et elle se jure de répéter l'expérience plus souvent. Jean-Philippe les invite à revenir pour la Saint-Jean et elle s'empresse d'accepter. Elle le trouve très sympathique et se souvient d'avoir entendu parler de lui par Allegra; il était l'incarnation de tous ses fantasmes d'adolescente. Elle meurt d'envie de sauter sur le téléphone pour donner à son amie un *update* sur le fameux JP qui a hanté ses rêves de jeunesse, mais elle se dit que cette entrée en matière superficielle et légère risquerait d'insulter Allegra.

Le lundi suivant, Éléonore arrive toute guillerette au bureau de maître Paquin. Celui-ci la complimente sur ses joues bien rouges et son teint légèrement hâlé. Elle a passé la fin de semaine en plein air, ça se voit. Quant à lui, il a campé dans son bureau tout le week-end ou presque, avec un épineux dossier à régler pour pouvoir se consacrer à Éléonore ce matin-là. Il soupire. La vie d'avocat lui pèse, parfois. Son travail le passionne, et il est désormais trop intimement lié aux intérêts de ses clients pour penser à changer de profession, mais les horaires et la pression que lui fait subir son métier lui déplaisent. Il a trop peu la chance de jouer avec son fils et se désole de manquer la majorité des matchs de l'équipe de soccer de celui-ci. Thomas est toujours si fier lorsqu'il peut lui décrire le but qu'il a marqué, les soirs où son père rentre assez tôt pour le mettre au lit. Jérôme voudrait tant être présent pour le féliciter de vive voix, être témoin de l'intensité de son petit garçon lorsqu'il plie la jambe avant de décocher de toutes ses forces un tir vers le but.

Comme d'habitude, ils se racontent mutuellement leur fin de semaine. Mathilde aura un an la semaine suivante et Éléonore a de la difficulté à y croire.

– Profites-en! dit Jérôme. Ça passe beaucoup, beaucoup trop vite.

– Je sais. C'est pour ça que c'est aussi essentiel pour moi de pouvoir travailler en partie à la maison. Sinon, je ne la verrais jamais.

– Je te comprends. Je voudrais pouvoir faire la même chose.

– Pourquoi pas ? Lundi prochain, au lieu de me recevoir dans ton bureau, c'est toi qui viens chez moi et tu amènes Thomas.

– Tu penses ? Mais c'est plus un bébé, Thomas. Un garçon de quatre ans, ça déménage de l'air dans un appartement. On va avoir de la difficulté à travailler.

– On essaie ! Qu'est-ce qu'on a à perdre ?

Le lundi suivant, avec la complicité de madame Gaston, Éléonore a préparé tout un accueil au petit garçon émerveillé. Un jeu de Lego neuf trône dans le salon, à côté d'une collation comprenant jus de pomme, bleuets et mini-muffins. Il y a même un film de Mickey Mouse dans le DVD, au cas où ça s'avérerait nécessaire. Thomas commence par s'intéresser à tous les jouets de Mathilde et applaudit en éclatant de rire chaque fois que celle-ci essaie de se lever pour retomber sur les fesses. Puis il s'absorbe dans la construction de son bateau de pirate en Lego, pendant que Mathilde prend d'assaut un xylophone coloré. Éléonore et Jérôme doivent se rappeler à l'ordre : ils sont là pour travailler, pas pour contempler leur marmaille d'un air ému.

La matinée de travail s'avère très productive. Éléonore maîtrise de mieux en mieux les dossiers relatifs à l'entreprise et cette assurance nouvelle se traduit par une prise de décision très efficace. Son rôle de PDG lui plaît de plus en plus. Elle est entourée d'une équipe compétente et se sent confiante. Au fil des mois, elle boucle de nombreux projets, respectant les engagements qui avaient été pris par son père mais ne renouvelant pas les ententes arrivant à échéance. C'est ainsi qu'elle prend la dure décision de rompre ses liens professionnels avec Georges Claudel. Ce chanteur populaire était son client préféré et il est devenu au fil des mois un ami sur qui elle peut compter. Il est demeuré éminemment fidèle à Claude, continuant de l'héberger dans son superbe chalet dans Charlevoix. Mais Éléonore doit être honnête avec elle-même et avec ses clients : ce n'est pas les musiciens et leurs tournées qui la passionnent et ce serait leur rendre un mauvais service que de continuer à les représenter. Elle invite Georges à dîner, refusant d'avoir cette discussion si délicate dans un lieu aussi impersonnel que son bureau. Par contre, elle tient à la confidentialité de leurs échanges et l'invite donc à la maison. Elle lui sert un assortiment de salades de la Gascogne et un verre de chablis.

Georges est très compréhensif lorsqu'Éléonore lui explique les motifs de sa décision. Leur collaboration va lui manquer, mais il respecte le fait qu'elle soit assez intègre pour identifier la voie qu'elle veut suivre. Ils entendent bien demeurer amis et passent le reste du repas à parler de Claude. Selon Georges, il prend du mieux. Il marche tous les jours dans le bois et a arrêté de fumer, mauvaise habitude qu'il a acquise en prison. Il semble avoir davantage d'énergie. Éléonore n'est pas encore allée lui rendre visite, ne voulant pas arracher Mathilde à Malik les fins de semaine, ni se séparer de sa fille qu'elle allaite encore le matin et le soir. Mais elle ressent le besoin de voir son père, de lui amener sa petite-fille, qui l'aidera sûrement à guérir, et demande d'un air intéressé à Georges combien de chambres compte son chalet.

– Six dans la maison et trois dans le pavillon des invités, pourquoi ?

– C'est vrai, j'oubliais que je parlais à une *rock star*. Je m'étais imaginé une cabane de pêcheur.

– Tu peux bien rire ! C'est grâce à ton père que je l'ai payée, cette maison-là. Il n'y a nulle part au monde où je me sens mieux. Mais oui, il y a de la place. À quoi tu penses ?

– La dernière fin de semaine de mai, tu fais quoi ?

– Je suis en vacances !

– Ça te tenterait, de passer tes vacances avec un bébé, ses parents et ses grands-parents ?

Georges accepte avec plaisir. Éléonore lui explique que c'est le premier anniversaire de Mathilde et qu'elle voudrait partager ce moment unique avec son père.

– Mais il faudrait que j'invite aussi les parents de Malik. Je ne peux pas leur faire manquer ça.

– Et ta mère ? Je pense pas que ton père soit prêt à la revoir, surtout pas avec son nouveau chum.

– Ouin. J'avais pas pensé à ça. Je vais l'appeler pour tâter le terrain, voir si ça la dérangerait pas trop de manquer la fête de Mathilde.

Lorsqu'elle parle à sa mère et lui fait part de ses hésitations, Charlie les balaie du revers de la main. « De toute manière, je serai pas là, je vais être en Floride. »

– Comment ça ?

– Les Canadiens font pas les séries, cette année, fait que Mike a accepté d'être porte-parole d'un gros tournoi de golf caritatif.

– Ah, c'est cool. C'est pour quelle œuvre de charité ?

– Je sais pas. Quelque chose à voir avec les enfants. Il m'a acheté une robe de soirée Vera Wang pour le gala du soir, si tu voyais ça !

Éléonore discute quelques minutes avec sa mère puis raccroche, soulagée pour une fois que Charlie n'ait pas la fibre grand-maternelle très développée et qu'elle préfère jouer à la poupée Barbie dans les soirées que d'assister au premier anniversaire de sa petite-fille. Cela permettra à Éléonore de mettre son plan en œuvre.

Malik quant à lui rouspète d'abord un peu :

– Ça me fait loin, venir de New York puis faire toute la route.

– T'as juste à prendre un vol pour Québec, je te ramasserai en chemin.

– OK. Mais seulement si mes parents peuvent.

– Pas de problème.

Il s'avère que Jacqueline est ravie. L'idée de ces vacances familiales sur le bord du fleuve lui plaît énormément. Elle n'a pas de difficulté à convaincre son mari de reporter un voyage d'affaires au Caire, surtout puisqu'il s'agit de Mathilde, la prunelle de ses yeux. Le petit groupe se retrouve donc à Cap-aux-Oies à la fin mai. Le fond de l'air est frais, mais il fait un soleil éclatant et la brise porte des odeurs de mer à leurs narines. Claude est sous le choc en les voyant arriver. Éléonore a préféré le surprendre plutôt que de lui donner le temps d'inventer un prétexte pour se défiler. Il se reprend vite et les accueille avec politesse, s'excusant de sa tenue d'homme des bois. Il rentre à peine d'une longue marche en forêt dans les sentiers qui longent la propriété de Georges.

Chacun s'installe à son aise. Le vieux chalet de bois est très chaleureux, malgré le luxe de ses installations. La cuisine est équipée du four dernier cri, mais y trône aussi un vieux poêle à bois à l'ancienne. Les chambres sont spacieuses et chacune possède une salle de bains attenante. Éléonore se laisse sombrer dans un immense lit garni d'une douillette de duvet d'oie et d'un édredon à l'ancienne. Elle respire l'air frais et l'odeur de cèdre. Mathilde s'affaire dans la grande chambre qu'elle parcourt inlassablement à quatre pattes, découvrant son territoire. Malik prend une douche dont il avait grand besoin après son long trajet.

Au crépuscule, tous se retrouvent sur la grande galerie de bois qui surplombe le fleuve. Georges sert des verres de bière artisanale ou de champagne. Éléonore a revêtu l'immense chandail de laine gris de Malik par-dessus ses jeans et elle a l'air d'une petite fille. La gorge de Claude se serre en la voyant approcher : sa petite puce est devenue maman et s'occupe, en plus, de lui et de ses affaires. Il a honte, soudain, de lui mettre ce poids sur les épaules, mais il se sent encore incapable d'agir autrement. Il se jure de lui revaloir ça un jour. Il ne sait pas encore comment, mais son cœur de père sait qu'il y parviendra.

Jamel Saadi amuse la galerie en racontant ses tours pendables de jeunesse, au Maroc. Deuxième fils d'une grande famille, il a toujours su qu'il lui revenait de tracer son propre chemin, les affaires et la fortune familiale revenant de droit à l'aîné. Cette débrouillardise l'a bien servi, le menant de Fès à Montréal, où il a débuté sa carrière comme *busboy* dans un club de jazz de la rue Saint-Denis. On ne lui accordait pas le droit de servir les clients, juste celui de débarrasser leurs tables, sans dire un mot. À l'époque, cela lui allait : il se contentait d'écouter les conversations des habitués, enrichissant son vocabulaire d'expressions québécoises qui lui étaient inconnues. Un jour, un des clients confia à un ami être à la recherche d'un assistant pour s'occuper à la fois de sa vie personnelle et de ses affaires. Jamel s'est tout de suite offert et a quitté son emploi de *busboy* sur-le-champ. Monsieur Béland, son nouveau patron, l'a initié au monde des affaires et a surveillé avec fierté l'envol de son protégé. Aujourd'hui, Jamel traite d'égal à égal avec son frère Mohammed et a même pu lui prêter main-forte dans certains investissements.

C'est le sourire d'un homme comblé qui souligne ces paroles. Jamel Saadi entame la soixantaine avec sérénité. Ses affaires vont bien et il y a longtemps qu'il a appris à diversifier ses investissements afin d'en minimiser les risques et donc, le stress. Sa vie familiale est heureuse, la réussite de son fils est une source de grande fierté et il est content de savoir sa fille chez son frère, à Paris. Et, surtout, il y a Mathilde: lui qui a été un père plutôt vieux jeu, content de déléguer les tâches parentales à son épouse, voilà qu'il se découvre grand-papa complètement gâteau, fou de sa petite-fille et prêt à tous les jeux pour passer quelques instants avec elle. Il y a quelques années, une pause d'un week-end comme celle-ci lui aurait semblé impensable: dans son chalet du mont Tremblant comme dans sa villa italienne, il disposait d'un bureau bien équipé et d'un téléphone qui sonnait dès l'ouverture des marchés de Tokyo. Mais aujourd'hui, à Cap-aux-Oies, il se sent réellement en vacances. Pas d'Internet, une réception cellulaire douteuse. Son téléphone est fermé jusqu'à lundi, du jamais vu. Tout ça pour profiter de cet événement unique, le premier anniversaire de Mathilde.

La fêtée n'a guère conscience de l'importance que ses proches accordent à la journée. Le samedi matin, elle est debout aux aurores et ne songe qu'à explorer la terrasse et ses environs. En cette fin du mois de mai, la matinée est fraîche et Éléonore s'empresse de mettre une tuque à sa fille dont les cheveux sont encore ébouriffés de sommeil. Les adultes sont tous debout, chacun ayant refusé de faire la grasse matinée pour pouvoir profiter du sourire de Mathilde qui babille toujours énormément de bon matin. On sent qu'elle voudrait en dire tellement plus que les quelques mots qu'elle maîtrise, et elle tient un discours incompréhensible à ses deux grands-pères épris pendant qu'elle parcourt la terrasse de bois à quatre pattes.

Jacqueline offre de préparer des crêpes et tous acceptent avec plaisir. Le sirop d'érable de la région est excellent, ainsi que le café illy que Georges rapporte de Montréal à chacune de ses visites. Après le déjeuner, on s'organise pour une randonnée en forêt. Claude mène fièrement la marche, entraînant ses invités dans des sentiers qu'il est seul à connaître. Georges lui-même est renversé en débouchant au détour d'un chemin sur un paysage à couper le souffle : du haut d'un rocher, on aperçoit des kilomètres de forêt et le fleuve, aussi majestueux qu'un océan. Mathilde commente gaiement tout ce qu'elle voit, à l'aide d'un impressionnant vocabulaire d'onomatopées : « Ah ! Bah ! Bibi ! » À part « maman », « papa » et « sa » (qui désigne le chat du voisin d'en bas, à Montréal), bien malin qui comprend de quoi elle veut parler. Mais cela n'empêche nullement Malik de lui répondre le plus sérieusement du monde alors qu'elle décrit le paysage, confortablement perchée sur le dos de son père dans le porte-bébé.

Pour le repas du midi, Éléonore passe au village chercher les quiches aux épinards et les pâtés au poulet de la boulangerie locale, qu'elle agrémentera d'une salade verte. Georges débouche un excellent bourgogne auquel tous font honneur. À l'heure du dessert, on sert un gâteau aux bananes maison, préparé la veille par les bons soins de madame Gaston. Éléonore a acquis de multiples talents, en vieillissant : celui de mener une société médiatique d'envergure, celui de vivre une relation de couple non conventionnelle, celui d'user de diplomatie dans ses rapports avec sa mère, mais la cuisine demeure un domaine qui lui est étranger. Qu'à cela ne tienne, elle se contente de décorer elle-même le gâteau, à l'aide du crémage rose que madame Gaston a préparé dans un contenant à part et de framboises qu'elle dispose tout autour de la chandelle qui proclame fièrement « 1 ».

En entrant dans la salle à manger, le gâteau entre les mains, elle entame « Bonne fête Mathilde, bonne fête... » Lorsque Claude entonne, de sa voix forte : « Ma chère Mathilde, c'est à ton tour, de te laisser parler d'amour », tous les convives se joignent à lui et Éléonore ne peut empêcher les larmes de couler sur son visage. Cet anniversaire si significatif lui semble être la consécration de l'année de défis et de labeurs qu'elle a traversée. Coup sur coup, elle a eu un bébé, assumé de grandes responsabilités professionnelles et financières, bâti tant bien que mal un couple qui survit toujours, cahin-caha. Surtout, elle a élevé, presque seule, une fille superbe, dégourdie, adorable. Il lui semble qu'elle peut enfin souffler, enfin se dire, le sourire aux lèvres, « mission accomplie ».

Mathilde n'hésite pas longtemps avant de goûter à sa première bouchée de gâteau. En quelques instants, elle a le visage couvert de gâteau blanc et rose, ce qui permet de pendre la photo classique du bambin adorable qui se lèche les babines. Les cheveux de Mathilde ont poussé et Éléonore a réussi pour la première fois ce matin-là à faire deux lulus à sa fille. Mathilde est donc à croquer, avec ses cheveux noisette en couettes et les yeux noirs de son père, toujours allumés d'une flamme coquine. Elle porte une robe blanche à gros boutons rose fuchsia, envoyée de Paris spécialement par sa marraine Yasmina. Matthew, de son côté, a fait livrer chez Éléonore un superbe cheval à bascule en bois, fait à la main par un artisan de la vallée de l'Okanagan. Ni le parrain ni la marraine n'ont pu assister à cette journée spéciale : Yasmina entame ses examens et Matthew est en congrès au Japon.

Éléonore doit s'avouer malgré elle que cette absence la soulage. Elle et Matthew sont restés en contact permanent, s'écrivant des romans-fleuves par courriel tous les jours ou presque ; son grand ami suit donc minutieusement les progrès de sa filleule et les nouvelles activités professionnelles d'Éléonore. Par contre, ils ne parlent jamais ou presque de Malik et Éléonore aurait été mal à l'aise de les revoir ensemble pour la première fois depuis le baptême de Mathilde. Elle ne s'explique pas pourquoi, mais la présence de chacun de ces deux hommes dans sa vie continue de lui paraître incompatible. S'il y a de la place pour l'un, il n'y en a pas pour l'autre.

Elle est vite distraite de ces considérations par sa fille, qui décide de profiter de la présence de sa famille étendue pour lâcher les bras de son père et faire deux pas avant de se laisser choir dans ceux de son grand-père. Les exclamations et applaudissements fusent. Claude soulève la petite dans les airs et fait remarquer à la ronde qu'en voilà une qui a le sens du spectacle et le don d'attirer tous les regards sur elle. « Une future star ! » lance-t-il. Éléonore éclate de rire et couvre sa fille de baisers pendant que Malik sort sa caméra vidéo. Mathilde ne se fait pas prier pour refaire à nouveau son spectacle devant la lentille et Éléonore ne peut s'empêcher de donner raison à son père.

CHAPITRE TREIZE

– Tu as besoin d'aide pour déménager? demande Chiara.

– Non, non, je me débrouille.

– T'es sûre? Emmanuel peut emprunter la van de son frère. Ça te fait deux musclés pour tout soulever!

Allegra hésite. Elle s'était juré de se débrouiller toute seule, mais elle se demande si elle n'est pas en train de pousser son désir d'affirmation un peu trop loin. Son souci d'indépendance est louable, mais il ne faudrait pas non plus qu'il se transforme en orgueil mal placé. Elle accepte donc avec reconnaissance l'offre de sa sœur.

Le jour du déménagement arrive. La journée est grise et Allegra a peur pour ses nouveaux fauteuils. Mais les nuages ont pitié d'elle et consentent à ne pas crever. Emmanuel et son frère font deux allers-retours rapides. Allegra a peu de meubles, n'ayant habité jusqu'à maintenant que dans des appartements meublés à New York ou chez sa mère. Suivant le conseil d'une maquilleuse rencontrée lors d'une séance de photos pour un catalogue de plein air, elle a passé les dernières semaines à faire le tour des ventes-débarras de Westmount, un excellent filon pour dénicher des meubles de bois antiques à des prix ridiculement bas. Elle a craqué pour un service à thé à l'anglaise, incluant des tasses de porcelaine toutes délicates et si fines qu'elles sont presque transparentes. C'est la première boîte qu'elle défait et elle place le service fièrement sur le buffet encastré de la cuisine. Elle sert une bière froide à ses déménageurs et sort chercher des *quesadillas* au poulet dans un minuscule café mexicain de la rue Rachel. Ils mangent tous assis par terre sur le balcon qui surplombe le parc.

Allegra se sent étrangement bien. Elle n'a pas gagné le gros lot, n'a pas rencontré l'homme de sa vie, n'a pas décroché un nouveau contrat. Mais elle se sent bien. Simplement bien, à rire avec des amis, à boire une Corona, assise sur son balcon au soleil de juin qui s'est finalement montré. Elle étire ses mollets musclés par les soirées passées à transporter des assiettes et des plateaux de verres. Un travail, un appartement, quelques amis : n'est-ce que cela qu'il lui fallait ? Elle a la lucidité de savoir que non, que ce n'est pas si simple, qu'il ne s'agit pas pour elle de se satisfaire de peu. Il y a autre chose, quelque part. Mais pour le moment, elle est tout simplement soulagée d'avoir réussi à mettre en place quelques éléments de sa vie : un revenu, un toit. Voilà. Demain, elle pensera au reste.

Chez elle, Éléonore retient ses larmes. Elle est tannée, tellement tannée ! Elle a beau s'être organisée le mieux du monde, elle a beau avoir madame Gaston qui l'aide la semaine, Malik qui débarque la fin de semaine, il demeure que le parent, c'est elle. Et elle se débrouille, quand tout va bien. Mais quand Mathilde est malade, comme aujourd'hui, Éléonore sent tout le poids des responsabilités qui lui pèse sur les épaules. Une nuit d'insomnie à réconforter une petite qui pleure. Huit heures passées à l'urgence de Sainte-Justine, avec une Mimi tremblante de fièvre dans les bras. Le docteur réconfortant mais pressé, la course vers la pharmacie pour y ramasser les antibiotiques avant qu'elle ferme, le bain tiède pour tenter de faire baisser la fièvre, le souper fait de toasts aux bananes pour la maman comme pour la petite, qui s'endorment finalement toutes les deux, épuisées, enlacées dans le grand lit blanc.

Une heure plus tard, Éléonore se réveille, courbaturée. Elle pose sa main sur le front de Mathilde. Ça semble aller mieux. Elle est chaude encore, mais à peine. Elle la soulève tout doucement et la dépose dans son lit avec des délicatesses de miniaturiste, tant elle craint de la réveiller. Ouf, voilà Mathilde qui dort enfin dans son lit, apaisée. Éléonore se rend dans la cuisine et se prépare une grande tasse de thé vert. Elle lorgne du coin de l'œil la bouteille de vin rouge qui trône sur le comptoir, mais décide de s'abstenir. Elle a toute une journée de travail à rattraper.

En ouvrant sa boîte de réception, elle pâlit en voyant le nombre de courriels qui l'attend. Elle parcourt rapidement la liste, allant tout de suite au plus urgent. Elle ne s'interrompt que pour se servir une nouvelle tasse de thé et grignoter un muffin. Il est une heure du matin lorsqu'enfin elle décide d'aller se coucher à son tour. Demain matin, madame Gaston sera là, elle réussira peut-être à distraire Mathilde le temps de quelques appels… mais Éléonore en doute. Quand la petite est malade, elle ne veut que sa mère. Et Éléonore se trouve bien mal placée pour le lui reprocher. Elle se souvient encore trop bien du manque de disponibilité de sa propre mère, et s'est juré dès le premier jour de ne jamais laisser Mathilde souffrir de son absence. Cette résolution louable résulte en un bébé confiant et enjoué, mais aussi en une maman parfois à bout de souffle, surtout lorsque le papa n'est pas là pour partager la tâche.

Éléonore se secoue en se disant qu'après tout des milliers de femmes l'ont plus dur qu'elle et sont monoparentales à temps plein, sans la paire de mains qui surgit le week-end pour les aider. Elle se souvient trop bien que sans l'arrivée *in extremis* de Malik à la fin de sa grossesse, elle serait dans cette situation-là, elle aussi. Mère célibataire. Une situation qu'elle avait acceptée d'emblée, avec naïveté, peut-être, se dit-elle maintenant, puisqu'elle ne pouvait absolument pas imaginer le don de soi si total et absolu qu'un enfant exige. Elle se répète donc tous les jours à quel point elle est reconnaissante envers Malik qui a bien voulu tenter avec elle cette aventure familiale pour le moins particulière et qui est là, auprès de leur petite fille qui les ravit par son énergie, sa candeur, sa soif d'apprendre.

C'est bien ce qui rend tout cela supportable : les sourires de Mathilde, les bisous mouillés de Mathilde, les petites jambes potelées de Mathilde, quand elle éclabousse sa mère dans le bain et éclate de rire de lui voir une colère factice. Éléonore entre dans la chambre de sa fille, s'assure qu'elle a bien sa doudou auprès de son visage, lui caresse doucement les cheveux, puis regagne enfin son lit à son tour.

Le lendemain, elle décide de rester à la maison. Elle demande à Louise d'annuler tous ses rendez-vous, sauf un qu'elle ne peut reporter, et qui aura lieu par appel téléphonique. Éléonore est toujours gênée de parler à ses interlocuteurs avec un bébé qui babille ou qui pleure en arrière-plan, mais certains jours, elle n'a guère le choix. Enfin, Malik arrive ce soir et Éléonore se dit qu'elle pourra mettre les bouchées doubles ce week-end. Elle lui parle brièvement à l'heure du midi afin de confirmer son heure d'arrivée, et est surprise d'entendre son ton légèrement sec lorsqu'elle lui dit qu'elle aura à travailler au cours de la fin de semaine.

– Qu'est-ce qu'il y a ? lui demande-t-elle.

– Rien, rien.

– T'es sûr ?

– Je commence à me sentir pas mal comme ton *baby-sitter* de fin de semaine. On est une famille, là-dedans, non ? Pis un couple, on n'en parlera même pas.

– Heille ! Qu'est-ce que c'est censé vouloir dire ?

– Si tu le sais pas, ça sert vraiment à rien que je t'explique.

Éléonore raccroche, étonnée. Jusqu'à tout récemment, Malik semblait apprécier passer du temps seul avec sa fille, le week-end. De plus, il aimait qu'Éléonore rapporte ses dossiers à la maison, puisqu'il pouvait ainsi en prendre connaissance et la conseiller. Elle doit s'avouer que depuis qu'elle a cessé d'accepter automatiquement toutes ses recommandations, il s'intéresse pas mal moins à ses affaires.

Et cette référence à leur couple, maintenant ! Il est vrai, reconnaît Éléonore, qu'elle a consacré bien peu d'énergie à Malik, récemment. Elle a été si prise ! Et puis, après presque deux ans d'accommodements, Éléonore a toujours de la difficulté à composer avec sa relation de couple. Farouchement indépendante, elle n'aime pas devoir tenir compte des besoins ou des envies de quelqu'un d'autre. À part sa fille, bien sûr, dont les besoins priment sur tout le reste, et qui lui laissent bien peu de temps ou d'énergie pour songer à ceux de Malik. Sa compagnie, sa fille, maintenant son chum, Éléonore a l'impression de se faire écarteler par toutes ces forces qui la réclament, chacune de son côté.

Quand même, elle n'a pas aimé le ton de Malik, ce midi. Elle a beau être distraite, elle demeure néanmoins convaincue qu'il est le seul homme pour elle. Celui dont elle a rêvé, toutes ces années, celui qui a su la faire fléchir, lui faire oublier tous les serments de sa jeunesse, elle qui avait juré ne jamais succomber au pouvoir d'un homme. Cela crée un lien indéfectible entre eux, elle le sait. Leurs nuits d'amour se font de plus en plus rares, mais elles sont toujours empreintes de la même passion qui les ramène chaque fois l'un vers l'autre. Il lui arrive encore d'en avoir le souffle coupé, tant elle le trouve beau. Elle se dit qu'il faudrait bien qu'elle fasse un effort, même si la seule idée l'épuise. Elle décide donc d'aller magasiner avant son arrivée, afin de l'accueillir avec un nouveau *look* et, pourquoi pas, de nouveaux sous-vêtements. Pourraient-ils même sortir souper tous les deux ce soir ? Dans un endroit intime, romantique ?

Trop tard, Éléonore se rappelle que les parents de Malik sont à Paris ce week-end. Quant à madame Gaston, elle a déjà fait trop d'heures supplémentaires cette semaine. Le souper en tête à tête devra attendre. *Zut !* se dit-elle. Elle doit en plus amener Mathilde au CLSC pour ses vaccins, cet après-midi. Le magasinage aussi devra attendre. Finalement, c'est une Éléonore à la course, n'ayant pas eu le temps de prendre sa douche ou de se changer, qui accueille Malik et lui met tout de suite une Mathilde en pleurs dans les bras, lui demandant d'aller vite changer sa couche qui déborde de caca pendant qu'elle nettoie le gros dégât laissé par le souper dans la cuisine.

Mathilde est de mauvaise humeur à cause de ses vaccins, et encore sous le coup des antibiotiques. Elle pleure donc beaucoup avant de s'endormir et met à rude épreuve la patience de ses parents. Quand enfin Éléonore réussit à la coucher, après avoir fredonné des dizaines de berceuses, elle revient au salon pour y apercevoir Malik qui s'est endormi à son tour devant la télévision. Elle pense le réveiller, pour commencer enfin leur soirée d'adultes, mais un coup d'œil vers son ordinateur portatif qui clignote l'en dissuade. Elle ouvre sa boîte de réception et se plonge dans ses courriels.

Vers minuit, Malik se réveille, désorienté. Il se frotte le visage et met quelques instants à comprendre ce qu'il fait dans le fauteuil du salon. Il se retourne vers la table de la cuisine et y voit Éléonore, le visage concentré éclairé par l'écran de son ordinateur. Il se lève et s'étire, courbaturé.

– Élé… tu viens te coucher ?

– Dans une minute. Je finis de rédiger un courriel.

Malik marmonne.

– Qu'est-ce que tu dis ? demande Éléonore.

– Je dis que je dois bien être le seul directeur de fonds spéculatifs qui trouve que sa blonde travaille trop, plutôt que le contraire. C'est l'été, Élé… As-tu vraiment besoin de passer toutes tes fins de semaine là-dessus ?

– Ben non, pas toutes… On pourrait aller au mont Tremblant le week-end prochain, si tu veux.

– Il y a mes parents aussi, qui veulent qu'on aille les voir en Italie. On pourrait prendre les deux premières d'août.

– Je commence à peine à reconstruire la compagnie, Malik. Je peux pas prendre deux semaines. L'an prochain, ça va être différent.

– Tu sais, on devrait peut-être engager quelqu'un pour t'aider.

– Pour m'aider ? Mais j'ai déjà madame Gaston à temps plein.

– Non, je veux dire au travail. Un vice-président. C'est beaucoup, ce que tu t'es mis sur les épaules, Élé. Je pourrais demander parmi mes amis des HEC, il y en a beaucoup qui sont rendus loin en administration.

– J'espère que tu me niaises, Malik ?

– Ben non, pourquoi ? Tu le dis toi-même : tu es débordée.

– Voyons, cette compagnie-là, c'est à mon père, il ne me l'a pas transférée pour qu'à mon tour je passe les rênes à un diplômé des HEC avec son complet pis sa cravate ! T'es pas sérieux, là.

– Bon, c'est peut-être pas la bonne idée, mais il faut qu'on trouve une solution.

Inquiète de la frustration qu'elle lit sur le visage de Malik, Éléonore tente de l'amadouer.

– Écoute, bientôt les choses vont changer. En septembre, je m'apprête à faire de gros changements. La plupart de mes dossiers sont presque réglés et une fois qu'on va s'orienter vers la production de longs métrages, je vais me concentrer sur un seul projet.

– Si tu le dis…

– Oui, je le dis, je le jure ! s'esclaffe Éléonore en embrassant Malik.

Le baiser se fait plus profond. Malik tente d'entraîner Éléonore vers leur lit mais celle-ci se dégage, promettant « juste un petit courriel à finir, OK ? J'arrive dans deux minutes. »

L'automne arrive vite, ainsi qu'un anniversaire fatidique pour Éléonore : celui des six mois qu'elle s'était accordés pour boucler les affaires de son père. Un lundi matin d'octobre, elle invite Louise à se joindre à Jérôme et elle pour leur session hebdomadaire de travail avec les enfants. Thomas a pris goût à ses matins spéciaux avec son père et apprécie n'aller à la garderie que pour la sieste de l'après-midi, le lundi. Mathilde, quant à elle, adore le grand « Oh-ma », qu'elle suit partout comme une ombre. Les enfants sentent confusément qu'ils ne doivent pas trop déranger leurs parents, s'ils veulent que la récréation continue, et ils acceptent sans rouspéter les mille activités que madame Gaston leur invente. Ce matin, ils sont tous les deux en maillot dans la baignoire, à jouer aux bateaux et aux sous-marins. Thomas est très patient avec la petite et aime toujours autant la faire rire.

Dans le salon, Éléonore, Louise et Jérôme font le point. Louise a dressé un bilan des activités en cours et de celles qui sont en voie de se terminer. Il ne reste qu'un projet dont l'avenir est indéterminé : la série télé *Colocs en ville*, dont le distributeur attend une nouvelle saison. Éléonore tergiverse. C'est une série qui a du succès, de bonnes cotes d'écoute et qui rapporte un montant assuré chaque année. En même temps, elle ne s'en est jamais cachée, sa vraie passion, c'est le cinéma, pas la télévision. Elle hésite à sacrifier une telle vache à lait, mais son instinct la pousse à faire table rase et à repartir à neuf. Louise n'ose pas la conseiller, ne s'en sentant pas le droit. Jérôme, quant à lui, a le don d'amener Éléonore à réfléchir avec ses questions.

– Qu'est-ce que ça te donnerait de laisser tomber la série ?

– Ça débloquerait du temps, de l'énergie, que je pourrais mettre ailleurs.

– Et qu'est-ce que tu perdrais en ne la faisant pas ?

– Des revenus... Quoique je pourrais essayer de vendre le concept. Ça marche tellement fort, peut-être qu'un autre producteur voudra le racheter.

– Et en plus, tu continueras à récolter un revenu régulier avec les reprises d'été.

– Ça y est, alors. C'est décidé. Jérôme, on entame les négociations avec le distributeur. Je veux une augmentation du pourcentage de droits pour les reprises et en échange, on leur déniche une autre boîte de production à qui on vend le concept, au lieu de simplement annuler la dernière saison, comme notre contrat nous en donne le droit. Comme ça on gagne sur les deux tableaux.

Louise admire la décision de sa patronne qui, en quelques mois à peine, s'est transformée en femme d'affaires aguerrie. Depuis qu'elle a décidé de l'orientation à prendre, Éléonore tient les rênes sans hésiter et sans regarder à droite ni à gauche. C'est droit devant pour elle, tant dans les affaires que dans la vie. Sachant que cette déterminée trouvera vite un projet dans lequel se jeter corps et âme au détriment de tout autre, elle se dépêche de lui parler d'une idée qui germe chez elle depuis quelques jours.

– Éléonore. Il y a un scénario que j'aimerais que tu lises.
– Un scénario de... ?
– De long métrage, bien sûr. L'auteur, c'est un ami de mon fils Antoine, à Grasset.
– Un cégépien ? fait Éléonore, dubitative.
– Tout ce que je te demande, c'est de le lire.
– D'accord.

Éléonore entend bien faire ce plaisir à sa précieuse collaboratrice. Louise lui envoie le texte par courriel le soir même. Mathilde a contracté une mauvaise toux et peine à dormir, le corps secoué de toussotements rauques qui demandent chaque fois une gorgée d'eau pour s'apaiser. Éléonore lui prépare son remède miracle : une tisane à la camomille agrémentée d'une cuillerée de miel et d'un peu de jus de citron pressé. Elle reste debout tard, à guetter les quintes de toux de Mathilde et à se précipiter auprès d'elle, munie d'une tasse à bec pleine de tisane. Elle passe distraitement à travers ses courriels, se sentant trop fatiguée pour se concentrer vraiment. Son regard se pose sur le message de Louise, avec le scénario en pièce jointe. Éléonore se dit que tant qu'à être debout, aussi bien y jeter un coup d'œil ; elle pourra ensuite taper rapidement quelques conseils pour le scénariste en herbe et renvoyer le tout à Louise le lendemain matin.

Elle est absorbée par sa lecture dès la première ligne. En deux pages, l'histoire prend corps dans sa tête et elle voit déjà le film qui se déroule dans ses pensées. Complètement captivée, elle met une longue minute à enregistrer les pleurnichements de Mathilde, qui vient de se réveiller. Elle court vers sa fille, éponge son front chaud et lui donne une dose de Tempra avant de retourner à toute vitesse vers son ordinateur. L'excitation monte en elle alors qu'elle parcourt le scénario. Prise par son enthousiasme, elle lit le tout en diagonale, ne pouvant s'arrêter avant de se confirmer ce qu'elle a senti dès les premières pages : elle tient un scénario extraordinaire entre ses mains. Elle retourne deux fois bercer Mathilde, puis le Tempra semble faire effet et la petite sombre dans un profond sommeil. Sa mère sait qu'elle devrait faire de même, qu'une grosse journée l'attend demain, mais elle ne réussit pas à éteindre son ordinateur. Elle reprend sa lecture du début, lentement cette fois, et laisse les images s'insinuer dans son cerveau en cavale.

Le texte est simple, précis. Les dialogues, percutants. L'histoire est universelle : celle d'un jeune homme follement épris d'une femme plus mûre. Dans le film, ce sont tous les fantasmes de ce jeune qui sont mis en scène, notamment lorsqu'il surprend la femme de ses rêves dans une étreinte suggestive avec sa meilleure amie. Le tout se déroule dans le climat répressif du Québec des années Duplessis, avec en trame de fond des chansons modernes qui surprennent et qui font sentir le passage du temps entre les deux époques.

Sentant ses yeux s'alourdir, Éléonore imprime les pages du scénario et les apporte avec elle dans son lit. Elle note plusieurs questions et idées en marge du texte et s'endort alors que les oiseaux commencent à gazouiller, les feuilles éparses autour d'elle sur le lit. Malheureusement, Mathilde n'a pas pitié de sa mère ni de sa grande découverte et elle se réveille au lever du soleil. Éléonore lui donne du lait et encore un peu de tisane pour calmer sa gorge puis l'emmène avec elle dans son lit, privilège qu'elle ne lui accorde que rarement. Mathilde joue à cache-cache sous la douillette blanche pendant que sa mère tente de remettre de l'ordre dans les pages éparpillées pendant la nuit. Elle retrouve son stylo rouge sur la table de nuit mais c'est peine perdue: Mathilde requiert trop son attention pour qu'elle puisse se concentrer. Elle se résigne donc à jouer une partie de chatouilles, mais pour une rare fois lorsqu'elle est avec sa fille, son esprit demeure résolument ailleurs.

Elle attend impatiemment l'arrivée de madame Gaston et se dirige au pas de course vers son bureau, même si elle avait prévu passer la matinée à la maison pour y éplucher les comptes, corvée mensuelle qu'elle déteste. Elle fait irruption dans le bureau et se précipite vers Louise. Celle-ci l'accueille avec un sourire inquiet.

– Pis?

– Comment tu sais que je l'ai déjà lu?

– Je le vois à tes yeux. Quand t'as une idée en tête, Éléonore Castel, t'as le même regard fiévreux que ton père. Alors, dis-moi?

– Tu sais très bien que c'est un excellent scénario. Maîtrisé, profond. Il y a juste une chose qui cloche.

– Quoi?

– Ça se peut pas que ça ait été écrit par un cégépien. Ou alors les cégépiens ont bien changé depuis mon temps. Il y a une maturité, une pudeur dans l'évocation... T'es sûre de ton affaire?

– J'ai jamais dit que ça avait été écrit par un cégépien...

– Voyons, tu m'as dit hier que c'était d'un ami d'Antoine au cégep!

– Oui, mais pas que c'était un élève. C'est toi qui as fait le lien et j'ai pas voulu te détromper. Histoire de laisser le scénario t'impressionner tout seul.

– Ben, c'est de qui, alors ?

– Son prof de cinéma. Il s'appelle Émile Saint-Germain. Il paraît que c'est vraiment un génie, tous les élèves l'adorent.

– Un prof de cinéma ?

– Tu vois, je savais que tu aurais eu une dent contre lui, si je te l'avais dit. Tu aurais trouvé le scénario trop technique.

– Non, non, c'est pas ça, c'est juste que... ça m'étonne. Mon père m'a toujours répété le proverbe : « *Those who can't, teach.* » Ça veut plus ou moins dire : « Ceux qui ne sont pas capables de le faire l'enseignent. » Il n'a jamais eu énormément de respect pour les intellos. Il n'arrêtait pas de se vanter d'être allé à l'école de la vie !

– Est-ce que ça change quelque chose, alors ?

– Mais non, bien sûr que non ! Est-ce qu'on peut le rencontrer, ce professeur-là ?

Louise fait un air coupable dont Éléonore se méfie d'emblée.

– Louise Trépanier ! Quoi ?

– Ben... C'est que monsieur Saint-Germain est pas exactement au courant que tu allais lire son scénario.

– Voyons donc, qu'est-ce que tu me racontes là ! Comment ça se fait que tu me l'as donné, d'abord ?

– Mon Antoine avait une crise de confiance. Il n'osait plus rien entreprendre parce qu'il pensait que ça servirait à rien, que ça se rendrait jamais nulle part. Alors son monsieur Saint-Germain, pour le motiver, lui a donné à lire ce scénario qui traînait dans son tiroir. Il voulait lui montrer que le fait de terminer un projet peut être un objectif en soi, sans nécessairement obtenir la reconnaissance d'autrui. J'ai tout de suite été curieuse quand j'ai vu Antoine plongé dans ce texte-là trois soirs de suite. Il refusait même de jouer aux jeux vidéo avec son frère. Il a tellement aimé ça qu'il me l'a fait lire, pis j'ai fait pareil avec toi.

– Bon. Alors qu'est-ce qu'on fait?
– Je sais pas. Je vais parler à Antoine ce soir.

Éléonore se ronge les ongles d'impatience. En femme d'action, elle n'est pas habituée à attendre et supporte mal les délais. Elle appelle Louise chez elle à 19 heures, chose qu'elle ne fait jamais, tenant pour sacrées les heures que chacun passe en famille loin du bureau. Louise lui répond qu'elle est aussi impatiente qu'elle, mais qu'Antoine n'est pas encore rentré d'une pratique de hockey. Enfin, à 20 h 30, le téléphone sonne chez Éléonore. C'est Louise. Antoine a accepté de dévoiler son geste à son professeur dès le lendemain et de lui demander de contacter Éléonore.

– Mais ça n'a pas été de tout repos! ajoute Louise. Il a fallu que je lui promette un nouveau jeu PlayStation pour qu'il accepte de confesser à son prof ce qu'il dit être un bris de confiance. Pis il paraît que moi, j'ai fait encore pire en te montrant le texte!

– Voyons, dit Éléonore, il est bien précieux, ce professeur-là. Me semble qu'un scénario c'est fait pour être lu, puis vu!

– Écoute, je ne le connais pas, mais tout ce que je sais, c'est qu'Antoine chante ses louanges depuis le début de l'année scolaire, pis c'est rare que ça arrive. Alors on a juste à prendre notre mal en patience jusqu'à demain.

Éléonore passe la soirée à relire le scénario, prenant des notes et griffonnant quelques idées pour les plans extérieurs. L'histoire a une forte empreinte montréalaise et se déroule dans les beaux quartiers de l'après-guerre. Elle pense d'ores et déjà à la location de voitures d'époque, aux costumes. L'héroïne de l'histoire, la belle femme d'une trentaine d'années dont le jeune premier est amoureux, est une égérie de la mode de l'époque et Éléonore visualise déjà la fine couture des bas dessinée sur son mollet. Elle ne peut s'empêcher d'imaginer Ariane Montredeux dans le rôle principal. Cette superbe brune, qu'elle a côtoyée brièvement à Brébeuf, accumule les succès critiques depuis et elle demeure l'une des actrices fétiches de Jacques Martel. Parce qu'Éléonore espère bien sûr que son ancien patron et mentor acceptera de réaliser le film : elle ne peut s'imaginer un autre cinéaste aussi capable que lui de rendre cette histoire toute en subtilité et en évocation. Puis, elle se rend compte qu'elle s'emballe : il lui reste encore à parler au scénariste-prof de cinéma mystère et à comprendre ce qui se trame derrière cet excellent scénario qui amassait de la poussière dans un tiroir.

Le mystère s'éclaircit à la première heure le lendemain matin. Éléonore travaille de chez elle cet avant-midi-là et Louise lui passe l'appel d'Émile Saint-Germain dès qu'elle le reçoit. Elle fait davantage confiance à sa patronne pour atténuer la colère qu'elle perçoit sous la voix glacée du professeur de son fils. Éléonore se sent d'attaque.

– Monsieur Saint-Germain. Permettez-moi d'abord de vous féliciter. Votre scénario est remarquable.

– Madame Castel. Vous êtes victime d'une erreur de jugement de ma part. Je n'aurais jamais dû remettre ce texte à mon élève, et sa mère encore moins vous le transmettre. Acceptez mes excuses et on n'en parle plus.

– Je pense qu'on se comprend mal. Je veux produire votre film.

– Depuis quand Castel Communications fait de la production de cinéma ? Je pensais que vous nagiez plus dans les infomerciaux et les téléséries grand public.

Éléonore sent la moutarde qui lui monte au nez. Elle s'enjoint à demeurer calme, à amadouer le scénariste coûte que coûte. Puis elle se rebelle. Elle a beau avoir eu le coup de foudre pour le texte, si elle doit travailler avec cet homme-là, aussi bien mettre les choses au clair tout de suite et ne pas perdre de temps en fausses politesses.

– Je sens votre mépris, monsieur Saint-Germain, et je le trouve bien mal placé. Ça prend de tout pour faire un monde, vous saurez. Vous n'en avez que pour le grand art, c'est ça ?

– Qu'est-ce que vous connaissez au grand art, madame ?

– Je travaille depuis plusieurs années au sein de l'équipe de Jacques Martel, gagnant d'un Oscar et d'une Palme d'or. Est-ce que c'est assez artistique pour vous ?

– Pardon, je ne savais pas.

– Il y a beaucoup de choses que vous ne savez pas, je crois. Savez-vous comme c'est rare d'avoir une productrice intéressée à un scénario ? Savez-vous combien de films se font au Québec, chaque année ? Savez-vous ce que c'est, de débloquer du financement ?

– Écoutez, je n'en suis même pas là. Mon scénario n'est pas terminé, il me reste toutes les scènes à peaufiner, les dialogues, le...

– Je vous arrête tout de suite. Croyez-en mon expérience, votre scénario est prêt. Le reste, ça se peaufine en préproduction. Avec toute une équipe qui vous entoure.

– Mais c'est un travail très personnel !

– Je vous promets une équipe des plus professionnelles. L'apport de Jacques Martel sur votre scénario, ça vous déplairait ?

– Parce que Jacques Martel est attaché au projet ?

– Bien sûr que non ! Monsieur Saint-Germain, il n'y en a pas, de projet. Pas tant que vous n'accepterez pas de me confier votre œuvre.

– Je peux prendre le temps d'y penser ?

– Non seulement vous allez y penser, mais nous allons nous rencontrer, en discuter, discuter encore, vérifier si nous avons suffisamment d'atomes crochus pour travailler ensemble, négocier des droits, puis ensuite passer au recrutement du réalisateur, des acteurs. Ce n'est pas un conte de fées, vous savez ! C'est beaucoup, beaucoup de travail. Mais si vous avez la passion que j'ai perçue dans votre histoire, vous allez passer à travers et nous ferons un très grand film.

Éléonore lui donne rendez-vous pour le lendemain puis raccroche, satisfaite de son offensive. Il va voir ce qu'il va voir, ce monsieur Saint-Germain. Elle arrive au Leméac de bonne heure, voulant avoir le temps de s'installer et de faire un petit tour de repérage. Elle a revêtu une robe à col roulé en tricot gris, que Yasmina lui a envoyée de Paris, avec des collants noirs et des bottes à talons hauts. Ses cheveux sont détachés, brillants, et elle a appliqué une fine couche de mascara. Ainsi stylée, elle se sent prête à tous les affrontements. Antoine, le fils de Louise, lui a décrit son professeur de cinéma avec la précision typique d'un adolescent : « Un homme aux cheveux foncés », voilà tout ce qu'elle a pu en tirer. Elle se présente donc au maître d'hôtel et est surprise lorsqu'on lui apprend que son invité est déjà arrivé et qu'il prend un café au bar. Elle s'avance et aperçoit, de dos, un homme aux cheveux bruns et à la carrure sportive. Lorsqu'il se retourne, ses cheveux en bataille tombant sur un grand front, elle se fait la remarque qu'il ressemble à s'y méprendre à Émile Nelligan. Puis elle se souvient qu'il porte le même prénom que le fameux poète. Il est beaucoup plus jeune que ce qu'elle s'était imaginé en pensant à un professeur de cégep. Il doit avoir la jeune trentaine.

– Monsieur Saint-Germain ? demande-t-elle en lui tendant la main.

– Enchanté, madame Castel.

Éléonore a l'habitude de demander à tous ses interlocuteurs de l'appeler par son prénom, même dans les réunions d'affaires. Le « madame » ne lui convient pas et le

« mademoiselle » encore moins. Mais aujourd'hui, étrangement, elle n'a pas le réflexe de chercher à abolir cette distance que les convenances professionnelles imposent. On dirait qu'au contraire elle a besoin d'un espace entre elle et cet animal étrange qu'est ce professeur de cinéma aux visées artistiques capricieuses, doublé d'un homme objectivement splendide.

Assis à table, ils consultent le menu avant d'opter tous les deux pour l'omelette, accompagnée de salade verte et de pommes frites. Éléonore, à titre d'hôtesse, offre de commander du vin, mais son invité s'en tient à l'eau minérale. La conversation avance à tâtons, ni l'un ni l'autre ne semblant vouloir faire les premiers pas qui les mèneront vers le sujet principal : le scénario. Ils énoncent leur pedigree avec réticence, Éléonore racontant son parcours auprès de Jacques Martel, puis la direction qu'elle entend donner à Castel Communications ; Émile de son côté relate ses études de cinéma à Concordia, les années de pain sec passées à écrire et réécrire, le poste à temps partiel à Grasset afin de boucler ses fins de mois.

C'est en parlant de ses étudiants qu'il s'anime enfin un peu.

– Ils ont la passion au ventre, si vous voyiez ça... Ça m'inspire chaque jour, de travailler auprès d'eux. Ils vont changer le monde, cette gang-là.

– Comme tous les jeunes, répond Éléonore. Jusqu'à ce que la première hypothèque vienne changer la donne.

– Pas ceux-là. Ils sont pas comme les autres. C'est une autre génération. Ils ont connu le 11 septembre, pour eux il n'y a plus de certitudes. Ils savent que leur monde peut s'écrouler à tout moment. En même temps, ils sont tous branchés et le monde leur appartient comme jamais auparavant.

– Pour quelqu'un qui semble si passionné par son époque, ça m'étonne que vous ayez choisi les années quarante pour camper votre scénario.

Éléonore a enfin osé entrer dans le vif du sujet. Émile ne répond pas tout de suite, il demande d'abord un café latte à la serveuse. Éléonore fait de même.

– Mon scénario, reprend Émile, c'est vraiment très personnel. C'est à peu près le quinzième que j'écris, et ça, c'est sans compter les dizaines d'ébauches qui traînent dans mes tiroirs.

– Les avez-vous fait lire ?

– Aucun. Antoine a été mon premier lecteur, sa mère la deuxième et vous, la troisième.

– Mais pourquoi ?

– Aucun n'était prêt. Pas à la hauteur de mes attentes, ni de ma vision.

– Le cinéma, c'est un travail d'équipe, monsieur Saint-Germain. Si vous voulez réaliser votre vision artistique complètement seul, devenez poète. Même là, l'éditeur s'en mêle. Soyez sculpteur, ou peintre. Si vous n'êtes pas prêt à travailler avec d'autres professionnels, ça ne sera jamais autre chose qu'un *hobby*, pour vous.

– Vous êtes dure.

– Je suis réaliste.

Elle fait signe à la serveuse et demande l'addition.

– C'est tout ? demande Émile, surpris.

– À quoi vous attendiez-vous ? Une tentative de séduction, des promesses de box-office, de Jutra, de Génies, et quoi encore ? La Palme d'or ? Je ne fonctionne pas comme ça. Si vous souhaitez travailler avec mon équipe, appelez-moi. Vous avez mon numéro.

Éléonore se lève, décoche un sourire éclatant au jeune homme et quitte le restaurant sans se retourner. Elle marche jusque chez elle d'un bon pas, la tête haute. Lorsqu'elle rentre à la maison, elle voit en ouvrant la porte que la poussette n'est pas là: madame Gaston a dû emmener Mathilde au parc. Éléonore est soulagée. Elle est complètement vidée, comme une actrice après une représentation particulièrement chargée. Elle prend une douche chaude, enfile un pantalon et un chandail à capuchon Lululemon et va marcher sur le mont Royal. Perdue dans ses pensées, elle se rend jusqu'à la croix, puis redescend vers les tam-tams par un sentier boisé bien dissimulé, où elle croise rarement âme qui vive. Elle se sent redevenir peu à peu elle-même. Faillible, incertaine. Loin de la femme d'affaires aguerrie qu'elle doit si souvent prétendre être. «À force de prétendre, on le devient», lui disait souvent sa grand-mère Castel. Elle espère que cet adage s'avérera en ce qui la concerne, et que son petit spectacle de dure à cuire aura su impressionner Émile Saint-Germain. Son scénario est absolument brillant. Éléonore le convoite avec une passion qu'elle a rarement ressentie. Voilà le film qu'elle veut produire, le premier avec lequel elle veut laisser sa marque. Toute à ses pensées, elle remarque à la dernière minute que quelqu'un arrive vers elle, dans un chemin perpendiculaire au sien. Elle est étonnée de croiser un autre marcheur sur ce sentier habituellement désert, surtout un après-midi de semaine. Elle est encore plus surprise lorsque le promeneur lui fait un signe de la main furtif, et estomaquée lorsqu'elle constate qu'il s'agit de nul autre qu'Émile qui a lui aussi troqué ses vêtements de rendez-vous professionnel pour un pantalon et un chandail à capuchon Lululemon. Arrivés face à face, ils tentent un instant de retrouver la mine sérieuse de leur entretien, mais éclatent plutôt de rire comme deux gamins qu'on a surpris à jouer aux grands.

C'est avec une complicité nouvelle qu'ils redescendent vers le parc Georges-Étienne Cartier, parlant de tout et de rien, de leurs films coup de cœur, des bars qu'ils fréquentent, du meilleur endroit à Montréal pour boire un espresso. Les feuilles d'automne tombent autour d'eux et le soleil de fin d'après-midi qui baigne la montagne rend l'atmosphère féerique.

Le lendemain matin, lorsque Louise demande à Éléonore des nouvelles de l'entretien, celle-ci se borne à dire que ça s'est bien déroulé et qu'Émile lui a promis une réponse d'ici deux semaines, voulant s'accorder le temps de réfléchir. Mais elle ne peut s'empêcher d'esquisser un sourire en coin lorsque Louise lui demande si monsieur Saint-Germain est aussi beau que ses étudiantes le disent. « Même Antoine est jaloux ! » continue-t-elle, feignant de ne pas remarquer l'air rêveur de sa patronne.

CHAPITRE QUATORZE

– Adho Mukha Svanasana.

Inspirant profondément, les dix hommes et femmes prennent la posture du chien tête en bas. Les mains et les pieds fermement ancrés sur le tapis, les épaules tendues, la colonne vertébrale s'étirant vers le ciel, Allegra sent la brûlure familière entre ses omoplates. Elle a tendance à ressentir le stress dans ses épaules, qu'elle garde parfois crispées, et cette position le lui rappelle toujours en début de séance. Elle s'astreint à respirer, à entrer plus profondément encore dans la pose afin de laisser son souffle oxygéner les muscles qui entourent ses omoplates et les délier peu à peu.

– Chaturanga Dandasana.

Allegra se laisse tomber sur les mains, le nez à quelques centimètres du sol. Elle respire bruyamment. Leur professeur, Richard, un Américain grisonnant d'une soixantaine d'années fort comme un bison, leur fait tenir les poses extrêmement longtemps et il faut beaucoup de concentration pour ne pas lâcher prise. C'est toujours lorsqu'elle atteint le point où elle est convaincue de ne pas pouvoir tenir une seconde de plus qu'il les libère. Comme s'il savait lire en elle le moment précis où ses limites sont atteintes et l'encourageait à les dépasser chaque fois.

Les asanas terminées, le professeur les entraîne dans une séance de pranayama assisté. Allegra tente de fixer toute sa concentration sur sa respiration, afin de ne pas laisser son esprit vaguer. Richard l'enjoint à être pleine de compassion pour elle-même. Si une pensée surgit, il s'agit de ne pas se concentrer sur celle-ci et de la laisser flotter, comme un nuage, jusqu'à ce qu'elle disparaisse. Éventuellement, c'est dans l'absence de toute pensée que l'on retrouve son soi profond. Assise en position du lotus, Allegra sent sa hanche qui commence à s'engourdir. Encore une fois, Richard vient à son aide, semblant lire dans ses pensées pour alimenter son intervention. Lorsqu'un inconfort physique se manifeste, il faut l'habiter jusqu'à l'incorporer à soi, à son expérience de l'existence. Allegra en vient à accepter cette légère douleur comme faisant partie de son existence physique sur terre, à ce moment précis. Debout depuis six heures, elle a peu à peu perdu la notion du temps, passant toute la matinée en séances de yoga et de méditation. Puis, une cloche sonne dans l'édifice et les participants se relèvent tranquillement. C'est l'heure du dîner, qu'ils prendront tous en silence dans la grande salle à manger de pin blond. Le menu, végétarien, est d'inspiration indienne et les ingrédients frais abondent. Chapatis, dhal, curry d'aubergine, salade de concombres, Allegra se régale. Elle savoure la sensation d'énergie que lui procure ce repas, sans la lourdeur souvent associée aux aliments plus riches.

Elle est arrivée hier pour cette retraite silencieuse de yoga, qui se tient pendant la fin de semaine dans un centre de santé près d'Orford, dans les Cantons-de-l'Est. Elle en a entendu parler par une copine qui fréquente le même studio de yoga qu'elle, boulevard St-Laurent. Quarante-huit heures de silence, à ne parler que pour les besoins de l'enseignement, à se consacrer à la pratique du yoga et de la méditation. Allegra observe ses compagnons. Elle trouve très intimidant de partager ainsi l'intimité de ces inconnus sans pouvoir leur parler. Ses défenses habituelles l'abandonnent. En fille qui a toujours cherché à plaire, elle excelle dans l'art du caméléon : dans le cours d'une conversation, elle saisit vite la personnalité et les champs d'intérêt de son interlocuteur et sait leur renvoyer une image d'elle-même qui leur plaira. Mais ici, dans le silence, elle ne sait que faire pour charmer les autres. Leur sourire ? Oui, mais cela peut être mal perçu par ceux qui semblent se consacrer à une méditation contemplative profonde et dont le visage arbore peu d'expression faciale. Doit-elle demeurer plongée dans ses pensées, sans interagir avec les autres ? Cela pourrait lui donner l'air hautain, au-dessus de ses affaires. Elle avance donc à tâtons, souriant timidement à la dame rousse bien en chair qui partage sa chambre et croisant le regard de ceux qui semblent le souhaiter.

L'après-midi est consacré à une séance de méditation dans les bois givrés, au cours de laquelle chaque pas doit être posé au rythme de sa respiration. Allegra trouve l'exercice très agréable, et est d'avis qu'il est plus facile de concentrer ainsi toutes ses pensées sur le moment présent, sans les laisser s'éparpiller. L'air glacial de novembre lui donne de l'énergie.

De retour au centre de santé, une période de repos ou de temps libre est décrétée. Allegra n'a pas sommeil, elle s'assoit donc sur un banc de bois encastré dans une immense fenêtre en saillie qui surplombe la forêt. Il n'y a pas de livres au centre, pas de musique, pas de magazines. Aucune distraction n'est permise. Allegra ressent un malaise grandissant. Dans le silence, entourée d'inconnus, sans tâche à accomplir ou professeur à impressionner, elle se sent tout à coup à la dérive. Prisonnière de ses pensées, sans aucune échappatoire possible. Elle se sent étourdie et se lève brusquement, pour retourner marcher.

La route de campagne l'entraîne au détour d'un chemin ensoleillé vers la ferme voisine, où quelques chevaux flânent dans un champ. De les voir si paisibles, à ne rien faire hormis exister, calme un peu Allegra. Elle se rend compte qu'elle n'aime pas se retrouver face à elle-même. Cette réticence lui apprend qu'il est au contraire essentiel qu'elle le fasse, qu'elle se réserve des plages de silence dans sa vie, pour se regarder en face. Elle n'a pas souvent été heureuse, et il est temps que ça change. À force de courir le plaisir, elle est passée à côté du bonheur. Elle tente de se souvenir de cette citation qu'Éléonore lui avait répétée, un jour. Une phrase que sa grand-mère affectionnait. Voilà, ça lui revient : *Le plaisir est le bonheur des fous, le bonheur est le plaisir des sages* ou quelque chose comme ça. Allegra savoure le soleil sur son visage, ferme les yeux en humant l'odeur de foin qui flotte dans l'air et se jure de se tourner du côté du bonheur.

De retour chez elle, Allegra se sent calme et reposée, tant sur le plan physique que psychologique. Elle est impatiente de revoir Chantale, sa thérapeute, afin de discuter avec elle des réflexions occasionnées par cette retraite silencieuse. Surtout, elle a hâte de replonger dans la vie, de parler avec ses amis, de sortir, de voir du monde, de bouger. Depuis sa promenade régénératrice du samedi après-midi, elle pense beaucoup à Éléonore. Malgré tout ce qui s'est passé entre elles, sa grande amie lui manque. Celle qui a toujours su percer ses secrets et lui dire ses quatre vérités lorsqu'elle en avait besoin. Celle qui savait l'encourager, aussi, et l'aider à voir plus grand. Que dirait Éléonore si elle la voyait aujourd'hui, mannequin à ses heures, serveuse trois soirs par semaine ? Isolée, ayant éparpillé ses amitiés au gré de ses déplacements trop fréquents. Ayant surtout fermé la porte au nez de la seule vraie amie qu'elle ait jamais connue.

Chez elle, Éléonore reçoit enfin l'appel qu'elle attendait. Depuis deux semaines, elle sursaute chaque fois que le téléphone sonne. Cette fois, c'est enfin Louise qui lui annonce l'appel de monsieur Saint-Germain. Éléonore boit une gorgée d'eau, le temps de se calmer, puis elle répond.

– Éléonore Castel.

– Émile Saint-Germain, répond-il, pince-sans-rire.

– Qu'est-ce que je peux faire pour vous ?

– D'abord, me tutoyer, et ensuite, venir prendre un café avec moi au Réservoir.

– Dans quinze minutes ?

– J'y serai.

Folle d'énervement, Éléonore descend à toute vitesse vers sa voiture, puis peste quand elle s'aperçoit qu'elle devra la déneiger avant de partir. Les vitres sont givrées et mettent de longues minutes avant de se déglacer. Éléonore déteste être en retard, répétant souvent ce proverbe comme le faisait sa grand-mère Castel : *La ponctualité est la politesse des rois*. Elle arrive donc à la course, pour trouver Émile déjà confortablement attablé devant un bol de café latte. Ils se serrent la main. Éléonore commande un café à son tour. Elle s'astreint à être polie, s'enquiert des étudiants d'Émile, de la session d'hiver qui se termine. Mais elle sent son sang qui bouillonne dans ses veines et a la furieuse envie de hurler à Émile en plein restaurant : « Et alors ??? C'est oui ou c'est non ? » Celui-ci semble sentir son impatience et lui répond brièvement, sautant tout de suite au sujet qui les intéresse tous les deux.

– Éléonore. Je ne dors plus depuis notre rencontre. Je n'ai jamais été aussi emballé de toute ma vie. J'essaie de me raisonner, de me répéter que mon scénario n'est pas prêt, mais je suis pas capable ! Si t'es encore intéressée travailler avec moi, c'est oui ! C'est sûr que c'est oui !

– Et c'est sûr que je suis encore intéressée, voyons !

– Alors, la prochaine étape, c'est quoi ?

– Wow. Après m'avoir fait mariner pendant deux semaines, c'est au tour de monsieur d'être pressé, le taquine Éléonore. La prochaine étape, c'est que tu rencontres mon avocat, maître Paquin, pour négocier ton contrat de scénariste. Dès que c'est fait, on commence à recruter notre équipe. Ça aide à obtenir le financement, si on a déjà un réalisateur de renom et des acteurs connus qui participent au projet.

– À qui tu penses ?

– Il y a rien d'officiel avant qu'on ait signé, mais disons que Jacques Martel sait que j'ai un scénario à lui faire lire et il m'a gardé une petite place dans son horaire cette semaine.

– Dans ce cas-là, inquiète-toi pas qu'on va signer vite !

Éléonore rentre chez elle dans un état d'euphorie comme elle en a rarement connu. Elle fait part de la bonne nouvelle à Louise et à Jérôme, puis elle envoie un bref courriel à Jacques Martel lui disant de se tenir prêt à être épaté. Elle appelle Malik au bureau, puis sur son cellulaire. Croyant à une urgence, celui-ci répond en plein milieu d'une réunion d'affaires. Rassuré qu'il ne s'agisse pas de Mathilde, il félicite brièvement Éléonore et promet de l'emmener souper au Club Chasse et Pêche le week-end suivant afin de célébrer la nouvelle. Lorsqu'il raccroche, Éléonore reste sur sa faim, trop énervée pour travailler et voulant partager sa joie avec quelqu'un. Elle calcule rapidement le décalage horaire avec Paris et décide qu'il n'est pas trop tard pour appeler Yasmina. Celle-ci se met rapidement au diapason de l'excitation de son amie, la félicitant chaleureusement et exigeant un compte rendu détaillé des discussions avec « le poète pétard », comme elle a surnommé Émile à cause de la description que lui en a fait Éléonore, à la suite de leur première rencontre.

Les deux filles parlent longtemps, jusqu'à ce que Yasmina demande grâce et déclare qu'elle doit absolument se coucher, ayant rendez-vous avec un professeur de bon matin. Éléonore se rend compte que c'est l'heure du souper et que madame Gaston doit être prête à partir. Elle raccroche à regret, trouvant que ces conversations à distance ne rassasient jamais la faim qu'elle a de bonnes discussions avec sa meilleure amie.

C'est déjà le troisième hiver que Yasmina passe à Paris. Elle qui croyait n'y rester que deux ans, le temps de terminer une maîtrise, voilà qu'elle se perd dans les dédales du monde universitaire, parfois trop douillet pour qu'on ait envie de le quitter. Elle a décroché un poste convoité d'assistante de recherche auprès d'un professeur réputé, d'abord comme job d'été, puis de manière permanente à la fin de sa maîtrise. De plus, elle débute des travaux de recherche qui la mèneront à soutenir une thèse de doctorat. La vie parisienne lui plaît et elle ressent toujours le même frisson d'excitation lorsqu'elle s'assoit au Café de Flore pour se plonger dans un traité obscur sur la littérature au Moyen Âge, ou lorsqu'elle parcourt les boutiques éclectiques du Marais. Depuis un an, elle mène aussi une vie sociale très active, acceptant toutes les invitations et étant de toutes les soirées. Amélie et elle font la paire, fréquentant avec le même emballement les salons huppés et les bars *underground*. Yasmina a eu plusieurs aventures, mais aucune relation sérieuse. De son côté, Amélie fréquente un homme marié avec qui elle a des rencontres sporadiques. Les deux amies sont donc libres de sortir ensemble quand bon leur semble et elles ne s'en privent pas, surtout depuis que l'obtention de leur maîtrise a quelque peu allégé leur horaire.

Yasmina n'a jamais confié à Amélie les manigances dont Loïc avait fait l'objet, l'année précédente, gênée d'avoir ainsi manœuvré dans le dos de sa copine. Elle tente donc de demeurer impassible lorsqu'Amélie lui annonce, au détour d'une conversation: «On sort au Route 66, vendredi ? Il y a un spectacle de retrouvailles du groupe de Fabien et de Loïc.»

– Loïc ? Il est déjà revenu ?

– Oui, depuis au moins deux semaines. Oh la la... il est toujours aussi beau ! Il a le crâne rasé, ça le change ! Et c'est le seul mec bronzé de Paris, tu sais, avec le soleil des Alpes.

– Tu l'as vu ?

– La semaine dernière, chez Fabien. Je ne te l'avais pas dit ?

– Non.

– J'ai dû oublier. Alors, tu viens ?

Yasmina acquiesce.

Le vendredi soir venu, elle attaque ses préparatifs avec ardeur. Elle se dit qu'elle est déjà passée à côté d'une aventure prometteuse, l'an dernier, en raison de motifs idiots ; cette fois-ci, on ne l'y reprendra plus. Elle enfile une camisole noire et des jeans noirs moulants, qu'elle glisse dans ses bottes noires à talons hauts. Elle se maquille soigneusement et complète son *look* de *rock chick* en passant de grands anneaux dorés à ses oreilles et en choisissant un long collier en or, qui souligne le décolleté de la camisole et rehausse son teint basané. *Résistera bien qui résistera le dernier*, se dit-elle en jetant un dernier coup d'œil dans son miroir.

Sa seule crainte est que Loïc se soit fait une copine sérieuse, entre-temps ; mais il n'est de retour que depuis deux semaines et Yasmina se dit qu'il n'est pas du genre à entretenir une relation à distance avec une fille demeurée dans les Alpes. Elle est donc pleine d'entrain lorsqu'elle arrive au Route 66, déterminée à passer une nuit mémorable. Les gars prennent un verre au bar avant le début de leur spectacle. Amélie déboule comme une tornade, s'accroche au cou de Loïc, puis fait la bise à Fabien et à ses copains, bavardant et s'exclamant. Le cœur de Yasmina bat à tout rompre dans sa poitrine lorsqu'elle s'avance vers Loïc. Elle pose la main sur sa taille pour lui faire la bise, lentement, laissant leurs deux poitrines s'approcher, presque s'effleurer. Surpris, il fronce les sourcils et la toise d'un air moqueur, avec néanmoins une étincelle dans les yeux. À ce moment, on l'appelle pour commencer le spectacle. Il s'esquive pour monter sur scène. D'entrée de jeu, il fait rire la foule, s'excuse d'être un peu rouillé, et se lance. Il n'a rien perdu de son charisme et Yasmina est envoûtée. La voix puissante semble venir la chercher jusqu'au plus profond d'elle-même, et que dire de la façon dont il bouge sur scène… *presque animale,* se dit Yasmina, qui sent de délicieux frissons d'anticipation parcourir tout son corps.

Le spectacle terminé, Fabien et Loïc rejoignent les deux filles au bar. Amélie les félicite chaleureusement et échafaude tout de suite un plan de week-end à Londres, où toute la joyeuse bande pourra se retrouver et faire la tournée des pubs. Yasmina est tout de suite enthousiaste, adorant cette liberté de voyager dont jouissent les Européens grâce aux courtes distances entre les pays et aux tarifs réduits des compagnies aériennes.

En attendant, elle décide de ne pas perdre de temps et de mettre son plan de séduction à exécution. Elle s'approche de Loïc, feignant de devoir lui parler à l'oreille pour se faire entendre dans le bar bruyant, et, en aparté, elle se met à lui poser des questions sur son séjour dans les Alpes. Amélie esquisse un sourire en coin, reconnaissant là la technique d'approche préférée de sa copine. En effet, en moins de deux minutes, Loïc et Yasmina se frôlent les épaules ou se prennent par la taille pour mieux se rapprocher et se parler dans la cacophonie ambiante, semblant presque enlacés. Personne n'est surpris lorsque, après un verre, ils disent au revoir à leurs amis et s'enfoncent dans la nuit. Amélie fait un clin d'œil entendu en souhaitant bonne nuit à Yasmina.

Loïc enfourche sa moto, invitant Yasmina à prendre place derrière lui. Le vent de janvier est glacial et elle doit glisser ses mains sous le veston de cuir de Loïc pour les garder au chaud. Elle sent les muscles durs sous ses doigts, qui se tendent et se contractent à chaque virage. Loïc a passé l'année en haute montagne, pris par un travail extrêmement physique et exigeant, et cela se voit. Yasmina a l'impression d'être accrochée au dos d'un guépard prêt à bondir, tant elle le sent puissant et souple à la fois. Cela la change des étudiants ou des artistes qu'elle a l'habitude de fréquenter, et elle se fait la réflexion qu'elle ne s'en plaindra pas.

Une fois chez lui, elle jette un bref coup d'œil sur son studio, au décor masculin mais étonnamment ordonné. Elle se serait attendue à voir des chaussettes de sport traîner ou encore une pile de vaisselle dans l'évier, mais il n'en est rien. L'endroit est accueillant. Son regard se porte tout de suite sur l'immense lit à l'édredon rayé bleu marine et blanc qui trône au milieu de la pièce, et occupe toute la place dans un si petit studio. Loïc capte son regard surpris et lui explique en riant qu'il bouge beaucoup quand il dort. L'invitation est trop facile à comprendre. Yasmina l'entraîne tout de suite sur le lit dans une prétendue chamaille qui se transforme vite en autre chose. Il la retourne sur le dos et se penche au-dessus d'elle, lui tenant fermement les poignets de chaque côté du visage. La respiration de Yasmina se fait haletante, elle entrouvre les lèvres en le regardant dans les yeux, sans gêne. Loïc a bien envie de demander ce qui est arrivé à la fille coincée dont il garde le souvenir, mais ce n'est pas le moment. Il l'embrasse avec fougue, la tenant toujours clouée sur le lit. Enfin, elle réussit à dégager une main, qu'elle enroule autour de son cou. Leur baiser se fait plus profond. Yasmina détourne un instant sa bouche, afin de mieux regarder Loïc. Elle admire l'immensité de ses yeux bleus perçants et dessine du doigt le contour de ses lèvres charnues. Ce sont plusieurs mois de désir refoulé, de rêveries vaines, qui illuminent Yasmina d'une passion comme elle en a rarement ressentie. Elle se sent tremblante et féroce à la fois, voulant tout de lui maintenant. De son côté, Loïc tente de prendre son temps, la déshabillant comme on déballe un cadeau longuement convoité, mais le désir qu'il lit dans le regard de Yasmina a raison de lui et elle se retrouve rapidement nue dans ses bras. Il la détaille d'un regard de connaisseur et laisse paraître son admiration dans un grognement qu'il ne peut retenir, surtout lorsqu'elle se tourne vers lui pour lui retirer son pantalon. Il la caresse d'une main de maître et lui chatouille délicieusement le ventre avec sa bouche. Yasmina est sur le point de perdre les pédales, avant même qu'il ne soit passé à l'acte. Elle le saisit brusquement et le guide vers elle, n'en pouvant plus d'attendre. Loïc voudrait la faire languir encore, attiser les frissons qu'il sent parcourir le corps de Yasmina, mais il en est incapable. Suivant les mains avides qui s'emparent de lui, il s'enfonce doucement en elle, la tenant serrée contre lui. Elle ressent tout de suite une pulsion qui s'étend dans son bas-ventre en suivant le rythme des mouvements de Loïc. La sentant près d'exploser, il modifie la cadence et la retourne pour qu'elle soit sur lui. Une autre sensation s'empare d'elle, qui s'ajoute à la précédente, prenant de l'ampleur en *crescendo*. Cela ne lui est jamais arrivé de sa vie, elle a l'impression que le plaisir la submerge de partout, alors que Loïc vient toucher un point au fond d'elle-même qui fait finalement déferler vague après vague d'une jouissance si intense qu'elle la ressent jusque dans ses orteils et dans sa nuque. Elle le sent qui cède au même moment et ils restent longtemps enlacés, la respiration bruyante, leurs cœurs battants se cognant à travers leurs poitrines en sueur.

Yasmina s'astreint à ne pas s'endormir, malgré la lourdeur enveloppante qui la fait sombrer. Son oncle Mohammed et sa tante Zohra sont à Paris, et elle ne veut pas les inquiéter en rentrant à la maison aux petites heures. Elle jouit d'un tel degré de confort dans leur appartement, où elle règne seule presque toute l'année, qu'il lui coûte peu de restreindre sa liberté lors de leurs rares visites afin de se plier à leur perception des règles de conduite d'une jeune femme de bonne famille. Mais le métro est fermé à cette heure. Elle secoue donc Loïc et lui demande de la reconduire. Il obtempère, surpris que Yasmina tienne à rentrer. Ils traversent Paris dans la nuit déserte et s'embrassent brièvement pour se dire au revoir. Yasmina rentre à pas de loup et se glisse dans son lit, où elle s'endort immédiatement, le sourire aux lèvres.

Quelques semaines plus tard, Éléonore embrasse Mathilde à la sauvette et salue distraitement madame Gaston avant de dévaler les escaliers et de sauter dans sa voiture. Elle insère un CD de Carla Bruni et chantonne en conduisant, le cerveau en ébullition. Elle passe déjà mentalement en revue les coups de fil à faire dès son arrivée au bureau, les courriels à écrire, les consignes à donner à Louise. Elle se promet aussi de parler sérieusement à madame Gaston, ce soir. La vieille dame n'a accepté qu'un arrangement temporaire pour s'occuper de Mathilde, se jugeant trop âgée pour s'occuper d'un bambin. Mais les mois ont passé et Mimi adore tant sa nounou, qui le lui rend bien, qu'Éléonore n'a pas le courage d'ouvrir la porte à un départ éventuel de madame Gaston, ne sachant pas ce qu'elle ferait sans elle. Elle se dit qu'après tout madame Gaston le lui dirait, si elle se sentait trop fatiguée, et que rien ne presse, puis elle retourne avec soulagement à ses préoccupations professionnelles.

Depuis sa rencontre avec Émile Saint-Germain, et malgré toutes les belles promesses qu'elle avait faites à Malik de ralentir la cadence, Éléonore n'a plus une minute à elle. Même si elle a largué la plupart des projets de son père, il lui reste plusieurs responsabilités et obligations : respecter des contrats, percevoir des droits, administrer le capital de la compagnie. Tout cela, en parallèle du projet qui la fait vibrer comme rien d'autre auparavant : la production de « son » film : *Les années sombres*.

Tel que promis, les négociations avec le scénariste se sont réglées en un tournemain, Éléonore ayant l'habitude d'offrir des dispositions généreuses aux collaborateurs avec qui elle souhaite travailler à long terme. Dès l'entente conclue, Éléonore s'est tournée vers son mentor de toujours, le cinéaste de renommée Jacques Martel. Celui-ci a vu les mêmes promesses de succès dans le scénario d'Émile et s'est joint à l'équipe avec enthousiasme, ne manquant pas de préciser à Éléonore que c'est d'abord et avant tout son projet à elle, et qu'elle ne devait pas avoir peur d'y laisser son empreinte. Elle a tout de suite engagé un directeur de *casting* pour dénicher des acteurs susceptibles de plaire à Émile, le scénariste ayant insisté pour obtenir un droit de *veto* sur la distribution. Elle doit surtout se charger de débloquer des fonds, tant publics que privés, sans lesquels cette belle aventure ne sera pas possible.

Elle a pris rendez-vous à la banque et lancé le processus des demandes de subventions auprès de la SODEC et de Téléfilm Canada. Ce jour-là, elle doit peaufiner le synopsis qui sera envoyé à une liste d'investisseurs privés, triés sur le volet. Une fois assise à son bureau, son premier café latte entre les mains, elle s'attelle à la tâche, demandant à Louise de ne lui passer aucun appel. Elle est donc surprise, quelques minutes plus tard, lorsqu'elle voit le clignotant rouge qui indique un appel en attente. Elle prend le combiné.

– Éléonore Castel.

– Yo ! Élé !

– Yasmina ?

– Je sais que t'es super occupée, mais j'ai tordu le bras de Louise pour te parler. T'as deux minutes ?

– Pour toi, oui, mais juste deux. Ça va ?

– Super ! Je reviens d'une fin de semaine à Londres avec Amélie, Fabien et Loïc.

– Loïc, hein ?

– Ben quoi ?

– Me semblait que c'était juste un *one night*.

– Oui, en principe. Un *one night* qui s'étire un peu, c'est tout.

– OK… mais tu le vois régulièrement.

– Ben, oui, on se voit en groupe toutes les semaines, pis des fois en plus on va au cinéma ou prendre un café.

– Et chaque fois que tu le vois, tu couches avec ?

– Pas mal, oui. Je serais bien niaiseuse de faire autrement !

– Fait que vous vous voyez deux ou trois fois par semaine, vous couchez ensemble à chaque fois… Désolée de te dire ça, Yasmina, mais c'est ton chum.

– Ben non ! C'est pas comme ça. Je te l'ai déjà expliqué. C'est très *casual*. Mais je t'appelle pas pour ça ! Qu'est-ce que tu fais, cet été ?

– Je travaille, pourquoi ?

– T'aurais pas envie de venir en vacances en Italie ? Mes parents seront pas là en juillet, ils vont au Maroc, on aurait la villa toute à nous.

– Ça serait tellement cool, mais je sais pas si je vais pouvoir. J'essaie de faire débloquer la production de mon film pour le mois d'août, on a beaucoup de scènes estivales d'extérieur à tourner.

– Essaie de venir juste une petite semaine, OK ? Mathilde passerait ses journées dans la piscine, on irait à la mer ! *Come on!* Malik peut prendre congé, je lui ai déjà demandé.

– Je vais y penser. Allez, je te laisse, je dois vraiment travailler. Embrasse Loïc de ma part !

– Ha ha, très drôle.

– Continue de te faire des accroires, Yasmina Saadi ! lance Éléonore en raccrochant.

CHAPITRE QUINZE

Scott Lachance, l'entraîneur-chef du Canadien, décide d'installer ses joueurs à l'hôtel, la veille du septième match de la deuxième ronde des séries éliminatoires. Ça fait neuf ans que le Canadien ne s'est pas rendu si loin en séries ; neuf ans que Montréal n'avait pas autant vibré hockey. Après un entraînement tranquille, où les joueurs ont surtout patiné pour se délier les jambes, ils rencontrent la presse, puis montent dans un autobus pour rejoindre un hôtel dont l'adresse est tenue secrète.

C'est la dernière saison de Mike Delaney. Il le sait. Son entraîneur le sait. La direction le sait, même si rien n'a encore été annoncé dans les médias. Il est au septième ciel de terminer sa carrière sur une note aussi forte et est déterminé à tout donner pour aider son équipe à se rendre en finale de la Coupe Stanley. Le vétéran marque moins de buts qu'il y a dix ans, c'est sûr ; par contre, il sait encore placer un jeu et passer la rondelle à un coéquipier plus jeune et affamé de gloire qui décochera un tir assassin. Il exerce surtout une influence irremplaçable dans le vestiaire : malgré les quelques mélodrames qui ont secoué sa vie privée lors de l'arrestation de Claude Castel, Mike demeure le capitaine de l'équipe, celui à qui les gars peuvent se confier quand ils traversent une mauvaise passe ; celui qui sait motiver ses troupes avec un discours bien placé. Il parle peu ; cela donne encore plus de poids à ses paroles lorsqu'il décide de secouer ses coéquipiers.

Demain soir encore, Scott Lachance compte sur lui pour électriser les joueurs. Il lui a aussi demandé de partager sa chambre ce soir-là avec le jeune gardien de but Stéphane Perron, celui qui fait des miracles en ce mois de mai ensoleillé, mais qui doit composer avec une pression énorme sur ses épaules : celle des médias, de la direction de l'équipe et, surtout, celle de toute une province tombée en amour avec le p'tit gars de Victoriaville qui semble vouloir arrêter toutes les rondelles. La veille du grand match, l'entraîneur compte sur Mike pour garder le jeune Stéphane concentré et l'empêcher de faire des cauchemars aux couleurs des Devils du New Jersey.

Mike mange un plat de spaghettis en compagnie de ses coéquipiers, puis monte se coucher tôt, encourageant Stéphane à l'imiter. Ils écoutent une reprise de *Seinfeld* puis éteignent la lumière. Une quinzaine de minutes plus tard, alors que Mike révise dans sa tête les stratégies élaborées par Scott pour l'attaque à cinq, le téléphone sonne. Il est surpris : personne ne sait où il se trouve, à part la direction de l'équipe. Même Charlie ignore l'adresse de son hôtel et elle a été prévenue qu'il ne l'appellerait pas ce soir, comme il le fait habituellement quand l'équipe est sur la route.

– Allo ?

– Mike ? Guy Gravel.

Mike se redresse dans son lit et allume sa lampe de chevet. Le directeur-général du Canadien qui l'appelle à 22 heures le soir avant un match, ça n'augure rien de bon.

– Oui ?

– Mauvaise nouvelle. Sabrina Auclair, ça te dit-tu quelque chose ?

– Non.

– Et Barbara Bardot ?

– Pas plus.

– C'est son nom de scène. Une danseuse exotique, qui a travaillé longtemps chez Parée, pis avant ça au Gold Lion de Magog.

Mike commence à se sentir nerveux. Il ne peut imaginer que cette conversation mène vers une conclusion positive.

– Elle sort en première page d'*Allô-Vedettes* demain. Le titre, ça va être quelque chose du genre « Mes nuits avec Mike Delaney ».

– Voyons donc, Guy, c'est quoi cette histoire de fou ?

– Il paraît qu'elle a des photos, Mike. Le genre de photos sur lesquelles le journal doit mettre une bande noire pour cacher les bouts intéressants.

– Mais ça se peut pas !

– T'es sûr ?

– Tu me connais, Guy, quand même. À moins que…

– Il y a toujours un « à moins que… »

– Pas comme tu penses. À moins que ça soit une vieille, vieille histoire. Qu'elle ressorte des vieilles photos. Mais là, on parlerait d'il y a plusieurs années.

– C'est pas ce qu'elle dit, notre Barbara. T'es mieux de régler tes affaires, mon homme, pis d'être tout là demain soir. On a déjà passé l'éponge sur tes histoires avec ta blonde, viens pas nous le faire regretter. J'ai pas besoin de te dire l'importance du match de demain.

– C'est sûr, Guy. Je m'en occupe.

– Nathalie t'appelle demain matin à 8 heures pour préparer ton communiqué de presse. Mais préviens chez toi avant que ça sorte. Question d'éviter un drame de plus.

– Merci.

Guy Gravel raccroche sans plus de façons. Stéphane Perron dévisage Mike de ses grands yeux, ayant compris de quoi il retournait en écoutant Mike parler.

– Toi, retourne te coucher, lui lance son capitaine.

Mike saisit son téléphone cellulaire et s'enferme dans la salle de bains pour appeler Charlie. Il n'y a pas une conversation au monde qu'il a moins envie d'avoir que celle-là. Charlie est surprise d'entendre sa voix, mais bavarde gaiement en lui racontant sa journée. Une visite de sa sœur Ginette, un cours de *spin*, un appel de son agent lui proposant un rôle dans un infomercial vendant des produits blanchissants pour les dents.

– Je lui ai dit que j'en étais quand même pas rendue à pelleter des produits pour les vieux ! Après, Ginette m'a dit que j'avais eu tort, pis qu'aujourd'hui, c'est les jeunes qui se blanchissent les dents. Qu'est-ce que t'en penses ?

Mike soupire, puis raconte à Charlie ce qu'il sait de l'affaire. Il se serait attendu à des cris, à des récriminations. Charlie est toujours méfiante avec lui, craignant les *groupies*, les tentations de la vie sur la route, leur différence d'âge surtout, qui lui fait imaginer une concurrente en chaque jeune femme qui croise son chemin. Voilà que ses pires craintes se réalisent et elle est étrangement silencieuse. Mike tourne en rond, l'enjoint à parler, à répondre, à dire quelque chose. Charlie ne dit toujours rien. Elle semble catatonique à l'autre bout du fil. Pris de panique, Mike finit par s'emporter.

– Charlie, crisse, dis quelque chose !

Il n'entend que le déclic d'un téléphone qu'on repose. Elle lui a raccroché au nez ! Sans dire un mot. Il ne sait pas s'il s'agit là de la manifestation d'un orgueil blessé ou celle d'un désespoir profond. Il n'est pas question pour lui de laisser Charlie dans cet état. Il annonce à Stéphane qu'il rentre à la maison. Dans le corridor de l'hôtel, il croise Scott, son entraîneur-chef. Celui-ci sait bien pourquoi son vétéran est sorti de sa chambre après le couvre-feu. Par contre, il l'enjoint à y retourner : le hall de l'hôtel grouille de journalistes et il ne ferait que jeter de l'huile sur le feu en se présentant devant eux à cette heure.

Rageur, Mike retourne dans sa chambre. Stéphane feint de dormir, ne sachant pas quoi dire à son capitaine. Voulant préserver le sommeil de son gardien de but, Mike s'enferme dans les toilettes. Il contemple son visage dans le miroir. Le visage d'un homme qui a beaucoup vécu, plus que ses trente-sept ans. Des femmes, il en a connu; des folies, il en a fait. Mais jamais, au grand jamais, depuis sa rencontre avec Charlie, il y a de cela de nombreuses années. Depuis qu'il connaît Charlie, il est l'homme le plus fidèle de la ligue nationale de hockey, de loin. Même quand Charlie vivait encore avec Claude, il lui était fidèle. Il ne devrait donc rien avoir à se reprocher. Charlie devrait comprendre. Mais il sait très bien que c'est plus facile à dire qu'à faire. Que le battage médiatique qui s'annonce blesserait la plus compréhensive des femmes. Alors que Charlie… Mike l'imagine seule, dans sa grande maison, avalant un martini en tremblant, meurtrie, et il a la furieuse envie de défoncer le miroir d'un coup de poing. Voilà ce que ça lui donne, toutes ses niaiseries de jeunesse. *Je me pensais ben smatte. Mais quel cave j'étais, quel ostie de cave…* Il tourne en rond dans la petite salle de bains comme un lion en cage. Il faut absolument qu'il fasse quelque chose. Soudain, l'inspiration le saisit. Il prend son téléphone cellulaire.

– Allo?

Le ton d'Éléonore est inquiet. Le téléphone ne sonne pas souvent chez elle si tard le soir. Mike lui explique brièvement la situation, puis la supplie d'aller chez lui voir Charlie.

– À Rosemère? Voyons, Mike, il est passé 11 heures du soir. Mathilde dort depuis longtemps.

– Éléonore, s'il te plaît, s'il te plaît, s'il te plaît. Je ne t'ai jamais rien demandé, je te demande ça aujourd'hui. Si tu le fais pas pour ta mère, fais-le pour moi.

– OK, OK. Je vais essayer de mettre Mathilde dans la voiture sans la réveiller.

– Merci ! Appelle-moi dès que t'arrives, OK ? Je suis en train de devenir fou, ici.

Éléonore prépare un sac contenant des vêtements pour elle et pour Mathilde, ainsi que quelques jouets, un DVD de Caillou et du lait, du pain et du beurre d'arachide. Elle ne peut être certaine que sa mère aura quoi que ce soit à donner à Mathilde pour le déjeuner du lendemain matin. Elle contemple sa fille, profondément endormie sous la douillette décorée de papillons. Mathilde remue beaucoup dans son sommeil, comme dans la vie. Éléonore la prend dans ses bras, quand elle entend la sonnette qui retentit à répétition. Elle redépose Mathilde dans son lit et court vers la porte, inquiète. Avant d'ouvrir, elle demande qui c'est.

– Ouvre, Éléonore ! crie Charlie.

Étonnée, Éléonore ouvre la porte. Sa mère s'engouffre dans l'appartement, le visage couvert d'immenses lunettes de soleil et les cheveux dissimulés sous un foulard noir.

– Charlie ? Qu'est-ce que tu fais là ?

– Le salaud ! Le beau salaud.

Charlie marmonne des insultes et s'écroule de manière théâtrale dans le fauteuil du salon. Éléonore sent que la nuit sera longue. Elle s'assure tout d'abord que Mathilde s'est rendormie, puis rejoint sa mère au salon. Celle-ci n'a toujours pas bougé et demeure prostrée dans le fauteuil. Éléonore la toise, les bras croisés.

– As-tu appelé Mike, au moins ? Il se fait un sang d'encre.

– Ne prononce plus jamais ce nom-là devant moi, c'tu clair ?

– Exagère pas, quand même. C'est une erreur de jeunesse, c'est tout !

– C'est tout ? T'appelles ça « tout », toi, se faire humilier comme ça dans les journaux ? Non merci, j'ai déjà donné.

– Tu es complètement déraisonnable. Regarde, c'est toi qui choisis de vivre ta vie en public, c'est toi qui tombes en amour avec des célébrités. À quoi tu t'attendais ?

– Même ma fille se retourne contre moi.

– Maman ! Je ne suis pas contre toi, voyons ! Mais appelle Mike, sinon c'est moi qui vais le faire. Maman ?

Charlie a replié sa tête dans ses bras et refuse de répondre à sa fille. Celle-ci se dirige donc vers la cuisine et compose le numéro du joueur de hockey. Il est soulagé d'apprendre que Charlie est chez sa fille et promet à Éléonore de venir dès qu'il le peut. Mais Éléonore connaît bien l'importance du match du lendemain. Elle l'enjoint donc à laisser à sa mère le temps de respirer. Elle trouve qu'il serait bien trop dommage que Mike, par manque de concentration, termine sa carrière sur un échec à cause des drames de Charlie.

– Appelle-moi mercredi. Je te dirai ce qui en est.

– T'es sûre ? Elle doit être absolument furieuse. Ou peinée. Je sais pas ce qui est pire. Peinée, c'est pire. Je préfère qu'elle soit enragée. Qu'elle me tape dessus, qu'elle se défoule. Je pourrais pas vivre avec moi-même si je lui avais fait de la peine. Tu t'en rends peut-être pas compte, Élé, mais ta mère est très fragile.

Fragile, fragile, me semble qu'elle est fragile, maugrée Éléonore alors qu'elle entre à pas de loup s'installer sur le lit simple de la chambre de Mathilde, pendant que Charlie ajuste son masque de soie noir sur ses yeux et s'étire dans le grand lit blanc de sa fille.

Le lendemain matin, Éléonore est debout à la première heure avec Mathilde. Elle lui sert du gruau aux bleuets pendant qu'elle se prépare un café. Elle jette bien un coup d'œil vers la porte de la chambre où se trouve sa mère, mais celle-ci reste résolument fermée. Charlie ne semble pas avoir perdu l'habitude de faire la grasse matinée. Lorsque madame Gaston arrive, Éléonore se résout tout de même à passer la tête dans l'embrasure de la porte de sa chambre.

– Charlie !

Celle-ci pousse un soupir exaspéré en rejetant le duvet blanc.

– Tu peux pas me laisser dormir ? J'ai eu une dure nuit, tu sais.

– Je voulais juste te dire que je pars au bureau, madame Gaston est ici avec Mathilde.

– Madame Gaston ? Qu'est-ce qu'elle fait là ?

– Voyons, tu sais bien que c'est la nounou de Mathilde !

– Non, je savais pas ça du tout. Elle peut pas rester ici, je vais avoir l'air de quoi, moi, face à elle ?

– Maman, j'ai pas le choix, elle s'occupe de Mathilde.

– Laisse-la-moi, Mathilde.

– C'est une blague ?

– Mais non, mets-lui une émission, ça va bien aller.

– Elle va pas passer la journée devant la télé.

– Pourquoi pas ? Tu faisais ça, à son âge.

– Euh... parce que c'est mauvais pour elle.

– Ben voyons donc. Regarde, toi, avec toute la télé que tu as regardée, tu fais carrière là-dedans aujourd'hui.

– Charlie, le sujet est clos. Madame Gaston reste ici. Si tu veux pas la voir, reste dans la chambre.

Éléonore part travailler, exaspérée. Elle rentre aussitôt qu'elle le peut, après quelques rendez-vous qu'elle ne pouvait pas reporter. Elle trouve Charlie en robe de chambre dans la cuisine, les pieds confortablement installés sur un coussin, et la petite Mathilde appliquée à lui mettre du vernis à ongles sur les orteils, alors que ça devrait être l'heure de sa sieste.

– Charlie ? Qu'est-ce qui se passe ? Elle est où, madame Gaston ?

– Je lui ai dit de partir. Je passe un après-midi entre filles avec ma petite-fille. J'en ai bien besoin, avec tout ce qui m'arrive.

Éléonore pique une sainte colère. Elle passe un savon à sa mère et se jette sur le téléphone pour en passer un autre à madame Gaston qui s'est laissé mener par le bout du nez par son ancienne patronne. Éléonore tient à ce que la routine de Mathilde ne soit pas bouleversée par l'arrivée inopinée de sa mère. Et, pour être honnête, elle ne lui fait pas confiance. Pas du tout, surtout pas dans l'état où elle est. Comme pour lui donner raison, Charlie fouille dans le congélateur et en sort une bouteille de vodka. Elle s'en sert une généreuse rasade, qu'elle mélange avec le jus d'orange de Mathilde.

– *Cheers!* dit-elle à sa fille, malgré l'air défait de celle-ci lorsqu'elle lui fait remarquer qu'il est à peine 16 heures.

Éléonore inspire profondément et décide de passer à un autre cheval de bataille.

– As-tu parlé à Mike ?

– Je t'ai déjà dit de ne plus jamais prononcer ce nom-là devant moi. Avec tout ce que j'ai subi, me faire passer encore une fois à travers ça… C'est vraiment trop humiliant.

– C'est quand même un septième match de séries éliminatoires, ce soir. Tu penses pas que tu devrais l'appeler ?

– J'en ai rien à faire, de son hockey.

Éléonore s'enferme dans les toilettes pour laisser un message sur le téléphone cellulaire de Mike. Le rassurer sur l'état de Charlie et lui promettre qu'il ne s'agit que d'une brouille temporaire. Enfin, Éléonore l'espère. Elle ne pense pas qu'elle supportera la présence de sa mère sous son toit beaucoup plus longtemps. Vers 19 heures, elle allume la télévision pour regarder le match, ignorant les soupirs excédés de sa mère qui s'enferme dans la chambre. Les commentateurs font grand cas de la distraction évidente du capitaine du Canadien, faisant référence à mots couverts aux photos scandaleuses étalées dans la presse à potins. En effet, Mike joue peu, passant la plus grande partie du match sur le banc. Lorsqu'il est sur la patinoire, il semble vite s'essouffler et retourne sur le banc avant ses coéquipiers.

Heureusement, le gardien de but Stéphane Perron offre une autre performance magistrale et le Canadien gagne 3-2 pour accéder à la finale de l'Association de l'Est. Éléonore est soulagée, tant pour Mike que pour sa mère. Par contre, les commentateurs annoncent que l'équipe se rendra immédiatement à New York après le match, là où commencera la finale d'association les opposant aux Rangers deux jours plus tard. Cela veut donc dire que Mike ne rentrera pas à la maison de sitôt, et qu'Éléonore aura sa mère sur les bras encore quelque temps. Découragée, elle entre silencieusement dans la chambre de Mathilde et se couche sur le petit lit simple. Elle écoute la respiration de sa fille, mais met de longs moments à s'endormir.

Dès le lendemain, elle appelle Malik pour le mettre au courant de la situation. Déjà échaudé par le séjour que Claude avait fait chez Éléonore après sa sortie de prison, Malik accueille la nouvelle avec scepticisme. Surtout qu'encore une fois la présence de la famille d'Éléonore le relègue chez ses parents, Charlie occupant la chambre du couple. Malik accepte néanmoins d'être patient, sachant que la relation d'Éléonore avec sa mère demeure complexe.

Le reste de la semaine se passe tant bien que mal, Éléonore continuant ses conciliabules secrets avec Mike pour le tenir au courant de l'humeur de Charlie. Les Canadiens perdent leur premier match à New York, ce qui n'étonne pas les commentateurs sportifs. De son côté, Charlie continue de traîner sa peine dans l'appartement d'Éléonore, refusant de sortir, de peur d'être reconnue, mais ne levant pas le petit doigt pour aider à la maison, sauf lorsqu'il s'agit de faire un mauvais coup avec Mathilde. C'est ainsi qu'un soir, en revenant du supermarché, Éléonore retrouve sa maigre collection de produits de maquillage étalée par terre dans le salon, et le visage de Mathilde couvert de poudre et de rouge à lèvres, tandis que le fauteuil blanc est taché de petites traces de doigts roses. Charlie applaudit la coquetterie de sa petite-fille et ne voit pas du tout pourquoi Éléonore fait tout un plat de l'incident.

Le vendredi soir, avant l'arrivée de Malik, Charlie monopolise la salle de bains pendant une heure afin de se faire belle. À côté du clinquant de sa mère, Éléonore se dit qu'elle doit faire bien piètre figure, en jeans, t-shirt rayé de marin et queue de cheval. Elle ne sait pas qu'elle est l'antithèse de sa mère en tous points avec sa beauté sportive et naturelle. À l'heure du souper, Charlie fait des manières, que Malik feint d'ignorer alors qu'il prépare l'assiette de fruits de Mathilde. Éléonore se renfrogne et l'atmosphère est lourde. La vaisselle faite, Malik rentre chez ses parents et prévient Éléonore qu'il est occupé le lendemain matin. Prise par sa mère qui la réclame pour allumer l'ordinateur, elle ne prend pas le temps de lui poser de question et tend distraitement sa joue lorsqu'il l'embrasse.

Le samedi matin, Charlie annonce que son isolement doit prendre fin: il est urgent qu'elle se fasse couper les cheveux et elle a pris rendez-vous chez Alvaro, sur Bernard. Éléonore se dit que sa mère aurait pu choisir un endroit plus discret, si elle tenait tant à son anonymat, mais elle est si contente de la voir sortir qu'elle ne lui en fait pas la remarque. Elle pousse un soupir de soulagement lorsque la porte se referme et regrette que Malik soit occupé; une matinée en famille leur aurait fait le plus grand bien à tous les trois. Elle profite néanmoins de ses moments passés avec Mathilde et elles remplissent plusieurs pages du cahier à colorier préféré de la petite. Mathilde est très appliquée et elle a le don d'agencer joliment les couleurs. Éléonore termine de colorier les antennes d'un papillon lorsque Charlie fait irruption dans l'appartement. Habituée aux manières théâtrales de sa mère, Éléonore lève distraitement les yeux pour lui dire bonjour, tout en continuant son dessin. Mais Charlie se précipite vers elle.

– Éléonore! Éléonore! Je le savais, je le savais! C'est tous des salauds.

– Qu'est-ce qu'il y a, encore? Une autre histoire avec Mike? Combien de fois je te l'ai dit, c'est des vieilles affaires qu'ils ressortent. Si c'était pas les séries, ça n'intéresserait personne.

– Non, pas Mike! Le tien! Malik!

– Quoi, Malik?

– Je l'ai vu, je l'ai vu!

– Tu l'as vu quoi, de quoi tu parles?

Charlie continue de marmonner «Des salauds, c'est tous des salauds», question de faire durer le suspense. Éléonore doit la saisir par les épaules pour lui demander de s'expliquer. Enfin, Charlie consent à raconter ce qui la met dans un état pareil.

– Je sortais de chez Alvaro, et je l'ai vu!

– Malik ?

– Oui ! Avec une femme.

– Comment, une femme ?

– Une belle blonde, bien lookée, hyper tendance. Ils étaient sur la terrasse du Café Souvenir.

– OK, il était dans un café avec une fille. Ça prouve quoi ?

– Voyons, Éléonore ! Tu la connais pas, cette femme-là ?

– Non, la manière dont tu la décris, ça ne me dit rien.

– Tu trouves pas déjà ça louche ?

– Oui, mais enfin il peut y avoir mille explications.

– Éléonore, sois pas poisson. Je connais ça, les hommes. Fait que je me suis arrêtée pour les observer, pis à la fin, quand ils se sont levés, je les ai vus s'embrasser !

– T'es sûre ? S'embrasser comment ?

– S'embrasser, Éléonore, il n'y a pas mille façons de s'embrasser ! Elle avait son bras autour de sa taille, ils avaient l'air ben intimes. En tout cas, si j'étais toi, …

Éléonore n'a pas envie d'entendre ce que sa mère ferait si elle était elle. Elle n'a pas envie que sa mère continue d'être témoin de sa déconfiture, ni qu'elle observe sa détresse avec un sourire faussement apitoyé. Elle attrape ses souliers de course et ses clés, puis lance : « Charlie, tu t'occupes de Mathilde, je sors ! » à sa mère étonnée et fuit l'appartement soudainement devenu trop petit pour y réfléchir. Elle se dirige comme à son habitude vers le mont Royal, qu'elle gravit au pas de course. Plus ses poumons brûlent, plus elle se pousse à aller vite. Elle monte les escaliers qui mènent au chalet et après avoir repris son souffle, elle s'assoit au soleil sur les marches de pierre qui surplombent le belvédère. Les tulipes sont sorties et c'est une mer de rouge, de jaune et d'orangé qui accueille son regard, le portant jusqu'au centre-ville et au fleuve.

Malik, avec une autre femme… Elle aurait tant voulu opposer une certitude olympienne au potinage éhonté de sa mère, mais son cœur ne peut s'empêcher d'y croire. Elle a connu Malik en tant qu'homme à femmes, en Don Juan qui accumulait les conquêtes. C'est en partie ce côté jeune premier qui l'a tant séduite. Voilà maintenant deux ans qu'il est avec elle, fidèle au rendez-vous tous les week-ends, mais que sait-elle vraiment de sa vie personnelle ? Que sait-elle de ses semaines à New York, là où elle refuse toujours de déménager, et même de lui rendre visite ? Pourrait-elle lui en vouloir de s'être fait une vie, alors qu'elle ne lui accorde qu'une si petite parcelle de la sienne ? Peut-être n'a-t-il encore rien dit pour ne pas perdre ses fins de semaine avec sa fille. Il faut dire qu'Éléonore a fait bien peu d'efforts pour le séduire, depuis quelque temps. Elle est toujours si occupée par sa fille, ses affaires, son film maintenant, qu'elle et Malik sont devenus au fil du temps davantage des coparents que des amoureux.

Elle a beau se faire une raison, se dire que c'est normal, qu'elle était naïve d'avoir espéré mieux, il demeure que cette trahison lui fait atrocement mal. Surtout lorsqu'elle imagine la dulcinée de Malik, telle que sa mère la lui a décrite. Belle, blonde, grande, à la dernière mode. Sexy, féminine. Alors qu'Éléonore se sent comme une maman à bout de souffle, portant dans ses cheveux les barrettes de sa fille pour éviter de les perdre, et ayant plus de chances de trouver une couche et un paquet de lingettes dans son sac à main que le dernier rouge à lèvres Christian Dior. Elle connaît Malik, elle sait le genre de femmes qu'il a l'habitude de fréquenter. Des beautés sculpturales. Le pauvre, ça doit faire un moment qu'il se demande comment aborder le sujet avec elle. Elle se promet qu'au moins elle saura discuter de la rupture avec dignité. Elle ne lui lancera pas de reproches et sera raisonnable lorsqu'il s'agira de décider de la garde de Mathilde. Elle saura faire montre d'orgueil et dissimuler la plaie béante qu'il lui laisse au cœur. C'est le seul moyen qu'elle envisage pour sortir de tout ça la tête haute.

Rassérénée, elle rentre à la maison. Charlie glousse en lui apprenant que Malik a laissé un message. Ce n'est pas par méchanceté, mais elle a toujours aimé les rebondissements amoureux et est contente de voir que ça bouge enfin chez sa fille. Elle trouvait sa vie beaucoup trop tranquille pour une fille de vingt-sept ans. Éléonore écoute le message sur sa boîte vocale: Malik annonce son arrivée pour voir Mathilde à midi, c'est-à-dire dans quelques minutes seulement. Éléonore se résout à demander de nouveau l'aide de sa mère.

– Charlie, pourrais-tu emmener Mathilde au parc?

Charlie est déçue; elle aurait aimé assister à la confrontation, mais n'ose pas refuser. Elle est tout de même consciente que la petite n'a pas à écouter le genre de conversation qui s'annonce. En quittant l'appartement, elle serre sa fille dans ses bras et lui souffle d'être forte, de ne pas se laisser marcher dessus. Éléonore ne répond pas.

Quand Malik arrive, il est surpris de ne pas trouver Mathilde à la maison. Il se sert un verre d'eau et dit à Éléonore qu'après tout ça tombe bien, parce qu'il a quelque chose à lui annoncer. *Nous y voilà,* se dit Éléonore en serrant instinctivement les épaules. La combattante en elle prend les armes. Il n'est pas question qu'elle se fasse terrasser, par cet homme-là ou par un autre. Elle va simplement négocier le meilleur arrangement possible pour sa fille. Et panser ses blessures plus tard, en silence.

– Éléonore, commence Malik, je sais que ça va être un choc pour toi. Mais je voudrais que tu m'écoutes jusqu'au bout, OK?

– Je le sais.

– Tu sais quoi ?

– Ce que tu vas me dire. Et je suis bien correcte avec ça, alors inquiète-toi pas pour moi, OK ?

– Mais voyons, comment tu le sais ?

– Ma mère me l'a dit.

– Ta mère ? Qu'est-ce qu'elle a à voir là-dedans ?

– Elle t'a vu. Elle m'a raconté.

– Et t'es d'accord ?

– D'accord, c'est un bien grand mot, mais disons que c'est à toi de prendre cette décision-là.

– Wow ! Tu m'étonnes. Tu voudrais pas la voir, avant ?

– La voir ? Charrie pas, quand même.

Malik fronce les sourcils.

– Attends, Éléonore, tu parles de quoi, là ?

– Ben, de ta nouvelle blonde.

– Comment, ma nouvelle blonde ? Mais t'es complètement folle ! C'est quoi cette histoire-là ?

Éléonore est confuse.

– Ben, c'est qui que tu voulais me montrer, alors ?

– Pas qui, quoi ! Notre nouvelle maison !

– Notre nouvelle maison ?

– Ben oui ! J'ai trouvé une maison trop parfaite pour nous, sur Dunlop, juste en face du parc Joyce. Je pensais que ta mère m'avait vu sortir de là ce matin.

– Non, elle t'a vu au café Souvenir.

La lumière se fait dans la tête de Malik.

– Avec Sophia ?

– Je sais pas.

– Sophia, c'est mon agente immobilière, belle poire ! Pas ma nouvelle blonde ! Voyons, Éléonore ! Pis ça te faisait pas plus d'effet que ça ?

– Ton agente immobilière ? Mais ma mère dit que tu l'as embrassée.

– On s'est donné deux becs. Sophia est un peu flirteuse, elle m'a peut-être pris par la taille aussi, je sais pas ! Franchement ! C'est quoi cette histoire-là, tu penses que je viens jusqu'à Montréal toutes les fins de semaine pour me pogner des nénettes sur la rue Bernard ?

Malik est enragé. Tout y passe. Il se démène depuis deux ans, sacrifie sa carrière et toute chance d'avancement pour être avec elle, vit sa vie uniquement dans les paramètres permis par Éléonore, se fend en quatre pour trouver une maison plus grande, et voilà comment elle le remercie ! En le soupçonnant d'avoir une maîtresse et, pire encore, en agissant comme si ça ne la dérangeait pas le moins du monde !

– Est-ce qu'il y a des émotions dans cette tête-là, Élé ? Ma présence, ça compte-tu pour quelque chose, autrement que pour Mathilde ? Si j'ai juste un rôle de figuration, dans ta vie, t'es aussi bien de me le dire tout de suite. Je vais pas perdre mon temps plus longtemps. Sais-tu à quel point c'est insultant, ce que tu m'as dit, aujourd'hui ? Pour toi, que je reste, que je parte, ça revient au même, c'est ça ? Si c'est comme ça, dis-le-moi tout de suite, je vais trouver quelqu'un qui m'apprécie un peu plus. Je vais rappeler Sophia, tiens. Je suis plus capable. J'ai même plus le droit de dormir ici, parce que ta mère est là ! Pis là, en plus, elle te monte la tête avec ses histoires ! J'en peux plus, Élé.

Éléonore prend rapidement conscience de son erreur et elle se confond en excuses. Elle tente d'avouer à Malik qu'au contraire elle était si affectée par sa désertion qu'elle ne pouvait le lui montrer, mais ses assurances font peu pour le convaincre. Il est furieux. Charlie choisit malencontreusement ce moment-là pour rentrer, espérant que le gros de l'orage soit passé. Mathilde, inconsciente du drame qui secoue ses parents, se jette dans les bras de son père et entreprend de lui raconter tout ce qu'elle a vu au parc. Malik retrouve le sourire pour sa fille et c'est d'un ton calme qu'il demande à Éléonore s'il peut emmener Mathilde passer la nuit chez ses parents. Éléonore n'ose pas refuser et prépare un sac à sa fille, n'oubliant pas sa doudou préférée ni le DVD de Caillou qu'elle regarde tous les matins en déjeunant. Mathilde l'embrasse puis part, toute joyeuse, la main dans celle de son papa. C'est la première fois qu'Éléonore se sépare d'elle pour toute une nuit et en la regardant partir, pendue au bras de Malik, elle a l'impression de perdre d'un coup les deux êtres qui lui sont les plus chers.

CHAPITRE SEIZE

De sa retraite, Claude a pris l'habitude d'écrire des lettres. Pas des courriels. De vraies lettres, avec des timbres, qu'il met à la poste. Cette occupation désuète l'apaise. Pendant ses longues marches dans le bois, il passe en revue plusieurs des moments marquants de son existence et partage par écrit ses conclusions avec ses proches, lorsque ça les concerne. C'est ainsi qu'il a déjà écrit à son frère René, à ses sœurs. À sa fille. La lettre envoyée à Charlie est demeurée sans réponse. Puis, Claude s'est mis à réfléchir à son procès. À toutes les intentions malicieuses dirigées contre lui, à son ancien partenaire d'affaires, Franz Hess, qui avait été jusqu'à organiser un faux témoignage afin de l'incriminer. Claude se considère éminemment chanceux d'avoir pu échapper à un tel tissu de mensonges et de méchancetés. Mais à bien y penser, il en est venu à la conclusion que le hasard n'a rien à voir là-dedans : il doit tout aux efforts déployés par l'amie de sa fille, Allegra Montalcini. Sur le coup, en sortant du palais de justice, il était trop sonné pour réaliser ce qui venait de lui arriver. Mais les mois ont passé, la solitude du bois a fait son œuvre, et Claude a conçu une reconnaissance profonde envers la jeune femme.

C'est ainsi qu'il lui a écrit une première lettre. Allegra était très surprise à sa lecture, mais les sentiments qui y étaient évoqués l'ont beaucoup touchée. Alors, elle a répondu. Puis, Claude a fait de même. À plusieurs centaines de kilomètres de distance, avec trente ans de différence d'âge, leurs cheminements se ressemblent. Leur vie s'est écroulée comme un château de cartes et ils peinent chacun à la rebâtir. Allegra fait part à Claude de ses questionnements sur le sens qu'elle veut donner à sa vie, la difficulté de n'avoir pas encore trouvé sa voie, le désir pernicieux d'impressionner ceux qui l'entourent, son grand-père exigeant, sa mère inquiète, sa grande sœur coriace. Elle se sent comme une girouette, se tournant vers plusieurs options possibles pour toutes les rejeter l'une après l'autre et se retrouver à faire du surplace, vivotant avec ses séances de photos publicitaires et ses pourboires de serveuse. Elle en sait simplement assez pour comprendre qu'elle ne veut plus se tromper, s'engager dans une voie qui n'est pas la sienne, et cette peur l'immobilise.

Claude, de son côté, doit entièrement réinventer sa vie. Accepter l'échec de son mariage, vérité qu'il a voulu occulter pendant son séjour en prison et à laquelle il doit maintenant faire face, puisque Charlie refuse d'entrer en contact avec lui autrement que par l'entremise de son avocat. Repenser à sa carrière avortée, à sa compagnie maintenant entre les mains de sa fille, qui la transforme en une machine complètement différente, dans laquelle il ne se reconnaît pas. *Et c'est ben correct de même*, se dit-il. C'est au tour d'Éléonore de construire quelque chose. Quant à lui, il apprend à se contenter de peu : un bon déjeuner, une marche en forêt, une lecture apaisante, quelques heures de réflexion et d'écriture. À sa grande surprise, il constate que la solitude qui lui a été imposée en prison lui sied. À force de passer sa vie dans un tourbillon, il en avait oublié ce que cela voulait dire d'être seul, face à lui-même. Et il aime de plus en plus le reflet que lui renvoie son miroir.

Quand Allegra exprime, au détour d'une phrase, le désir d'assister à un atelier de yoga Iyengar à Québec, le premier week-end de mai, Claude l'encourage à pousser plus loin et à venir lui rendre visite à Cap-aux-Oies. Allegra, bien que surprise de l'invitation, accepte avec plaisir. Au cours de leur correspondance, elle a établi une réelle relation de confiance avec un homme qu'elle admire énormément. Ils reconnaissent chez l'autre la même quête, le même besoin de faire le point sans se laisser étourdir. Et puis, au cours des derniers mois, elle a appris à tisser des liens avec des gens de tous âges et de toutes origines. Elle est devenue copine avec les autres serveuses du Continental et sort souvent prendre un verre avec elles, après le travail. Elles fuient Saint-Denis, où elles risquent trop de croiser leurs habitués, et choisissent plutôt de s'éclater au Rouge, sur Saint-Laurent. Chez elle, Allegra est aussi devenue intime avec Agnès Lareau, sa voisine et proprio. La vieille dame l'invite régulièrement à prendre le thé et partage avec elle ses souvenirs de jeunesse. Allegra aime se laisser bercer par les récits d'Agnès, qu'elle écoute comme elle le ferait d'un film d'époque. Dans ses cours de yoga, elle a rencontré tout un groupe hétéroclite d'hommes et de femmes d'ici et d'ailleurs, qui partagent avec elle la passion du travail continuel sur soi et de la recherche de sens. Elle trouve donc tout à fait normal cette ébauche d'amitié avec un homme qui a deux fois son âge.

Elle arrive chez lui un lundi matin chaud et pluvieux, calme et sereine après trois jours de pratique approfondie de yoga et de méditation. Elle est surprise de constater l'opulence des lieux : même si la décoration est champêtre et cadre parfaitement avec l'environnement, il demeure que le soi-disant chalet de Georges Claudel est mieux équipé que la plupart des maisons de ville. La salle de cinéma est époustouflante, avec son écran géant qui occupe pratiquement tout un mur. Claude a sorti quelques-uns de ses films favoris et ils passent une soirée tranquille à écouter *Valérie*, le film de Denis Héroux dont les scènes de nudité avaient tant choqué, dans les années soixante-dix. Après, ils parlent longuement du jeu des acteurs en sirotant une tisane à la camomille sur la terrasse. La soirée est chaude et invite aux conversations qui s'éternisent. Lorsqu'elle émet une opinion, Allegra s'inspire souvent de sa propre expérience d'actrice pour expliquer comment elle aurait joué telle ou telle émotion. Claude l'écoute parler. Elle semble avoir une réelle passion pour le jeu. Elle a toujours la beauté fulgurante qui l'avait tant ébloui, plusieurs années plus tôt, lorsqu'il lui avait offert son premier rôle à la télévision. Mais, en plus, elle a acquis une certaine maturité, un calme et une assurance qui font d'elle une femme ensorcelante. Claude se targue de ne jamais s'être trompé, en « découvrant » de futures vedettes. Son instinct est sans faille et il est toujours aussi convaincu du potentiel d'Allegra. Encore faut-il qu'elle veuille de cette vie, qu'elle veuille se battre pour décrocher des rôles et qu'elle soit capable de composer avec la pression inhérente à ce métier.

Le lendemain, ils font une longue marche silencieuse en forêt. Ensuite, Allegra étend son tapis de yoga sur la terrasse de bois et fait ses asanas face au soleil. Curieux, Claude l'observe. Elle l'invite à se joindre à elle et il accepte avec plaisir. Elle le guide doucement dans les positions les plus simples. Claude travaille sur sa respiration et est empli d'une sensation de bien-être. Qui l'aurait cru ? Il se revoit, à peine trois ans plus tôt, courant à droite et à gauche, concluant de gros contrats, le téléphone cellulaire constamment collé à l'oreille. À l'époque, il prenait à peine le temps de déjeuner, avalait des espressos à longueur de journée et méprisait ceux qui volaient à moins haute altitude que lui. Aujourd'hui, le voilà qui consacre sa matinée à essayer de toucher ses pieds !

Autour d'une salade asiatique et d'un pichet d'eau glacée, Allegra et Claude continuent à échanger. Elle lui parle des attentes de sa famille en ce qui la concerne, du petit bonheur tranquille qu'elle s'est construit depuis un an, simplement en ayant un chez-soi chaleureux, des amis, un emploi. Elle conserve néanmoins la conviction qu'il y a autre chose, qu'elle n'a pas encore trouvé la voie qui lui permettra de s'accomplir entièrement. Elle a mis une croix sur l'université et la poursuite de ses études, mais elle sent encore en elle un besoin de se former, d'apprendre. Elle songe à entreprendre un séminaire pour devenir professeur de yoga. Claude l'observe de ses yeux perçants. Elle finit par se sentir mise à nu sous son regard et lui demande ce qu'il a en tête.

– Écoute, ce n'est peut-être pas de mes affaires.

– Non, non, vas-y, dis-moi ce que tu penses.

– Tu es une comédienne extrêmement douée, Allegra. Tu sais faire preuve d'une grande honnêteté émotive et tu ne te caches jamais derrière des paravents. C'est rare, ça. J'ai peut-être tort, mais moi je pense que ta voie, elle est là. C'est ça, ton talent.

– Je sais pas…

– Tu sais pas si tu en as envie ?

– Non, au contraire, l'envie est là, elle est toute là. Je n'ai rien tant aimé dans ma vie que de jouer. Mais j'ai peur.

– Peur de quoi ?

– Peur de tout ce qui vient avec. Regarde ce qui m'est arrivé la dernière fois. Les idées de grandeur, l'insécurité, la drogue, l'anorexie…

– De un, ma belle, tu avais dix-huit ans. Pas vingt-sept. C'est pas mal plus facile de se faire embarquer quand on est jeune. Depuis, tu as progressé, quand même. Et puis, tout ce dont tu me parles, ça existe autant et encore plus dans le milieu de la mode. Ça t'empêche pas de continuer à travailler comme mannequin.

– C'est vrai… Mais c'est différent.

– Pourquoi ?

– Parce que les photos, je m'en fous. Ça ne me tient pas à cœur.

– Donc tu as peur de faire quelque chose qui te tienne à cœur, c'est ça ?

Allegra réfléchit quelques instants. Puis elle éclate de rire.

– Coudonc, Claude, ça te tenterait pas de devenir thérapeute, comme deuxième carrière ? Je te jure que t'es au moins aussi fort que la mienne.

En discutant avec Claude, puis, plus tard, en réfléchissant dans sa chambre, Allegra se rend compte qu'il a effectivement mis le doigt sur le bobo : elle a peur de prendre des risques, peur de s'engager émotivement dans une aventure dont elle ne connaît pas d'avance le dénouement. Peur de se mettre à l'épreuve. Alors, elle préfère demeurer dans un immobilisme douillet. Mais elle se rend compte que son insatisfaction vient aussi de là : à force de tout craindre, elle n'avance pas. De retour à Montréal, elle parle longuement à sa thérapeute de cette révélation. Si elle souhaite progresser, il faudra qu'elle accepte de se mettre à l'épreuve, qu'elle soit prête à assumer ses échecs, en étant confiante qu'elle ne perdra pas les pédales à chaque soubresaut.

Et cette confiance, Allegra sent qu'elle la possède davantage chaque jour. Elle parle de ses hésitations à Agnès, qui rit presque de la voir si torturée par une décision en apparence si simple.

– Mon Dieu, Allegra, lui dit-elle, tu te compliques donc bien la vie ! Dans notre temps, c'était pas mal plus simple. On élevait nos enfants, ou, s'il fallait, on travaillait pour subvenir à leurs besoins. Mais on ne cherchait pas midi à quatorze heures ! C'était l'usine ou les ménages, à moins d'être assez ambitieuse pour devenir maîtresse d'école ou infirmière. Si tu veux mon avis, tu te poses trop de questions.

Ce raisonnement simple et direct convainc Allegra mieux que tous les discours de son grand-père. À force de se ménager, elle a oublié ce que cela signifiait de foncer. Elle écrit une longue lettre à Claude, le remerciant de s'être intéressé à ses problèmes et l'informant de sa décision de briguer une place au Conservatoire de musique et d'art dramatique de Montréal dès l'an prochain. Claude lui répond rapidement, la félicitant de son choix. Puis il ajoute un post-scriptum : « Je me mêle encore une fois de ce qui ne me regarde pas. Mais je me demandais si tu connais l'institut Lee Strasberg, à New York ? »

Intriguée, Allegra effectue quelques recherches. Elle a bien sûr déjà entendu parler du gourou de la *method acting*, dont est adepte, entre autres, Robert de Niro. Une technique qui consiste à se fondre entièrement dans son personnage, puisant son jeu d'acteur dans ses émotions et ses souvenirs personnels, plutôt que d'essayer d'imiter ce qu'on croit que le personnage ressentirait. L'institut offre des sessions de formation intensives. Allegra appelle, s'informe : elle pourrait commencer dès la semaine suivante. Elle tergiverse quelques instants, ne se sentant pas encore prête à mettre sa vie à l'envers ; puis elle comprend ce qui se cachait derrière le message de Claude. Lance-toi à l'attaque maintenant, sans plus attendre. Elle rappelle l'institut pour confirmer son inscription et verse un acompte par carte de crédit.

Maintenant qu'elle a pris une décision, Allegra met tout en branle à la vitesse de l'éclair. Elle se sent pleine d'énergie, avec des objectifs clairs et précis. D'abord, elle démissionne de son poste de serveuse, puisqu'elle sera absente pendant les trois prochains mois. Elle fait part de son absence à Agnès et lui demande la permission de sous-louer l'appartement. La vieille dame acquiesce, heureuse de voir sa voisine enfin engagée dans un projet qui la stimule. Dès le lendemain, Allegra reçoit un appel de Christine, l'une de ses collègues du Continental. Celle-ci vient de rompre avec son chum et se cherche un appartement temporaire. Pourrait-elle utiliser celui d'Allegra pendant son absence? Tout se met en place avec tant d'aisance qu'Allegra sent que l'univers conspire pour lui ouvrir la voie. Elle invite sa mère à souper au Leméac et lui demande un prêt qui servira à couvrir les frais de scolarité. Le premier réflexe de Nicole est de s'inquiéter, comme à son habitude, mais elle voit vite la détermination qui luit dans les yeux de sa fille. Elle consulte Benoît et son amie Johanne, qui la poussent tous les deux à soutenir le nouveau projet de sa fille. Elle appelle donc Allegra et lui annonce que la somme nécessaire a été déposée dans son compte. Pour une fois, Allegra ne s'en veut pas de dépendre un peu de sa mère: il lui faut un petit coup de pouce pour prendre son envol et maintenant qu'elle sait où elle s'en va, elle se promet de tout rembourser à sa mère un jour.

Pour ses dépenses quotidiennes, le loyer, l'épicerie, quelques repas au restaurant, elle puise dans ses économies. Elle ressortira de cette aventure lessivée: soit à l'aube d'une nouvelle carrière, soit de retour à la case départ. Mais ce risque, au lieu de l'insécuriser, la revigore. Elle sent enfin qu'elle tient sa destinée entre ses mains. Elle boucle ses valises et part vers Manhattan le cœur léger.

De son côté, Éléonore marche sur des œufs. Depuis le fiasco de l'agente immobilière, elle est d'une politesse de courtisane avec Malik. Elle a dû ramer pour qu'il accepte de lui parler. Elle lui a fait plein de promesses, dont celle de consentir enfin à visiter quelques maisons avec lui. En attendant, Malik refuse de côtoyer Charlie, dont le mémérage est à la source de leurs problèmes. Il entend consacrer ses fins de semaine à Mathilde, comme à son habitude, et offre à Éléonore de les passer à New York avec leur fille. C'est à son tour de se taper la fatigue de l'aller-retour constant. Éléonore s'y oppose : tous les week-ends en avion, c'est trop pour Mathilde, qui n'a que deux ans. Malik propose alors un compromis : un week-end sur deux à New York et l'autre, au chalet de ses parents, à Mont-Tremblant. Au moins jusqu'à ce que Charlie quitte l'appartement. Éléonore accepte, épuisée elle aussi par les drames permanents de sa mère, qui refuse toujours de parler à Mike et n'est d'aucune aide dans la maison.

Elle prépare donc un premier voyage à New York. Le premier en deux ans. Est-ce possible ? Elle se demande comment le temps a fait pour passer aussi vite. Mais elle sait bien que ce n'est pas seulement par distraction qu'elle a omis de rendre visite à Malik. C'est aussi par instinct de préservation, par désir de mener sa vie à elle, comme s'il n'était pas là. Ainsi, sa présence continue était un boni, et elle risquait moins de souffrir de son absence éventuelle. Elle se rend compte qu'elle n'a jamais complètement cru à son engagement et se demande pourquoi, alors que tous les signes étaient là pour prouver ses intentions : il l'a demandée en mariage ; il veut leur acheter une maison ; il est là tous les week-ends ou presque. Une petite voix commence à lui demander si ce ne serait pas son engagement à elle qu'elle remet en question. Mais elle la fait taire très vite : elle ne peut s'imaginer avec un autre homme que Malik.

En constatant le branle-bas de combat qu'exige un simple déplacement vers l'aéroport, Éléonore est soulagée de n'avoir pas accepté de faire ce trajet tous les week-ends. Faire les valises, sortir la poubelle, rassembler tous les objets familiers nécessaires pour Mathilde, réserver le taxi, essayer de peine et de misère d'en trouver un avec un siège pour bambins, tout ça pour un simple séjour de deux jours. Sans compter que le rendez-vous à Téléfilm Canada se poursuit tard le vendredi après-midi, qu'elle est en retard lorsqu'elle rentre enfin à la maison et saute dans un taxi avec Mathilde, et que l'autoroute 20 vers Dorval est complètement bloquée. Elle arrive à l'aéroport à la dernière minute, doit supplier les employés d'Air Canada de l'accepter à bord, puis court vers les douanes américaines pour y constater que la file d'attente est interminable. Bouleversée par le stress de sa mère, Mathilde est difficile et geint pour sortir de sa poussette. Éléonore est exaspérée. Elle tente de demander à un agent de sécurité la permission de passer devant tout le monde, son avion va décoller, et elle a la petite… rien à faire, ils sont intraitables. Éléonore se résigne donc à la longue attente et arrive à la porte d'embarquement alors que son avion est déjà parti. Le vol suivant est complet, on lui offre de la mettre sur celui de 20 h 30. Elle trouve que ça fera très tard pour Mathilde, qui est normalement au lit à cette heure, mais se dit qu'elle n'a guère le choix si elle ne veut pas perdre son billet et encourir la colère de Malik.

Elle l'appelle pour le prévenir de son retard. Celui-ci est déçu, s'étant fait une fête d'accueillir enfin sa fille chez lui. Il avait préparé un spaghetti aux boulettes de viande, le repas préféré de la petite. Mais voilà qu'elle arrivera tard et sera confuse de se réveiller dans un endroit qui ne lui est pas familier. Il réagit avec mauvaise humeur, accusant Éléonore à mots couverts de saboter son premier déplacement chez lui.

– C'est pas compliqué, me semble, arriver à l'heure à l'aéroport ! Tu le sais bien, qu'il y a du trafic le vendredi.

– J'arrivais du travail ! Ma réunion s'est éternisée.

– Moi aussi, mes réunions s'éternisent ! Je m'arrange quand même pour être là.

– Toi, t'as pas une fille de deux ans à traîner derrière toi. On avait oublié Lulu, il a fallu retourner la chercher.

– Oublier Lulu ! Comment tu peux même quitter la maison sans Lulu ?

– Je fais de mon mieux, OK ?

Quand finalement Éléonore arrive à La Guardia, épuisée, elle est étonnée de trouver Malik qui l'attend près du convoyeur à bagages. Comme il y a des embouteillages monstres en direction des aéroports, tous les vendredis soir, ils avaient convenu qu'il ne servait à rien qu'il se déplace chaque fois pour venir la chercher : il perdrait deux heures de sa journée. Mais il a perçu la détresse dans la voix d'Éléonore et sait bien que Mathilde risque de lui faire des misères, vu l'heure avancée. Elle est très reconnaissante qu'il y ait pensé, surtout qu'elle se sent complètement perdue dans l'immense aéroport, au milieu d'hommes louches qui lui demandent tous si elle veut un taxi.

– La prochaine fois que tu viendras, lui dit Malik, tu leur dis tous non. Le stand à taxis est par là. Tu prends juste un taxi jaune, OK ? Ce soir, je suis venu avec une voiture du bureau.

Éléonore s'écroule dans le confortable véhicule noir. Elle est un peu inquiète lorsque Malik place simplement Mathilde sur ses genoux, mais il l'assure que c'est permis dans les taxis et que tous les New-Yorkais font cela régulièrement. Il s'est renseigné auprès de ses collègues qui ont de jeunes enfants. Il semble s'être informé sur tout : les sorties préférées des petits, les restaurants qui les accueillent avec plaisir, les horaires du zoo de Central Park. Il parle avec enthousiasme des activités qu'il a prévues pour le week-end pendant qu'Éléonore se sent vaguement coupable de l'avoir privé de ce plaisir jusqu'à ce jour.

Le *skyline* new-yorkais l'impressionne toujours autant. Son regard se porte automatiquement au sud, vers les tours jumelles dont l'absence laisse un trou criant dans le ciel. Elle repense à cette angoisse qui l'avait saisie, ce matin-là, à sa joie lorsque Malik avait finalement déboulé dans ses bras, et elle lui serre la main. Il lui sourit dans la pénombre, par-dessus la tête de Mathilde bien endormie dans les bras de son papa.

Éléonore est curieuse de voir l'appartement de Malik, qu'elle ne connaît que par photos. Il habite l'élégant quartier qui entoure Gramercy Park. Moins hip que Nolita ou le West Village et moins bourgeois que le Upper East Side, le quartier plaît à Malik. Son appartement ne compte qu'une chambre, comme il y vit seul, mais il est grand et lumineux. Les immenses fenêtres s'ouvrent sur les arbres feuillus qui ornent la rue. Malik a tout prévu pour recevoir sa fille. Un petit lit simple qu'il a installé dans le coin de sa chambre, tous ses aliments préférés dans la cuisine, une pile de jouets neufs, un château de princesse tout rose et une collection de DVD de Walt Disney à faire pâlir d'envie un collectionneur. La petite est somnolente en arrivant et Malik passe de longs moments à lui chanter des berceuses dans son petit lit, pendant qu'Éléonore repère les lieux. L'appartement a le charme des immeubles classiques de Manhattan, qui datent d'avant la Première Guerre. Mais la cuisine et la salle de bains sont rénovées avec goût. Un luxe confortable, voilà comment Éléonore décrirait le chez-soi que Malik s'est construit. Avec tous les jouets inévitables de l'homme qui réussit, comme la chaîne stéréo Bang & Olufsen et l'écran de télévision plat qui domine le salon. Ils se couchent tôt eux aussi, se limitant à une brève caresse puisque Mathilde dort dans la même chambre qu'eux.

Le week-end se déroule à merveille. Malik n'a rien ménagé pour plaire à ses visiteuses. Il emmène sa fille chez FAO Schwartz et les yeux de la petite s'écarquillent devant tant de splendeurs. Il lui achète un chien en peluche qui est presque aussi haut qu'elle et qui est si réaliste qu'on croirait qu'il va se mettre à japper. Quant à Éléonore, Malik l'emmène dans les meilleurs restaurants de New York. Ils dînent chez Pastis. L'ambiance bistro français à la sauce new-yorkaise, peuplé de *beautiful people*, plaît beaucoup à Éléonore et elle imagine facilement en faire le lieu de tournage d'une téléserie. L'après-midi, pendant que Mathilde fait la sieste, Malik enjoint Éléonore à aller visiter l'ancienne résidence personnelle de Henry Clay Frick, qui abrite une importante collection d'œuvres d'art et qui a été transformée en musée, sur la Cinquième Avenue, à l'ombre de Central Park. Éléonore suit son conseil et n'est pas déçue. L'endroit est moins fréquenté par les touristes que les grands musées new-yorkais et ses dimensions sont davantage à l'échelle humaine. On y découvre la vie de ces aristocrates qui peuplaient la ville une centaine d'années auparavant. La décoration est d'une opulence qui rappelle les châteaux européens et Éléonore s'y sent comme dans un roman d'Edith Wharton.

Le soir, Malik invite Éléonore à sortir. Il a réservé les services d'une gardienne recommandée par l'agence de nounous qui s'occupe toujours des familles des clients étrangers de son bureau lorsqu'ils sont en visite. Malik lui fait donc entièrement confiance et la gardienne a suivi toutes les formations nécessaires.

Éléonore met une petite robe noire, préférant opter pour une tenue classique plutôt que de risquer de se tromper en n'étant pas au fait des dernières tendances new-yorkaises. Malik a réservé au restaurant Le Cirque, le plus réputé de New York sur le plan gastronomique. L'atmosphère est extrêmement chic et formelle, avec nappes blanches et serveurs en smokings blancs. Ils optent pour le menu de dégustation du chef, comprenant les vins qui s'y accordent. L'expérience est très stimulante pour les papilles gustatives, mais Éléonore aurait préféré un endroit plus chaleureux. D'autant que Malik semble vouloir profiter de l'occasion pour avoir une conversation sérieuse avec elle. Elle se sent en représentation, jouant au couple bien mis et comme il faut, et cela lui déplaît.

– Éléonore, dit Malik en terminant ses escargots sauvages agrémentés de gnocchis au gruyère, je voudrais qu'on parle sérieusement de notre arrangement. Mathilde a presque deux ans, je pense que c'est le temps de se remettre un peu en question.

– Qu'est-ce que tu veux dire ? demande Éléonore, tout de suite sur la défensive.

– Écoute, mon histoire de New York et des fins de semaine à Montréal, c'était un peu en attendant. Pour qu'on se donne une chance, sans se mettre trop de pression. Mais là, je pense qu'il est temps qu'on commence à penser à l'avenir.

– L'avenir… ?

– Notre avenir comme couple, comme famille. Il va bien falloir qu'on arrête de vivre à temps partiel, dans des appartements trop petits. On n'est bien ni chez moi ni chez toi. Ça nous prendrait trois chambres.

– Deux, comme chez moi, c'est assez, non ?

– Je sais pas. J'aimerais ça qu'on commence à penser au prochain bébé.

Éléonore manque de s'étouffer avec son pinot gris.

– Le prochain bébé ?

– Quand j'avais l'âge de Mathilde, Yasmina était déjà née ! J'ai pas envie qu'il y ait trop d'espace entre mes enfants.

– Là, tu me prends vraiment au dépourvu.

– T'es pas pour me dire que tu n'y avais jamais pensé ?

– À vrai dire, pas vraiment. J'avais encore la tête plongée dans l'immédiat.

– Penses-y, Éléonore. Si on s'y met maintenant, nos enfants auront déjà trois ans de différence. Ça fait beaucoup, je voudrais pas que ce soit plus.

– Mais c'est pas le bon moment !

– Qu'est-ce que tu veux dire ?

– Ma compagnie, mon film, je suis à veille de faire aboutir le projet, c'est pas pour prendre un congé de maternité maintenant !

– Élé... Ton film, ça fait six mois que tu *rushes* dessus. Si ça n'a pas encore débloqué, c'est peut-être parce que c'est pas dû pour débloquer. T'as fait des bonnes choses avec la compagnie de ton père, je dois t'avouer que je suis impressionné. Mais ce serait pas la fin du monde de te consacrer aussi à ta famille, non ?

– Me consacrer à ma famille ? Je fais juste ça, me consacrer à ma fille.

– Tu sais ce que je veux dire.

– Non, Malik, je sais pas ce que tu veux dire. Pourrais-tu me l'expliquer, s'il te plaît ?

– Énerve-toi pas ! Je veux juste dire que tu travailles beaucoup, t'as une nounou à temps plein...

– Je travaille souvent de la maison, tu sauras, et je suis là tous les soirs pour le souper et le bain de Mathilde.

– Oui, mais tu sais bien que tu continues à travailler quand elle est couchée... Et la fin de semaine, quand je suis là, t'as toujours au moins un rendez-vous et tu réponds à tes courriels.

– C'est fort, venant de toi ! T'as le Blackberry à peu près scotché à la main !

– Oui, mais c'est pas pareil.

– Parce que je suis la mère et toi t'es le père, c'est ça ?

– Les jeunes enfants ont besoin de leur mère, c'est biologique, c'est pas moi qui ai inventé ça, quand même. Ma mère, elle était à la maison quand on était jeunes, et je trouve qu'il n'y a rien de mieux pour un enfant. Je sais que les temps ont changé, Élé, je te dis pas d'abandonner ta carrière. Mais de ralentir un peu, le temps de faire un petit frère à Mathilde, c'est tout… On en a les moyens. On serait bien, non ? On aurait une maison à Montréal et un appartement ici. On pourrait passer plus de temps en famille, faire des voyages, aller voir Yasmina à Paris, passer plus de temps avec ton père…

La comparaison avec la mère de Malik blesse Éléonore. Elle a longtemps considéré Jacqueline Saadi comme étant la mère idéale : douce, attentionnée, présente. Jeune, elle enviait son amie Yasmina d'avoir une mère aussi aimante et souple à la fois. Alors que la sienne était plutôt absente et égoïste. Dès qu'elle a appris qu'elle allait avoir un bébé, Éléonore s'était juré de ne pas ressembler à sa mère. Mais est-elle en train de répéter le même *pattern* ? Fait-elle réellement passer sa carrière avant le bien-être de sa fille, comme Malik semble l'insinuer ? Jusqu'à aujourd'hui, elle aurait juré que non : ses heures en famille sont sacrées et elle se démène pour ajuster son horaire de travail à celui de sa fille. Mais elle ne peut s'empêcher de se remettre en question. Il est vrai que Jacqueline n'aurait jamais tenté de mener une grosse carrière et une famille de front. Éléonore ne l'envie pas d'avoir tout sacrifié à sa famille, mais il demeure qu'elle a réussi à bien élever ses enfants.

Le lendemain, alors qu'ils amènent Mathilde au zoo de Central Park, Éléonore demeure songeuse. Elle réussit de peine et de misère à garder la tête hors de l'eau, avec sa fille, sa carrière et sa vie de couple. Mais il semblerait que ça ne peut pas durer. Malik est mécontent, elle le sent au fond depuis le début de leur aventure. Il veut vivre de manière plus confortable, dans une grande maison ; il veut aussi une vie familiale plus traditionnelle, plus près de l'enfance idyllique qu'il a connue. Le problème, c'est qu'Éléonore n'est pas sûre de se voir dans le rôle de la maman parfaite. Pour commencer, elle ne sait toujours pas cuisiner ! Elle a toujours mille projets en branle et ne supporterait pas l'excès de domesticité qu'une telle responsabilité exigerait.

Mais elle sent bien que Malik est à bout. Il faut que quelque chose change, ça c'est sûr. Il a été très patient, a accepté de suivre ses règles pendant longtemps, mais la récréation est finie, pour Éléonore. Il est temps qu'elle commence à assouplir un peu ses façons de faire. Elle cherche des manières de temporiser, de le satisfaire sans complètement abandonner la partie. Plusieurs choix s'offrent à elle : déménager, faire un bébé, abandonner son projet de film... En y réfléchissant, aucune de ces options ne tient la route. Pour déménager, il lui faudrait vendre son appartement et investir en plus ses économies dans une nouvelle maison ; car elle n'accepterait jamais que Malik subventionne complètement l'achat de son foyer. Elle se sentirait en visite chez elle. Mais elle a déjà engagé toutes ses économies dans son projet de film et pris une hypothèque sur son appartement pour financer la préproduction ; elle est donc coincée. Un bébé... Elle n'est même pas capable de l'envisager. Un jour, oui, pourquoi pas, elle ne souhaite pas à Mathilde la solitude de l'enfant unique qu'elle a elle-même connue. Mais pas aujourd'hui, pas maintenant, pas quand sa carrière commence à prendre son envol. Pas quand sa relation avec Malik est aussi incertaine. Et son projet de film… impossible de l'abandonner. C'est sa passion tout entière qui est mise au service de cette aventure. Renoncer équivaudrait à renoncer à une part d'elle-même qui lui est trop essentielle.

Mais elle se sent tiraillée. Elle ne veut pas perdre Malik. Elle a rêvé de lui toutes ces années, n'a jamais voulu que lui, et a encore parfois de la peine à croire en sa chance. Et puis, c'est vrai qu'elle est épuisée. La responsabilité de sa fille, le procès et la dépression de son père, les drames de sa mère, ses obligations professionnelles, le stress associé au film, les craintes que Malik se tanne, tout cela s'accumule et elle se sent parfois si fatiguée. Le scénario qu'il lui dépeint est tout de même attrayant. Une vie plus facile, plus simple. La facilité, le luxe. Malik gagne des sommes colossales dont il ne sait que faire, pourquoi tient-elle donc tant à vouloir toujours payer sa part des frais ? Elle pourrait passer plus de temps avec Mathilde, l'emmener plus souvent chez son père. Découvrir New York, faire les musées. Profiter d'un long congé avec un nouveau bébé. Prendre les choses une à une, arrêter de tout vouloir faire en même temps.

Elle rentre à Montréal confuse, ayant promis à Malik de réfléchir.

CHAPITRE DIX-SEPT

Les Rangers de New York éliminent le Canadien en six matchs. C'est presque un soulagement pour Mike Delaney, qui peut enfin se soustraire à l'attention des médias et se consacrer à sa vie personnelle. Il avait prévu d'annoncer sa retraite à l'issue du dernier match des séries, mais devant l'avalanche de questions qui lui sont posées sur Charlie et sur les révélations-chocs de l'escorte dans les journaux à potins, il préfère ne pas attiser l'attention médiatique.

Il rentre chez lui à Rosemère et prend quelques jours pour se retrouver. Faire l'épicerie, mettre de l'ordre dans ses vêtements d'été, laver sa décapotable et préparer minutieusement sa moto Ducati pour la saison estivale. Il reste en contact avec Éléonore tous les jours ; il sait que Charlie n'est pas encore prête à lui parler. Elle est submergée par ses émotions et refuse d'aborder la question sous l'angle de la raison. Il voit bien qu'Éléonore n'en peut plus d'héberger sa mère dans un petit appartement et souhaite une issue à leur conflit, tant pour elle que pour lui.

Éléonore va passer la fin de semaine à Mont-Tremblant, laissant Charlie seule à Montréal. Mike décide de profiter de l'occasion pour aller lui parler. Il se présente à l'heure de l'apéro, lorsqu'elle sera plus détendue. Il sonne à la porte. Charlie ne se méfie pas et ouvre. Elle est surprise de voir Mike, qui ne lui a pas donné signe de vie depuis deux semaines. Il lui tend une bouteille de Dom Pérignon et lui demande de prendre un verre avec lui. Charlie demeure hautaine pour la forme, mais ses yeux se sont illuminés malgré elle en retrouvant son amant.

Mike n'y va pas par quatre chemins : il se jette carrément à ses pieds, l'implore de lui pardonner ses erreurs de jeunesse, jure qu'elle est la seule femme pour lui. Les années passées avec Charlie lui ont appris qu'avec elle on n'attire pas de mouches avec du vinaigre. Il a agi avec intégrité depuis qu'ils sont ensemble, mais c'est plus compliqué que cela : ce qu'il a à se faire pardonner, c'est d'être celui qu'il est. Un athlète professionnel qui a longtemps profité de sa célébrité pour courailler à droite et à gauche. Il n'en éprouve pas de regrets, encore moins de remords, mais il sait que c'est un bagage lourd à accepter pour une femme et il implore aujourd'hui Charlie de l'aimer comme il est, avec ses blessures et ses failles. Surtout aujourd'hui, quand sa carrière se termine et qu'ils peuvent enfin commencer à profiter de la vie comme ils le veulent.

– On fait ce que tu veux, Charlie ! La Floride, Las Vegas, le Mexique, on va où tu veux, quand tu veux. Je fais mes tournois de golf de temps en temps, on passe du temps ici avec nos familles, et le reste du temps, il est à toi, tout à toi !

– T'as pas envie d'une jeune pépette qui te soignera dans ton vieil âge ?

– Non, je veux juste toi, comme pépette, fait-il en enlaçant Charlie.

Leurs baisers se font plus profonds. Mike s'allonge dans le fauteuil et sacre en atterrissant sur un cheval en plastique rose. Il suggère à Charlie d'aller continuer la soirée à la maison. Il a du caviar et des blinis au réfrigérateur qui accompagneront le champagne à merveille.

– T'étais déjà sûr de ton coup, ou quoi ? demande Charlie.

– Non, répond Mike. Si tu m'avais claqué la porte au nez, je les aurais mangés pour me consoler !

Malik annonce un voyage d'affaires en Afrique du Sud pour la fin mai, qu'il ne peut reporter. Il sera donc absent lors du deuxième anniversaire de Mathilde. Cela l'attriste beaucoup et il presse Éléonore de se joindre à lui en voyage.

– On l'emmènera en safari pour sa fête, imagine ! T'as vu comme elle a aimé le zoo ?

Mais Éléonore refuse. Elle est très prise au bureau et Jérôme lui a obtenu un rendez-vous avec la SODEC au sujet des subventions pour son film. De plus, elle a promis à son père d'amener Mathilde à Cap-aux-Oies pour son anniversaire, comme l'année précédente. Malik ne cache pas sa déception.

– Tu vois, c'est cette liberté-là que je voudrais avoir, Élé. Qu'on puisse voyager ensemble tous les trois, quand ça nous chante.

– C'est pas enceinte ou avec un bébé que je pourrais partir en Afrique du Sud avec toi.

– Je sais, mais ça passe vite, ces années-là. Tout passe vite. Penses-y.

Éléonore invite son équipe de *casting* à faire le point chez elle, pendant que Mathilde dort. Ariane Montredeux a accepté de jouer le rôle féminin principal, celui d'Alice. Le rôle de Simon, le jeune homme par le truchement de qui l'histoire est racontée, est confié à un comédien de dix-neuf ans encore inconnu, Fabrice Bélanger, qu'Émile a débusqué en parcourant les cours d'art dramatique de tous les cégeps de Montréal. Il reste quelques rôles mineurs à combler, dont celui du mari d'Alice, un homme beau et cruel. Mais surtout, il leur reste à dénicher la perle rare qui jouera le rôle de Catherine, la jeune femme rebelle qui viendra troubler la vie rangée d'Alice par une étreinte amoureuse que le jeune Simon surprendra. Émile refuse de choisir une actrice connue, voulant offrir un visage neuf au public pour qu'il ressente pleinement les déchirements qui accablent la jeune femme. Mais il la veut surtout extraordinairement belle, de quoi troubler la quiétude bourgeoise d'Alice et faire fantasmer le jeune Simon pour le restant de ses jours. Il décide de tenir des auditions ouvertes et part aux quatre coins du Québec pour auditionner des comédiennes en herbe dans les universités et les centres commerciaux. Cette manière de fonctionner est assez onéreuse, puisque les auditions doivent être annoncées par les radios locales et dans les journaux. Mais Émile y tient coûte que coûte, déterminé à trouver LE visage qui correspondra à sa vision du personnage secondaire.

Éléonore entreprend la longue route qui la mène vers Cap-aux-Oies, seule avec Mathilde. Elle a prévu plusieurs arrêts et rempli son lecteur numérique des succès préférés de la petite. Rendue à Québec, Éléonore a envie d'arracher la tête de Carmen Campagne, mais tant que Mathilde demeure tranquille, elle est prête à tout endurer. Le midi, elles s'arrêtent dans un restaurant qui vante sa cuisine canadienne sur le bord de l'autoroute. Éléonore décide d'opter pour une valeur sûre et commande un club sandwich qu'elle partagera avec Mathilde. La petite est folle de joie de se voir permettre des frites et du ketchup. Après le repas, Mathilde s'endort et c'est avec soulagement qu'Éléonore insère un CD de Carla Bruni dans le lecteur de sa voiture. Elle chantonne gaiement en conduisant et arrive chez son père de très bonne humeur. Mathilde se réveille tandis qu'elles montent la longue allée de gravier qui mène à la maison de Georges. Cette année, contrairement à l'an dernier, ils ne seront que trois, et cette intimité plaît à Éléonore. Elle aura l'impression de redécouvrir son père, qui ne semble pas près d'abandonner sa vie d'ermite.

Dès les valises posées dans les chambres, Éléonore annonce son envie de se dégourdir les jambes après une si longue route. Ils partent donc dans le bois, empruntant l'un des sentiers favoris de Claude. Mathilde est trop lourde pour le porte-bébé et elle marche comme une grande, tenant fièrement la main de son grand-père pour éviter de trébucher sur les racines. L'air frais revigore Éléonore et ses soucis montréalais lui semblent bien loin.

C'est avec énormément d'enthousiasme qu'elle raconte à son père, une fois Mathilde couchée, les aléas de sa nouvelle vocation de productrice de cinéma. Autour d'une bonne bouteille de bourgogne, le père et la fille dégustent des fromages de lait cru sur une baguette, tout en échangeant leurs idées. Claude aborde la question d'un point de vue entièrement nouveau, ce qui fait du bien à Éléonore qui est plongée dans le dossier depuis si longtemps qu'elle ne réussit plus à distinguer l'essentiel de l'accessoire. Claude tranche en quelques instants des questions qui tracassent Éléonore depuis des semaines. Elle se dit pour la énième fois combien ils feraient une bonne équipe, tous les deux, mais ne veut pas briser leur bonne entente en abordant le sujet de la retraite prolongée de Claude.

– Fait que, ce qui te manque c'est de l'argent, c'est ça ?

– En majeure partie, oui. Même si les subventions finissent par arriver, il me manque un bon million en fonds privés. Pis j'ai déjà fouillé dans toutes les poches possibles.

– C'est tout trouvé.

– Tout trouvé ? Comment ?

– Je vends la maison sur Maplewood, tu finances ton film.

– Voyons, papa, tu peux pas faire ça !

– Je vois pas pourquoi. J'ai une dette envers toi, ma fille. T'as payé mes frais d'avocat, t'as repris ma compagnie, t'as payé mon hypothèque dès que tu as pu.

– C'est ça, une famille. Ça s'aide.

– Ben, justement. Là, c'est à mon tour de t'aider. Pis qu'est-ce que tu veux que je fasse d'une grande maison à Outremont ? Ta mère est plus là, toi t'as grandi, je tournerais en rond tout seul, là-dedans.

– Je sais bien, mais l'argent de la vente, ça pourrait t'être utile, non ? Tu vas vivre comment ?

– Pour le moment, je suis bien. J'ai besoin de rien. Tu sais, ta grand-mère disait toujours qu'il y a deux façons de devenir riche : gagner plus, ou désirer moins. Je désire moins.

– T'es sûr ?

– Tu me ferais le plus beau des cadeaux. J'ai jamais rien vu de plus extraordinaire que la passion dans les yeux de ma petite fille quand elle parle de son film. Pis je veux que ça continue.

Éléonore se jette dans les bras de son père et l'étreint avec force.

– Tu sais que c'est quand même pas garanti que ça se fasse ? Il me reste les subventions à décrocher.

– J'ai confiance.

– Et mon plus gros casse-tête, c'est le rôle de Catherine, l'amie d'Alice. C'est un petit rôle, mais c'est vraiment important pour le reste. Pour qu'on comprenne bien les tiraillements d'Alice, l'obsession de Simon. On la voit peu, Catherine, mais il faut qu'elle soit inoubliable. Et que son jeu soit à la hauteur de celui d'Ariane Montredeux, c'est pas rien !

Éléonore part préparer une tisane à la camomille. En revenant, elle raconte à son père son premier séjour new-yorkais chez Malik et lui confie qu'elle y retourne la semaine suivante. L'air distrait, Claude mentionne en buvant sa tisane :

– Allegra Montalcini est à New York en ce moment.

– Allegra ? Mon amie Allegra ? Comment tu sais ça ?

– On s'est écrit, après mon procès.

– Ah bon ?

Éléonore ne sait pas trop quoi penser de cette nouvelle. Ni pourquoi son père choisit de la lui mentionner maintenant.

– Elle étudie à l'institut Lee Strasberg, tu sais, c'est dans Union Square.

– Je connais l'institut Lee Strasberg, papa. Où tu veux en venir ?

– Rien, simplement que ça pourrait te plaire, d'avoir une copine à New York.

– Hum-hum…

Éléonore est sceptique. Mathilde choisit ce moment-là pour l'appeler, inquiète de s'être réveillée dans une chambre inconnue. Éléonore met de longs moments à la rendormir et en profite pour se coucher elle aussi, lovée contre sa petite.

Le lendemain, ils descendent se promener au village puis célèbrent les deux ans de Mathilde avec une tarte aux bleuets achetée à la boulangerie du coin. Mathilde chante « Bonne fête » à tue-tête avec sa mère et son grand-père et souffle ses deux bougies avec énergie. Trop distraite par son nouvel environnement, par les moineaux, les corbeaux et les canards, elle ne demande pas où est papa, et Éléonore en est soulagée. Sa situation avec Malik, qui n'est pas simple depuis le début, semble se compliquer avec les années. Elle n'a absolument rien à lui reprocher et cela la rend d'autant plus confuse : il est présent, il est engagé, il est l'homme de ses rêves, alors qu'est-ce qui cloche ?

Elle aurait envie d'en parler, de se confier, de percer à jour le mystère de ce qui la chicote tant, avec Malik. Mais elle n'a pas cette relation-là avec ses parents. Yasmina ne serait pas objective. Avec Mathilde, son travail qui est très prenant, les visites de Malik le week-end, elle voit peu ses autres copines. Les personnes qu'elle côtoie le plus sont Louise et Jérôme, mais elle ne se sentirait pas à l'aise de mêler sa vie privée à sa vie professionnelle en leur racontant ses déboires. Elle préfère qu'ils gardent d'elle l'image d'une femme compétente et à son affaire. Elle repense à ce que son père lui a dit hier… Allegra qui est à New York. Elle ne sait plus si son père voulait simplement œuvrer à leur réconciliation ou s'il y avait un lien avec ses problèmes de *casting*, mais pour le moment, cela lui importe peu. Elle pense à sa grande amie, qui a quitté sa vie depuis deux ans, mais qui continue toujours de lui manquer autant. Elle doute que cela soit réciproque… mais se dit qu'elle ne perd rien à essayer.

Elle décide de faire un séjour de trois jours à New York cette fois-ci, espérant que cela laissera davantage le temps à Mathilde de se remettre de son voyage avant de devoir repartir. Malik est ravi et annonce qu'il prendra le vendredi de congé. Cela convient à merveille à Éléonore, qui a élaboré un plan pour le vendredi midi. Le déplacement se passe beaucoup mieux, surtout qu'Éléonore a pris soin de réserver un vol en dehors des heures de pointe. Mathilde retrouve avec plaisir ses jouets et son petit lit. Malik a fait venir des sushis et ils passent une soirée agréable, bien qu'encore une fois la présence de Mathilde dans leur chambre interdise les rapprochements.

De bon matin, ils partent se balader dans Soho. Éléonore sursaute en apercevant sur West Broadway la devanture de Felix, le bistro franco-brésilien qu'Allegra lui avait fait découvrir lors de leur voyage de cégepiennes à New York. Le restaurant n'a pas changé une miette et elle supplie Malik d'y entrer. Elle commande des œufs bénédictines, comme la dernière fois, et se remémore à voix haute les mille anecdotes de ce week-end inoubliable. Mathilde pioche joyeusement dans les frites de sa mère pendant que Malik mange un hamburger.

– Et c'est cette fin de semaine-là que Yasmina a rencontré Nicolas Sansregret ! Elle était tellement en amour. Tu te souviens de lui ?

– Le beau blond qui avait tellement fait pleurer ma sœur ? Mets-en, que je m'en souviens. Il ferait mieux de ne pas me recroiser, celui-là.

– Exagère pas ! On était jeunes ! Allegra nous avait amenées au Barolo, c'était une soirée tellement folle, c'est là qu'elle avait rencontré son agente. Je me demande bien si sa vie aurait mieux tourné, si on n'était jamais venues…

– Cette fille-là allait trouver le trouble d'une manière ou d'une autre, inquiète-toi pas pour ça.

– Heille, parle pas comme ça de mon amie !

– Ton amie, ton amie, ça fait deux ans que tu l'as pas vue !

– C'est pas grave. C'est mon amie quand même.

Éléonore se renfrogne et perd l'envie de raconter à Malik son plan pour l'après-midi. Elle se contente donc de lui demander s'il accepte de ramener Mathilde à la maison pour sa sieste afin qu'elle puisse continuer à se promener.

– Pas de problème. Continue vers Nolita, les boutiques sont vraiment super tendances. Moins touriste que Soho.

Éléonore se fait la remarque que Malik la connaît toujours bien peu, s'il pense qu'elle a envie de magasiner dans une boutique tendance. Le genre où il y a trois cintres accrochés au mur, des poutres de béton exposées au plafond et où chaque vêtement coûte autant que son hypothèque mensuelle. Quand elle le quitte, elle arrête rapidement chez Anthropologie, de l'autre côté de la rue, qui la séduit par son côté bohème et romantique. Elle achète un grand foulard rose et une camisole crème, qu'elle enfile avec ses jeans favoris. Ainsi vêtue, elle a l'impression de se fondre un peu plus à la foule des *fashionistas* qui hantent le chic quartier new-yorkais.

Elle hèle un taxi jaune, appréciant toujours autant le sentiment de se retrouver dans un film lorsqu'elle élève le bras et que la voiture s'arrête sec à ses côtés.

– *Union Square, please!* dit-elle au chauffeur qui démarre en trombe.

Lorsqu'elle arrive à l'institut Lee Strasberg, la réceptionniste lui apprend que les cours se terminent à midi. Elle décide donc d'aller bouquiner dans l'immense Barnes & Noble qui donne sur le square. La section cinéma est la mieux fournie qu'elle ait jamais vue et elle passe une bonne heure à feuilleter livres et albums de photos. À midi moins le quart, elle est plantée devant la porte de l'institut. Elle observe les élèves qui sortent, son regard de productrice ne pouvant s'empêcher de scruter les visages à la recherche de la prochaine star. Lorsqu'Allegra paraît, Éléonore constate tout de suite qu'elle se démarque de ses compagnons. Elle dégage une réelle présence, même lorsqu'elle ne fait que discuter avec une copine sur le trottoir. Les années qui ont passé, loin de faner sa beauté, n'ont fait que lui permettre de mûrir davantage. Éléonore l'observe quelques instants puis prend son courage à deux mains et l'interpelle.

– Allegra!

Elle se retourne, surprise d'entendre son nom avec un accent québécois. Lorsqu'elle voit Éléonore, elle est d'abord incrédule, puis son visage se fend en un énorme sourire qu'elle ne pourrait dissimuler, même si elle le voulait. Elle abandonne donc tout semblant de rancune et se précipite dans les bras de son amie. Elles s'exclament toutes les deux et parlent en même temps. Quand il est établi que leur rencontre n'est pas une coïncidence, qu'Éléonore a sciemment cherché à la revoir, Allegra est folle de joie et d'autant plus énervée de retrouver sa grande amie.

– Qu'est-ce que tu fais, là ?

– Ben, je sais pas. Je suppose que j'espérais luncher avec toi. Est-ce qu'il y a un café dans le coin ?

– Ici, beurk, pas grand-chose d'intéressant. J'ai une heure et demie de pause, allez, on prend un taxi !

Allegra l'entraîne à toute vitesse vers un taxi jaune qui s'arrête devant elles, puis demande au chauffeur de les conduire au coin de Prince et de Mott.

– Je t'emmène au Café Gitane, à Nolita !

Éléonore sourit en constatant qu'elle ne décevra pas Malik.

Le minuscule café est rempli de gens décontractés et branchés, qui dégustent cafés et salades maison en lisant le *New York Times* ou en discutant avec énergie. Éléonore se glisse sur la petite banquette de cuir vieilli pendant qu'Allegra prend place sur l'une des chaises de métal hétéroclites qui ornent la pièce. Elle recommande l'excellent couscous, qu'elles choisissent toutes les deux. Les deux amies sont si contentes de se retrouver qu'elles ne laissent pas à l'autre le temps de finir sa phrase avant d'enchaîner avec la prochaine question. Tout y passe en rafale, les études d'Allegra, son cheminement, la naissance de Mathilde, les aventures cocasses de la petite, les projets d'Éléonore, la manière dont elle a repris les affaires de son père.

Éléonore et Allegra se retrouvent comme si elles ne s'étaient jamais quittées. La surprise de voir son amie à New York fait tant plaisir à Allegra que toute idée de rancune s'est envolée. Les années ont passé, elle a beaucoup mûri, et elle est aujourd'hui plutôt gênée des drames d'adolescente qui l'ont éloignée de sa meilleure amie si longtemps. C'est donc sans malaise aucun qu'elle aborde la question de Malik. Éléonore le sent, et s'ouvre avec toute l'honnêteté qu'Allegra a toujours suscitée en elle.

– Je sais pas… Je sais pas.

– Comment, tu sais pas ?

– Je sais que je suis la fille la plus chanceuse du monde. C'est l'homme de mes rêves depuis toujours, il est là, il veut m'acheter une maison, me faire un deuxième bébé… Mais je sais pas.

– La plus chanceuse, exagère pas, il est chanceux lui aussi !

– Non, mais lui, il peut avoir n'importe qui. Moi… c'est le seul gars au monde qui m'a fait tripper.

– C'est parce que c'est ton seul, point !

– Non, quand même pas, j'ai couché avec d'autres gars…

– Des histoires minables d'université. Ça compte pas ! Éléonore, c'est évident : si tu penses que Malik c'est le seul gars *hot* au monde, c'est parce que t'as zéro expérience !

– Pas juste ça…

– Quoi, parce que tu trippes sur lui depuis que t'es petite ? C'est ton fantasme de jeunesse, *fine*, mais ça ne veut pas nécessairement dire que c'est l'homme idéal à l'âge adulte. Je pense qu'il est temps que tu arrêtes de le mettre sur un piédestal et que tu penses à ce que toi tu veux.

– Peut-être…

– Pas peut-être, c'est évident ! Une relation adulte profonde, ça se bâtit sur l'équilibre, le respect mutuel.

La liberté d'être soi-même. L'homme idéal, c'est celui qui te pousse à t'envoler, pas celui qui te retient!

– T'en as un, toi, un chum sérieux?

Allegra rit.

– Non! Ça doit être parce que je cherche LA relation parfaite. En attendant, je m'amuse, c'est sûr, mais avec des gars comme moi, légers. Ça ne blesse personne et ça fait du bien.

– Je peux pas m'imaginer...

– Je sais! Je t'aime, Éléonore, mais des fois t'es bien trop *straight*.

Éléonore est ébahie de constater à quel point Allegra sait lire au fond de ses pensées, comme une magicienne. Elle revoit son amie pour la première fois en deux ans et en dix minutes de conversation, elle identifie ce qui tracasse Éléonore depuis des mois: Malik ne lui donne pas la liberté d'être elle-même. Au lieu de l'encourager, il la retient. Il l'a fait douter de son potentiel de femme d'affaires, l'a insécurisée pour se donner le beau rôle. Il veut la confiner à un rôle plus traditionnel, à la maison avec des enfants. Il souhaite qu'elle s'adapte à sa vie à lui, faite de voyages et de résidences aux quatre coins du monde. Alors qu'elle ne rêve que de grands projets professionnels, d'un travail qui l'assouvit, d'une vie tranquille à Montréal, entourée par les siens. En fait, il veut une femme comme sa mère! Ce qu'Éléonore ne sera jamais. Reste cette attirance fulgurante, qui la ramène toujours auprès de lui. Mais si Allegra a raison, cette compatibilité physique n'est peut-être pas si rare. Éléonore sent que la tête lui tourne, comme si un voile s'était levé. La réalité qu'elle a voulu voir depuis des années ne serait-elle qu'une illusion? La conviction que Malik est le seul homme pour elle aurait-elle eu pour effet de masquer tous ses défauts? Elle ne sait plus quoi penser, tant ceci lui semble énorme. Allegra la distrait vite de ces questionnements.

– Qu'est-ce que tu fais cet après-midi ?

– Rien de prévu. Mathilde fait la sieste, je suis libre jusqu'à 16 heures environ, pourquoi ?

– Parce que je joue une scène, cet après-midi. Tu veux venir voir ?

– Mets-en !

Les deux filles repartent vers Union Square. Éléonore s'installe discrètement au fond de la salle. Le professeur présente le contexte de la scène, où l'on voit une mère qui supplie son fils adulte de renoncer aux activités criminelles qu'il pratique au sein d'une gang de rue. Allegra est étonnante de justesse dans le rôle de la mère éplorée. Éléonore observe son amie qui se transforme sur scène, allant puiser au fond d'elle-même une performance sobre et efficace. Elle applaudit de concert avec le reste de l'assistance et ne tarit pas d'éloges lorsqu'elle rejoint Allegra à la fin des cours.

– Exagère pas ! dit celle-ci, gênée.

Il y a longtemps qu'Allegra ne s'est pas ainsi soumise à la critique des autres. Elle se sent comme un funambule abordant la corde raide suspendue entre deux immeubles. Il ne faut surtout pas qu'elle regarde en bas, elle risquerait de tomber. Droit devant, voilà le seul choix qui s'offre à elle.

De son côté, Éléonore se dit que son père avait raison de l'aiguiller dans la direction d'Allegra, à plus d'un titre. Elle a retrouvé sa grande amie, c'est un soulagement immense, et elle se sent délestée d'une partie de la solitude qui l'accablait depuis quelque temps. Mais aussi, elle a trouvé sa Catherine, elle ne peut plus en douter. Elle a toujours su qu'Allegra avait le physique de l'emploi et elle connaissait ses talents de comédienne, quand elle était jeune. Mais elle constate aujourd'hui que son talent a mûri, à la suite des expériences difficiles des dernières années, et qu'il est désormais soutenu par une formation technique pointue. Elle sourit en se disant que son père a vraiment toujours eu l'œil et qu'encore une fois il ne s'est pas trompé.

– Alors, quand est-ce que je rencontre ta fille ? demande Allegra. J'ai trop hâte ! Une mini-Éléonore, c'est dur à croire.

– Crois-moi, Mathilde n'est pas la mini-version de qui que ce soit, elle est elle-même à part entière ! Un vrai petit personnage. Tu vas voir comment elle fait son *show* ! Elle est adorable. Une vraie coquette, c'est pas de moi qu'elle retient, c'est sûr !

– La manière dont tu en parles, on dirait qu'elle retient de ta mère…

– Au secours ! Ne dis pas ça. Une dans la famille, c'est déjà trop. Tu veux venir au parc avec nous demain matin ?

– Oui, madame. Il y en a un super beau à Battery Park City, au bord de la rivière Hudson. Un super terrain de jeu, et on pourrait faire un pique-nique ? J'apporte les sandwichs.

– Super !

Le lendemain matin, Malik plaide un surcroît de travail pour ne pas se joindre aux deux amies. S'il n'a pas trouvé plausible le récit d'Éléonore, selon lequel elle a rencontré Allegra par hasard en se baladant à Nolita, il ne le montre pas. Celle-ci se demande bien pourquoi elle a menti. Çela ne lui ressemble pas. Elle se dit qu'elle est encore en train d'essayer de démêler les pensées déclenchées par ses retrouvailles avec Allegra, qui l'a confrontée encore une fois à elle-même plus que quiconque, et elle préfère donc en parler le moins possible pour le moment. Elle prend un taxi jaune avec Mathilde, qui bavarde gaiement en commentant tout ce qu'elle voit autour d'elle.

Allegra les attend, confortablement assise sur une couverture rouge à l'ombre d'un saule pleureur. En les voyant arriver, ses yeux se voilent de larmes : son amie, sa grande amie, qui tient une petite merveille par la main. Elle observe Mathilde avec avidité, tentant d'emmagasiner d'un regard tous les détails qu'elle n'a pas pu apprendre à connaître au fil des années. Les cheveux bruns chatoyants, retenus dans deux lulus adorables. Le teint clair et les pommettes rouges, comme sa maman. Les yeux d'un noir profond, hérités de son papa. Le sourire gai, l'enthousiasme d'Éléonore, la joie de vivre de Claude. Une petite étincelle qui n'appartient qu'à elle. Allegra l'accueille d'un immense sourire et Mathilde se sent tout de suite à l'aise avec cette amie de maman qui ne songe qu'à jouer avec elle. Elles se lancent dans une partie de *tag-chatouille* effrénée, pendant qu'Éléonore enlève ses sandales et étire ses pieds au soleil. Elles dévorent toutes les trois les baguettes jambon-fromage qu'Allegra a apportées, ainsi que des morceaux de melon d'eau bien frais. Elles s'étendent à l'ombre du saule sur la couverture rouge. Mathilde appuie sa tête sur l'épaule de sa mère et murmure des histoires inventées à sa Lulu pendant que les deux grandes parlent.

Allegra a le regard bien planté dans les cumulus blancs qui la surplombent et qui tranchent sur l'immensité bleue du ciel. On ne voit pas souvent le ciel, à New York, les gratte-ciel réduisant le paysage. Allegra savoure ce moment de paix, la tête littéralement perdue dans les nuages. Elle écoute Éléonore d'une oreille distraite.

– Tu viens à Montréal bientôt ?

– À la fin du mois, normalement. Pourquoi ?

– Si tu pouvais t'arranger pour venir plus tôt, j'aimerais ça que tu rencontres mon directeur de *casting*, mon réalisateur et mon scénariste.

Allegra se redresse d'un coup sec. Son cœur bat furieusement dans sa poitrine.

– Pourquoi faire ?

– Je pense que j'ai peut-être un rôle pour toi, dans mon film. Un petit rôle, mais un beau. Mais c'est pas moi qui décide de ça, tu comprends. Je vais juste suggérer ton nom.

– T'es sûre ? T'es sérieuse ?

– Oui, oui.

– *My God !* Merci, merci, merci !

Allegra se jette sur son amie toujours couchée sur l'herbe et l'étouffe de ses bras. Mathilde a le bon sens de s'esquiver de la mêlée et les regarde, médusée. Elle se dit qu'elle n'a pas souvent vu sa mère se chamailler ainsi. Éléonore surprend le regard inquiet de la petite et l'invite à se joindre à elles. Mathilde se jette dans les bras de sa maman. Allegra et Éléonore se mettent à la chatouiller ensemble, en poussant des cris de joie auxquels Mathilde répond avec plaisir.

– Et tu sais, tient à préciser Éléonore quand elle a repris son souffle, je ne te propose pas ça par amitié, hein. C'est parce que vraiment je pense que le rôle te convient. Tu serais une inconnue que je dirais la même chose.

– Éléonore Castel, pour qui tu me prends ?

– Quoi ?

– Écoute, de un, j'ai quand même plus confiance en moi qu'avant. Je suis capable de croire qu'une productrice veuille de moi pour son film, sinon je ne serais pas ici en train de dilapider toutes mes économies dans un cours ! Et de deux, j'ai trop de respect pour toi pour imaginer que tu fasses ça. Tu tiens à ton film comme à la prunelle de tes yeux, c'est clair en t'écoutant parler. Je sais que tu niaiserais pas avec ça. Quand même !

– Je suis contente que tu l'aies compris comme ça.

– Ben c'est sûr ! OK, alors je vais partir demain.

– Relaxe, tu peux venir la fin de semaine prochaine si tu veux.

– Non, non. Une audition devant Jacques Martel, on n'a pas cette chance-là deux fois dans une carrière. Je me sens prête. Enfin, non, je ne me sens pas prête, mais j'ai l'impression que si je continue à *gosser*, je me sentirai jamais prête, tu vois ce que je veux dire ?

– Je sais.

– Non, non, je te jure, j'ai pas fait tout ce cheminement-là pour rien. C'est fini les *games* pour moi. Je sais ce que je veux dans la vie, pis quand ma chance passe, je la saisis à pleines mains. Ça va faire le niaisage. Fait que donne-moi l'adresse de ton bureau, pis je vais être là lundi matin.

Éléonore est impressionnée par la détermination d'Allegra, qu'elle a connue beaucoup plus hésitante et torturée. Elle reconnaît en elle une passion aussi grande que la sienne pour le cinéma et cela la conforte dans le fait que son instinct est le bon : Allegra donnera tout au rôle et fera une Catherine extraordinaire.

Reste à convaincre Jacques, Émile et Michel, le directeur de *casting*. Ce qu'Éléonore n'entend pas tenter de faire elle-même ; elle va se contenter de leur demander de recevoir Allegra en audition et laisser le talent et la beauté de son amie parler pour elle. Émile regimbe, voulant poursuivre ses auditions portes ouvertes pour dénicher une inconnue. Éléonore objecte que ça commence à coûter cher et que les filles sans expérience n'arrivent pas à rendre l'intensité dramatique du personnage.

– C'est une perle rare qu'on cherche, continue-t-elle. Un visage pas trop connu du public, donc pas stéréotypé, mais en même temps une actrice capable de jouer tout un registre d'émotions. Et en plus, il faut qu'elle soit exceptionnellement belle ! Les inconnues belles à ce point, crois-moi qu'il n'y en a pas tant que ça. Elles ont toutes été recrutées à un moment donné par une agence de mannequins ou de *casting*. Rencontre-la, cette fille-là, c'est tout ce que je te demande.

Quand Éléonore ajoute que c'est son père qui l'a découverte et qui l'a recommandée à mots couverts pour le rôle, Jacques Martel se déclare convaincu.

– Claude Castel, il a peut-être bien des défauts, mais il a une qualité : il a l'œil. Je l'ai jamais vu se tromper. C'est un don qu'il a, ça ne s'explique pas.

Émile ronchonne, mais doit se plier aux décrets du cinéaste. Il promet d'assister à l'audition, mais précise que si la jeune femme ne cadre pas avec l'idée qu'il a de son personnage, il le leur dira sans ambages, découverte de Claude Castel ou pas. Michel écoute le tout avec bonhomie et demande quand on va la voir, cette supposée perle rare.

– Dans une heure, si vous voulez, fait Éléonore. Je l'appelle.

Chez sa mère, Allegra attend à côté du téléphone, folle de nervosité. Nicole n'est pas rentrée travailler ce matin, pour profiter de la présence de sa fille et la soutenir pour cette audition si cruciale. Allegra visite pour la première fois le semi-détaché que Nicole et Benoît se sont acheté sur l'avenue Davaar, près de Côte-Ste-Catherine à Outremont. Nicole a passé les derniers mois en rénovations et le résultat se traduit par une modernité résolue se mariant agréablement à l'héritage plus classique de la maison. Les boiseries sont préservées, mais peintes en blanc. Les murs qui cloisonnaient le salon et la salle à manger ont été abattus, créant un espace convivial et chaleureux. Nicole adore son nouveau foyer, qu'elle a créé à son image et à celle de Benoît, choisissant un thème nautique pour les rideaux et les coussins du salon. Benoît aime dire à la blague qu'il se sent sur son voilier, même chez lui.

Quant à Allegra, elle est heureuse de voir sa mère si rayonnante, même si elle se sent toujours un peu gênée avec Benoît. Elle n'est pas sûre du rôle qu'elle est censée lui donner dans sa vie, celui de beau-père, d'ami ? En soupant avec les deux tourtereaux la veille, elle s'est sentie étrangement de trop, inutile presque, une sensation qu'elle n'a jamais ressentie avec sa mère qui jusqu'à récemment ne semblait vivre que pour elle. Elle doit s'avouer qu'en même temps ça fait du bien. Sans l'attention de Nicole sans cesse braquée sur elle, elle est plus à l'aise de discuter librement, ne craignant plus que le moindre de ses commentaires fasse l'objet d'une analyse poussée. Elle a hâte de parler de tout ça avec sa sœur : la nouvelle maison de sa mère, son nouveau chum, l'audition d'aujourd'hui. Chiara passait le week-end au chalet d'Emmanuel à Orford et elle devait rentrer à Montréal de bon matin. Les deux sœurs se sont promis d'aller luncher, si l'audition d'Allegra se termine à temps. En attendant, celle-ci boit de l'eau citronnée dans la nouvelle cuisine de sa mère et tente de se distraire en feuilletant *La Presse*.

Elle est déjà douchée, habillée et maquillée, prête à partir dès qu'elle recevra l'appel espéré. Elle a pensé un moment s'habiller en tenue d'époque, pour mieux entrer dans le personnage, mais elle se dit qu'une telle mise en scène théâtrale pourrait donner l'impression qu'elle cherche à se dissimuler derrière un costume. Elle décide donc de se présenter à nu, ou presque : vêtue d'un jeans ajusté, d'une camisole blanche et d'une paire de ballerines noires. L'uniforme de sa génération. On ne verra donc qu'elle, sans artifices. Elle a laissé à ses cheveux leurs boucles naturelles et a appliqué une fine couche de maquillage, simplement pour uniformiser son teint.

Elle se précipite sur le téléphone dès qu'il retentit. Éléonore lui confirme qu'elle est attendue dès que possible. Allegra lui laisse à peine le temps de finir sa phrase. Sa mère lui a offert de la reconduire, pour lui éviter le stress de la conduite et de la recherche d'une place de stationnement. Dans la voiture, elle tombe sur une chanson de Ben Harper à la radio et rêvasse en chantonnant. Elle refuse de répéter encore une fois le texte qu'Éléonore lui a envoyé par courriel, préférant laisser une certaine spontanéité à son interprétation. Nicole n'interrompt pas ce moment de détente si nécessaire.

Quand Allegra arrive aux bureaux de Castel Communications, elle est calme mais emplie d'un feu intérieur qui la convainc de ses chances. Elle se sent confiante et déterminée à faire bonne impression. Éléonore la fait entrer dans une pièce vide, hormis une petite table où sont assis trois hommes. Éléonore demeure en arrière, ne voulant pas que sa présence inhibe son amie. Elle n'a pas à s'inquiéter : Allegra est bien préparée et ne pense à rien d'autre qu'à sa performance. Émile se lève, se présente et indique qu'il va jouer le rôle masculin pour les besoins de l'audition. Allegra acquiesce et se place face à lui. « Vous pouvez y aller ! » dit Jacques Martel. Dès que la caméra se met à tourner, Allegra se transforme. Elle n'est plus une jeune femme de vingt-sept ans, dans une salle d'audition en 2003. Elle est Catherine Legrand, jeune fille de bonne famille brimée par les mœurs de son époque, qui cherche désespérément à assouvir la passion qui la consume. Elle donne la réplique à Émile avec brio. Celui-ci se fait prendre au jeu et continue la scène plus longtemps que prévu. Allegra jette un coup d'œil au scénario placé devant elle et répond sans trébucher. La tension entre eux est palpable et Jacques et Michel échangent un regard lourd de sens. Quand enfin la scène se termine, le silence tombe dans la pièce. Personne ne parle, Émile et Allegra reprennent leur souffle comme après une bataille ou un choc amoureux.

On entend le son de deux mains qui claquent, c'est Jacques Martel qui s'est mis debout et félicite les interprètes. Allegra rougit et son visage s'éclaire d'un immense sourire qu'elle ne peut contenir.

– Je pense qu'on est tous d'accord, lance Jacques. Allegra, vous êtes Catherine, ça ne fait pas l'ombre d'un doute. Éléonore va se mettre en contact avec votre agent.

Allegra ne précise pas qu'elle n'a pas d'agent, elle se dit qu'elle pourra toujours s'arranger avec Éléonore par la suite. Jacques continue.

– Mais Émile ! Émile. Tu nous avais caché ton talent d'acteur ! T'es d'accord, Michel ?

– Tout à fait.

– De quoi vous parlez, là ? Je ne suis pas un acteur. J'écris.

– Éléonore, t'en penses quoi ? demande Jacques.

– Comme vous. Le mari d'Alice, c'est toi, c'est sûr qu'il faut que ce soit toi.

– Vous êtes complètement *high* ou quoi ?

– Émile, fais-nous confiance.

La rencontre se termine dans l'euphorie, tous se promettant de se revoir très bientôt pour la première lecture du texte. En attendant, il reste à Éléonore beaucoup de pain sur la planche. Le sort du film repose sur ses épaules, elle n'en est que trop consciente. En tant que productrice, c'est à elle qu'il revient de faire aboutir le projet. Cela veut dire trouver du financement, décrocher des subventions, obtenir les permis de tournage pour fermer certaines rues du Vieux-Montréal pendant plusieurs jours, négocier les contrats avec tous les acteurs et tant d'autres choses encore, dont chaque détail infime a le potentiel de faire dérailler tout le projet. Et elle devra aussi réussir à concilier les visées artistiques d'Émile et de Jacques, ce qui sera tout un défi. Surtout si le scénariste se retrouve aussi devant la caméra. Mais elle a le sentiment que tout est possible. Elle se croise les doigts et envoie une prière silencieuse à sa grand-mère Castel.

Allegra sort de l'immeuble et court vers la voiture de sa mère. Celle-ci patientait en écoutant la radio de Radio-Canada, mais avait peine à suivre les conversations portant sur la situation au Kosovo alors que sa fille était en train de vivre un moment charnière de son existence. Dès qu'elle la voit arriver, elle sait déjà que les nouvelles sont bonnes. Allegra rayonne. Elle se jette dans les bras de sa mère en criant: «Je l'ai eu! Maman, je l'ai eu!» Nicole se sent si heureuse que son cœur de mère menace d'exploser.

Elle dépose sa fille devant Soupe Soup, rue Duluth, là où ses filles ont prévu de se rejoindre pour le lunch. Elle a bien envie de quémander une invitation, mais elle s'en voudrait de s'immiscer dans ces instants de complicité entre les deux sœurs. Elle soupire et repart vers son bureau, appelant Benoît sur son téléphone cellulaire afin de partager avec lui sa fierté et son bonheur.

Le décor vieillot du restaurant, fait de petites chaises de bois, de plantes et de vieux livres, plaît tout de suite à Allegra. Elle attend impatiemment sa sœur. Comme leur mère, Chiara voit tout de suite à la flamme qui brille dans les yeux d'Allegra qu'elle a décroché le rôle, malgré ses efforts pour demeurer de marbre et faire durer le suspense.

– Tu l'as eu ? demande Chiara.

– Ouiiii ! s'exclame Allegra, folle de joie.

Sa sœur la serre longtemps dans ses bras. Elles s'attablent et dégustent un potage de légumes racines au gingembre ainsi qu'un sandwich au poulet, cumin, coriandre et céleri, qu'elles partageront. Allegra raconte dans le menu détail l'audition du matin, les mots exacts employés par Jacques Martel pour la féliciter, l'intensité de la scène qu'elle a jouée avec Émile Saint-Germain, la réaction d'Éléonore. Chiara savoure chaque anecdote et pose beaucoup de questions.

– Te rends-tu compte, dit Allegra, comment ça va changer ma vie ?

– Je sais !

– Écoute, il y a un an, je vivais chez maman et je faisais des photos de catalogues de grands magasins. J'étais serveuse dans un restaurant ! Pis là, j'ai un rôle dans le prochain film de Jacques Martel ! Ça se peut pas !

– Ça se peut et tu le mérites. Heille, j'ai du nouveau dans ma vie, moi aussi.

– Quoi ?

Avec un sourire timide, Chiara fait tourner l'anneau en or blanc qui orne son annulaire gauche. Elle révèle un superbe solitaire, qu'elle dissimulait contre sa paume. Allegra pousse un cri strident et agrippe la main de sa sœur.

– Chiara Montalcini ! Quoi ! Tu me niaises ! Tu es fiancée ? Pis tu me disais rien !

– Depuis samedi. On est allés faire du bateau sur le lac Memphrémagog et Emmanuel m'a demandée en mariage au coucher du soleil.

– *My God!* Ma fille ! C'est trop cool, j'en reviens pas ! Il faut fêter ça ! Qu'est-ce que tu fais cet après-midi ?

– Je retourne au travail.

– Non, non, c'est trop écœurant, ce qui nous arrive. On va prendre un verre au Laïka ?

– OK ! *Carpe Diem.*

Les deux sœurs remontent la rue Duluth vers le boulevard Saint-Laurent. Une fois arrivées au Laïka, elles s'installent près de la fenêtre et commandent deux verres de vin blanc. C'est au tour de Chiara de régaler sa sœur des menus détails de la grande demande. Allegra est profondément heureuse pour sa sœur, qui a enfin trouvé le bon gars pour elle. Elle est attendrie lorsque Chiara lui annonce qu'ils songent à fonder très vite une famille. « J'en veux trois, tu sais. J'ai quand même trente et un ans. Faut que j'enclenche. » À sa réaction, Allegra mesure le chemin parcouru. Comme il lui semble loin, le temps où elle aurait jalousé sa sœur, se serait comparée, désolée de son célibat à elle. Aujourd'hui, elle assume ses choix, ses regrets, ses sacrifices ; elle sait où elle est et surtout, elle sait où elle s'en va. Sa carrière décolle et elle a confiance : le reste viendra en temps et lieu. L'amour, des enfants, elle veut tout cela un jour, mais pour le moment, ça ne presse pas.

Chiara prévoit souper chez leur mère ce soir-là pour lui annoncer la grande nouvelle. Elle sait que Nicole sera folle de joie de pouvoir jouer le rôle de mère de la mariée et que chaque détail des noces à venir sera analysé en profondeur avec Johanne et leur gang d'amies. Emmanuel ne vient pas de leur milieu, il a grandi à Victoriaville, ce sera la seule déception du groupe de commères qui ne connaîtront pas son pedigree de fond en comble. Mais cela leur laissera plus de choses à découvrir, ainsi que toute une belle-famille sur laquelle potiner.

De son côté, Allegra se joint à Éléonore, qui l'a invitée à souper pour célébrer son succès. Elles choisissent un petit restaurant de quartier dans le Mile-End, Il Piatto della Nonna, dont elles adorent les pâtes toutes simples et les saucisses italiennes agrémentées d'un bon vin rouge maison. Allegra met Éléonore au courant des fiançailles de Chiara et elles boivent un verre à sa santé. Elles s'attaquent à leurs pâtes avec appétit, parlant toutes les deux en même temps, tant leur excitation est grande.

Leur bonheur se voit: celui d'Éléonore d'avoir enfin résolu un casse-tête de production et d'avoir en même temps donné un coup de pouce à son amie; celui d'Allegra de réaliser enfin l'un des plus grands rêves de sa vie. Et leur bonheur à toutes deux de se retrouver, après des années de détours et de faux chemins.

Elles parlent du film, de son scénario, des costumes d'époque, des idées de Jacques Martel pour le tournage. Elles s'emballent, la passion de chacune étant contagieuse et attisant celle de l'autre. Éléonore croit bon de préciser que rien n'est encore gagné et que ce n'est pas sûr du tout que le film se fasse. Combien d'excellents projets finissent par rester dans les tiroirs de leur producteur, par manque de fonds ou manque de chance? La qualité n'est garante de rien.

– Je le veux tellement, ce film, Éléonore. Je le veux tellement que ça fait mal.

– Je sais, qu'est-ce que tu penses. J'ai jamais rien autant voulu de ma vie.

– Même pas Malik? lance Allegra avec un sourire espiègle.

– Même pas.

Pour joindre l'auteure :
Facebook : www.facebook.com/NadiaLakhdariKing
Twitter : @nadialakhdari